周汝昌照片　　杨少波　摄

周汝昌书法墨迹

脂粉英雄嘆鳳卿

辟邪護玉最深情

能憐幽女棗衣甚堪

葉黑蒙千惡名

念芳橋外饌門開
鳳尾森森何萬竿翠袖
單寒人獨立蒼苔花飛
兩玉珊之

黛玉 古體

　　　　　　　醉墨書於臘雪軒

都說金陵十二釵百

單八艷九行排　欲知情

榜情房畫題為逢

竟運數乘

十二釵金陵

解味周氏

帘外何人步履轻，惊心公子意多情。
紫金冠上朱缨动，佩玉通灵彩络精。

周汝昌题

清·孙温　绘全本《红楼梦》·贾宝玉初会林黛玉，宝玉痴狂狠摔玉

天子萬年

春王正月

观灯赏戏总虚文，姊妹诗才意所欣。
最是风流怜爱弟，四篇五律溢清芬。

周汝昌题

清·孙温　绘全本《红楼梦》·贵妃筵宴题大观园，天伦乐宝玉逞才藻

帘外桃花帘内人，人与桃花共几春。

是泪是花同一色，怡红公子更伤神。

周汝昌题

清·孙温 绘全本《红楼梦》·林黛玉重建桃花社

大旨是谈情，今朝偏爱断。

情缘永不了，却说情莫犯。

周汝昌题

清·孙温 绘全本《红楼梦》·林黛玉焚稿断痴情

何日高洁人，心境淫邪甚。

轻薄女儿心，人神同一愤。

周汝昌题

清·孙温 绘全本《红楼梦》·坐禅寂走火入邪魔

HONG LOU SHI ER CENG

红楼十二层

周汝昌妙解红楼

周汝昌·著　　周伦玲·编

北京联合出版公司
Beijing United Publishing Co.,Ltd.

图书在版编目（CIP）数据

红楼十二层：周汝昌妙解红楼 / 周汝昌著；周伦
玲编. — 北京：北京联合出版公司，2018.6（2022.8重印）
ISBN 978-7-5502-8723-5

Ⅰ. ①红… Ⅱ. ①周… ②周… Ⅲ. ①《红楼梦》研
究 Ⅳ. ①I207.411

中国版本图书馆CIP数据核字(2018)第039680号

红楼十二层：周汝昌妙解红楼

作　　者：周汝昌
编　　者：周伦玲
出版统筹：新华先锋
责任编辑：肖　桓
策划编辑：刘　钊
文字编辑：韦可儿
封面设计：易珂琳
版式设计：朱明月　易珂琳
营销统筹：章艳芬

北京联合出版公司出版
（北京市西城区德外大街83号楼9层 100088）
大厂回族自治县德诚印务有限公司印刷　新华书店经销
字数200千字　620毫米×889毫米　1/16　20印张
2018年6月第1版　2022年8月第4次印刷
ISBN 978-7-5502-8723-5
定价：68.00元

Contents
目录

致读者   1

自题诗   001

总引   002

第一层 《红楼》文化   003

第二层 《红楼》本旨   023

第三层 《红楼》女儿   053

第四层 《红楼》灵秀   059

第五层 《红楼》审美   081

第六层 《红楼》自况   115

第七层 《红楼》脂砚   133

第八层 《红楼》探佚   161

第九层 《红楼》真本   177

第十层 《红楼》索隐   217

第十一层 《红楼》解疑   239

第十二层 《红楼》答问   267

悲欢曲   295

校后感言   296

致读者

　　"作者""读者"都不是对个人的专称,更不能作为当场对话的称呼。比如你见了某著名小说家,就径直叫他"喂,作者……"那是笑话,因为太不讲语言礼貌了。要说"作家"您如何如何……才是。但是,难题就落在如何将"读者"变换为礼貌语言——没听说有"读家"这个名词呀。怎么办?

　　在早先,我们中华的小说作者称读者叫什么呢?叫"看官"。

　　这个称呼,早不再用了。我倒觉得它好,大有义理在内。不肯用的原因大约有二:一是嫌它"文"了,不够"白话"标准。二是认为那"官"不对头——怎么读的人就必定是个做官的不成?太封建……

　　错会意了。

　　"看官"与"官儿"无涉——比如就像曹雪芹笔下写的赖嬷嬷教训她儿子赖尚荣:"……别说你是官儿了,就横行霸道的!"不是那种"官"。"看官"一语除了是为语气尊敬,更含有深义:您是判断是非好坏的审"官"者,或者是弹劾坏人劣迹的御史、按察的"大员",请来评判我这拙作,是高是下,是美是丑……此之谓"官"之义也。

　　可是如果我将这篇"代序"题为"致看官",不但无恩领我心意,反倒引起讥嘲或误解。世上的事，一涉"文词"，一涉中华汉字语文，遇上简单化对待的人，事情往往麻烦很大，问题横生，表达起来可就难如人意，也难惬己衷了。

讲明鄙怀以后，请允许我称您为"看官"，而不敢呼叫什么"读者"。

看官：请您评量这册拙著，给以评估；您以为可以的，赐予鼓舞；认为不然、错谬，惠予指正。倘蒙不弃，幸甚幸甚。

《红楼》^① 十二层，层层有新境，恐怕有不止于是"白日依山尽，黄河入海流；欲穷千里目，更上一层楼"那样，只是说高远之境，而并无层次之富美。十二层，表示我对《红楼梦》的多方面的理解与看法，是个多年来小小积累的一次"精选"，敬献于广大的"读者"群众，以供讨论、交流。

我绝不敢效法人家某种声调，开口就是"我研究《红楼梦》几十年"，云云；倘若计算"时间跨度"，大约是五十六七年了吧，在这期间，断断续续、艰难曲折地在"红域"中摸索、挣扎、彷徨地行进，百味尝遍。

自己的一些见解，不敢畅所欲言，行文也十分窘迫不舒。自己重读，多不如意。但偶有机缘，留下了这么样子的笔痕心迹，是"历史存在"，不宜改动。因此靦颜实贡，不加修饰。而且因"时跨"较长，旧日之件也不一定全与今同。这些，均请明鉴我区区存实之用意。学识是人格、人品，是"打扮""装饰"不来的。以假面欺看官，则更是学术腐败之尤，人所共弃矣。

我列了十二个分题，是择其大者，并非只限于此，十三、十四……恐怕还多。当前报刊，仍有视我、定我为"考证派"者，并且见我讲起"文本"内容来觉得"新鲜"，说我的研究"转向"了。是这么回事吗？

这就非仅"读者"说话了，须得请"看官"断案才行。但愿我能多遇"包

---

① 《红楼》即指《红楼梦》，全书同——编者

龙图"，而别遇上"胡知县"（京戏中的糊涂官、受贿诬良为恶者）。

曹雪芹的一支妙笔，有文、有史、有哲，囊括了"真、善、美"；他的手法千变万化，昔人说得"活虎生龙"一般。他写的书，人谓"百科全书"，其实不同于"词典"死知识的罗列，他不仅是小贩"摆摊儿"，《红楼梦》是一部充满生命、生机、生趣的活生生的中华文化的艺术体现。

本人强烈反对歪曲、破坏雪芹原著真笔、大旨要义的任何做法。我的研究严格限于八十回古抄本即接近原笔的本子。一百二十回假"全璧"是个有政治背景的文化骗局。

诚望"看官"的明断，给沉冤文海二百数十年的雪芹平反，给这位中华文曲巨星申冤吐气！

周汝昌

癸未初冬雪晴走笔

自题诗

迢递朱楼十二重，落花飞絮绣帘栊。

三春事业东风薄，千里长棚盛席空。

流水沁芳亭滴翠，崇光泛彩院怡红。

海棠依旧胭脂瘦，高烛频烧照影同。

总 引

康熙太子胤礽，即是在《红楼梦》第三回化名为"同乡世教弟勋袭东平郡王穆莳"的撰写对联者，曾有诗句云："蓬海三千皆种玉，绛楼十二不飞尘。"本书题名，借径于此，因全书分为十二题，各题均为"红学"的一个要点，亦即读《红楼梦》的必备知识之分栏介绍。

我这"十二层"，虽然得自胤礽诗的启示，但旨义并不相同。其实，我只是"借"那"十二"一个数字，巧与芹书中的多层"十二"相合而已，既不是指绛楼的十二层，也不是说如同"玲珑宝塔"一样，真有十二个梯级，不过是比喻我们读《红楼梦》，可从多个方面去寻绎其内容意味，请勿"以词害义"为幸。

诗曰：

何处芳菲境，红楼十二层。

花深梯有路，高远自低登。

第一层

《红楼》文化

【分 引】

　　《红楼梦》到底是一部什么书？归根结底，应称之为中华之文化小说。因为这部书充满了中华传统文化的精华，却表现为"通之于人众"的小说形式。如欲理解这一民族文化的大精义，读古经书不如先读《红楼梦》，在雪芹笔下，显得更为亲切、生动、绘声绘影，令人如"入"篇中，亲历其境，心领其意。

　　诗曰：

　　　　中华文化竟何如？四库难知万卷书。
　　　　孔孟不如曹子妙，莲花有舌泪凝珠。

　　　　中华文化此中含，言笑悲欢味自耽。
　　　　若能获麟同绝笔，春秋舌拙色应惭。

《红楼梦》与中华文化

每当与西方或外国访问者晤谈时，我总是对他们说：如果你想要了解中华民族的文化特点、特色，最好的——既最有趣味又最为捷便（具体、真切、生动）的办法就是去读通了《红楼梦》。

这说明了我的一种基本认识：《红楼梦》是我们中华民族的一部古往今来、绝无仅有的"文化小说"。

这话又是从何说起的呢？

我是说，从所有中国明清两代重要小说来看，没有哪一部能够像《红楼梦》具有如此惊人广博而深厚的文化内涵的了。

大家熟知，历来对《红楼梦》的阐释之众说纷纭，蔚为大观：有的看见了政治，有的看见了史传，有的看见了家庭与社会，有的看见了明末遗民，有的看见了晋朝名士，有的看见了恋爱婚姻，有的看见了明心见性，有的看见了谶纬奇书，有的看见了金丹大道……这种洋洋大观，也曾引起不少高明人士的讥讽，或仅以为谈助，或大笑其无聊。其实，若肯平心静气，细察深思，便能体认，其中必有一番道理在，否则的话，为什么比《红楼梦》更早的"四大奇书"，《三国演义》《水浒传》《金瓶梅》《西游记》，都没有发生这样的问题，显现如此的奇致呢？

正由于《红楼梦》包孕丰富，众人各见其一面，各自谓独探骊珠，因此才引发了"红学"上的那个流派纷呈、蔚为大观的现象。而这"包孕丰富"，就正是我所指的那个广博深厚的中华民族传统文化的内涵的一种显相。

近年来，流行着一种说法：从清末以来，汉学中出现了三大显学，一曰"甲骨学"，二曰"敦煌学"，三曰"红学"。也有人认为把三者相提并论，这实在不伦不类，强拉硬扯。但是我却觉得此中亦深有意味，值得探寻。何则？"甲骨学"，其所代表的是夏商盛世的古文古史的文化之学。"敦煌学"，其所代表的是大唐盛世的艺术哲学的文化之学。而"红学"，它所代表的则是清代康乾盛世的思潮世运的文化之学。我们中华的灿烂的传统文化，分为上述三大阶段地反映为三大显学，倒实在是一个天造地设的伟大景观。思之绎之，岂不饶有意味？

从这个角度来讲，我觉得《红楼梦》之所以为文化小说者，道理遂更加鲜明、显著。

那么，我既不把《红楼梦》叫作什么政治小说、言情小说、历史小说、性理小说……而独称之为"文化小说"，则必有不弃愚蒙而来见问者：你所谓的《红楼梦》中包孕丰富深厚的文化内涵，究竟又是些什么呢？

中国的文化历史非常悠久，少说已有七千年了。这样一个民族，积其至丰至厚，积到旧时代最末一个盛世，产生了一个特别特别伟大的小说家曹雪芹。这位小说家，自然早已不同于"说书"人，不同于一般小说作者，他是一个惊人的天才，在他身上，仪态万方地体现了我们中华文化的光彩和境界。他是古今罕见的一个奇妙的"复合构成体"——大思想家、大诗人、大词曲家、大文豪、大美学家、大社会学家、大心理学家、大民俗学家、大典章制度学家、大园林建筑学家、大服装陈设专家、大音乐家、大医药学家……他的学识极广博，他的素养极高深。这端的是一个奇才绝才。这样一个人写出来的小说，无怪乎有人将它比作"百科全书"，比作"万花筒"，比作"天仙宝镜"——在此镜中，我中华之男女老幼一切众生的真实相，毫芒毕现，巨细无遗。这，是何慧眼，是何神力！真令人不可想象，不可思议！

我的意思是借此说明：虽然雪芹像是只写了一个家庭、一个家族的兴衰荣辱、离合悲欢，却实际是写了中华民族文化的万紫千红的大观与奇境。

在《红楼梦》中，雪芹以他的彩笔和椽笔，使我们历历如绘、栩栩如生地看到了我们中华人如何生活，如何穿衣吃饭，如何言笑逢迎，如何礼数相接，如何思想感发，如何举止行为。他们的喜悦，他们的悲伤，他们的情趣，他们的遭逢，他们的命运，他们的荷担，他们的头脑，他们的心灵……你可以一一地从《红楼梦》中，从雪芹笔下，寻到最好的、最真的、最美的写照！

中华民族面对的"世变"是"日亟"的！中华民族文化的基本光彩与境界，都是不应也不会亡失的——它就铸造在《红楼梦》里。这正有点像东坡所说的："自其变者而观之，天地曾不能一瞬。自其不变者而观之，则逝者未尝往也。"

所以我说：《红楼梦》是一部文化小说。

《红楼梦》几乎家喻户晓了，问其何书耶？非演"宝、黛爱情"之书乎？人皆谓然。我则曰否。原因安在？盖大家对书中"情"字之含义范围不曾了了，又为程、高伪续所歪曲、所惑乱，故而误认，雪芹之"大旨谈情"，男女之情耳。其实这是一个错觉。

原来在雪芹书中，他自称的"大旨谈情"，此情并非一般男女相恋之情。他借了他对一大群女子的命运的感叹伤怀，写了他对人与人之间应当如何相待的巨大问题。他首先提出的"千红一窟（哭）""万艳同杯（悲）"，这已然明示读者：此书用意，初不在于某男某女一二人之间，而是心目所注，无比广大。他借了男人应当如何对待女子的这一根本态度问题，抒发了人对人的关系的亟待改善的伟思宏愿。因为在历史上，女子一向受到的对待方法与态度是很不美妙的，比如像《金瓶梅》

作者对妇女的态度，即是著例。假如对待女子的态度能够有所改变，那么人与人（不管是男对男、女对女、男女互对）的关系，定然能够达到一个崭新的崇高的境界。倘能如此，人生、社会、国家、世界，也就达到了一个理想的境地。

《红楼梦》正是雪芹借了宝玉而现身说法，写他如何为一大群女子的命运而忧伤思索。他能独具只眼，认识到这些女子的才貌品德，她们的干才（如熙凤），她们的志气（如探春），她们的识量（如宝钗），她们的高洁（如妙玉），她们的正直（如晴雯）……都胜过掌权的须眉浊物不知多少。他为她们的喜而喜，为她们的悲而悲。他设身处地，一意体贴；不惜自己，而全心为之怜悯、同情、赞叹、悲愤。这是一种最崇高的情，没有半点"邪思"杂于其间。《红楼梦》是不容俗人以"淫书"的眼光来亵渎的！

宝玉的最大特点是自卑、自轻、自我否定、自我牺牲。试看他凡在女儿面前，哪怕是一位村姑农女，他也是"自惭形秽"，绝无丝毫的"公子哥儿"的骄贵意识。他烫了手，不觉疼痛，亟问别人可曾烫着？他受严父之笞几乎丧生，下半身如火烧之灼痛，他不以为意，却一心只想别人的命运，一心只望别人得到慰藉。他的无私之高度，已经达到了"无我"的境界！他宁愿自己化灰化烟，只求别人能够幸福，也是同一意境。

宝玉是待人最平等、最宽恕、最同情、最体贴、最慷慨的人，他是最不懂得"自私自利"为何物的人！

正因此故，他才难为一般世人理解，说他是"疯子""傻子""废物""怪物""不肖子弟"，因而为社会所不容。

他之用情，不但及于众人，而且及于众物。所谓"情不情"，正是此义。

所以我认为，《红楼梦》是一部以"重人""爱人""唯人"为中心思想的书。它是我们中华文化史上的一部最伟大的著作，以小说的通俗形式，向最广大的人间众生说法。他有悲天悯人的心境，但他并无"救世主"的气味。他如同屈大夫，感叹众芳芜秽之可悲可痛，但他没有那种孤芳自赏、唯我独醒的自我意识。所以我认为雪芹的精神境界更为崇高伟大。

很多人都说宝玉是礼教的叛逆者，他的思想言谈行动中，确有"叛逆"的一面，自不必否认。但是还要看到，真正的意义即在于他把中华文化的重人、爱人、为人的精神发挥到了一个"唯人"的新高度，这与历代诸子的精神仍然是一致的，或者是殊途同归的。我所以才说《红楼梦》是我们中华民族文化的代表性最强的作品。

以上就是我称《红楼梦》为"文化小说"的主要道理。

《红楼》文化有"三纲"

曹雪芹的《红楼梦》并非"三角恋爱的悲剧故事"。我个人以为，它是中华的唯一的一部真正当得起"文化小说"之称的伟著。因此我提出"《红楼》文化"这个命题。《红楼》文化包罗万象（有人称之为"百科全书"，殆即此义），但那位伟大的特异天才作家雪芹大师却又绝不是为了"摆摊子"，开"展览会"，炫耀"家珍"。他也有"核心"，有干有枝，有纲有目。这就又是我在标题中提出"三纲"的缘由。

若问"三纲"皆是何者？那当然不会是"三纲五常"的"三纲"（君为臣纲，父为子纲，夫为妻纲）。《红楼》文化之"三纲"：一曰玉，二曰红，三曰情。常言：提纲挈领。若能把握上列"三纲"，庶几可以读懂雪芹的真《红楼梦》了。

先讲"玉"纲。

雪芹之书，原本定名为《石头记》。这块石头，经女娲炼后，通了灵性——即石本冥顽无知之物，灵性则具有了感知能力，能感受，能思索，能领悟，能表达，此之谓灵性。此一灵石，后又幻化为玉，此玉投胎入世，衔玉而生——故名之曰"宝玉"。宝玉才是一部《石头记》的真主角。一切人、物、事、境，皆围绕他而出现、而展示、而活动、而变化……一句话，而构成全部书文。

如此说来，"玉"若非《红楼》文化之第一纲，那什么才够第一纲的资格呢？

次讲"红"纲。

《石头记》第五回，宝玉神游幻境，饮"千红一窟"茶，喝"万艳同杯"酒，聆《红楼梦曲》十二支——全书一大关目，故尔《石头记》又名《红楼梦》。在此书中，主人公宝玉所居名曰"怡红院"，他平生有个"爱红的毛病"，而雪芹撰写此书，所居之处也名为"悼红轩"。

如此说来，"红"非《红楼》文化之第二纲而何哉？

后讲"情"纲。

雪芹在开卷不久，即大书一名："此书大旨谈情。"石头投胎，乃是适值一种机缘：有一批"情鬼"下凡历劫，它才被"夹带"在内，一同落入红尘的。所以《红楼梦曲》引子的劈头一句就是："开辟鸿濛，谁为情种？""甲戌本"卷首题诗，也说"谩言红袖啼痕重，更有情痴抱恨长！"（"红"与"情"对仗，叫作"借对"，因为情字内有"青"也。诗圣杜甫有"步月清宵""看云白日"之对，正是佳例。）须知，那情痴情种，不是别个，正指宝玉与雪芹。

由此可见，"情"为又一纲，断乎不误。

我先将"三纲"列明，方好逐条讲它们的意义与价值，境界与韵味。我们应当理解，雪芹为何这等地重玉、重红、重情。对此如无所究心措意，即以为能读《红楼》、讲"红学"，那就是一种空想与妄想了。

中华先民，万万千千年之前，从使用石器中识别出与凡石不同的玉石来。中华先民具有的审美水准，高得令现代人惊讶，称奇道异。他们观察宇宙万物，不独见其形貌色相，更能品味出各物的质、性、功能、美德、相互关系、影响作用……神农氏的尝百草、识百药，即是最好的证明。经过长期的品味，先民了解了玉的质性品德，冠于众石，堪为大自然所生的万汇群品的最高尚、最宝贵的"实体"。"玉"在中华词汇中是最高级的形容、状词、尊称、美号。

比如，李后主说"雕栏玉砌今犹在"，苏东坡说"又恐琼楼玉宇"，是建筑境界的最美者。天界总理群神的尊者，不叫别的单单叫作"玉皇"。称赞人的文翰，辄曰"瑶章"，瑶即美玉。周郎名瑜，字公瑾，取譬于什么？也是美材如玉。称美女，更不待说了，那是"玉人""玉体""玉腕""玉臂"……美少年，则"锦衣玉貌"。醉诗人，则"玉山自倒""玉山颓"……这种列举，是举之难罄的。

这足可说明，"玉"在吾华夏文化传统中，人们的心中目中，总是代表一切最为美好的人、物、境。

你若还有蓄疑之意，我可以再打比方，另作阐释。例如，世上宝石品种亦颇不少，中华自古也有"七宝"之目。但有一点非常奇怪，西洋人更是加倍不解：西洋专重钻石，以它为最美、最贵，中华却独不然。清代也有"宝石顶"，那是官场上的事，高雅人士没听说有以钻石取名的，比方说"钻石斋主"，可谁见过？你一定知道"完璧归赵"的历史故事，那是周朝后期诸国（诸侯）"国际"上的一件大事，只因赵国的和氏璧，其美无伦，天下艳称，秦王闻之，愿以十五城的高代价请求"交易"，演出蔺相如一段堪与荆轲比的壮烈故事（他归赵了，并未牺牲。"烈"字不必误会），"连城璧"已成为最高的赞词。但是，你可听说过秦王要为一块大钻石而出价"十五城"？当你读《西厢记》时，如看到这么一首五言绝句——

> 待月西厢下，迎风户半开。
> 拂墙花影动，疑是钻人^①来！

那你的审美享受会是怎样的？这只能出现在"说相声"的段子里逗人捧腹而已。

孔子很能赏玉，他也是艺术审美大家，他形容玉的光润纹理之美，曰"瑟若"，曰"孚尹"，他以为玉有多种德性。他的师辈老子，尽管反对机械区分，主张"和光同尘"，而到底也还是指出了石之"碌碌"与玉之"珞珞"。假使他不能品味石、玉之差，他又如何能道得出那不同之处？中华文化思想认为，石是无知觉的死物，玉却是有灵性的"活物"。

至于钻石，它根本不在中华文化的高境界中享有地位。

"玉"毕竟不难解说。可是那"红"又是怎么一回事呢？

"红"，对我们来说，是七彩之首，是美丽、欢乐、喜庆、兴隆的境界气氛的代表色。它还代表鲜花、代表少女。

过年了！千门万户贴上春联，那是一片红。结婚了，庆寿了，衣饰陈设，一片红。不论哪时哪地，只要有吉祥喜庆之事，必然以红为主色，人们从它得到欢乐和美感。也许由于汉族尤其重红色，所以辛亥革命之后，成立了民国，那代表五大民族的国旗是五色以标五族：红黄蓝白黑——汉满蒙回藏。

花，是植物的高级进化发展的精华表现，显示出大自然的神采。花有各种颜色，但人人都说"红花绿叶"。李后主的《相见欢》的名句：

---

①文中加点处为作者标明的重点字句，全书同。

"林花谢了春红！"他怎么不说"谢了春白"？宋诗人说："等闲识得东风面，万紫千红总是春！"你也许辩论：这不也出了个紫吗？要知道，红是本色，紫不过是红的一个变色（杂色）罢了。

这就表明：中华人的审美眼光，是以"红"为世界上最美的色彩①。

花既为植物之精华，那么动物的精华又是什么呢？很清楚"人为万物之灵"！人是宇宙造化的一个奇迹，他独具灵性。而人之中，女为美，少女最美。于是"红"就属于女性了，这真是顺理成章之极。于是，"红妆""红袖""红裙""红颜""红粉"……都是对女性的代词与赞词。宋词人晏几道，在一首《临江仙》中写道："靓妆眉沁绿，羞脸粉生红。"这"红"奇妙，又有了双重的意味。

说到此处，我正好点醒一句：红楼，红楼，人人口中会说红楼，但问他，此楼为何而非"红"不可？就未必答得上来了。

昔人爱举白居易的"红楼富家女"之句来作解说，我则喜引晚唐韦庄的诗，比白居易的诗有味得多——

长安春色谁为主，古来尽属红楼女。

美人情易伤，暗上红楼立。

明白了这些文化关联，才会领略雪芹所用"红楼梦"三字的本旨以及他的文心匠意。

---

①一位英国译者认为，基于不便明言的理由，"怡红院"只能译成"怡绿院"，他真的这么做了，但他似乎也意识到，书名是不好译成"绿楼梦"的，他很聪明，他绕过去了，他译成了"石头的故事"。但从这一点，更看出《红楼梦》的文化含量之丰富与"红"的关键性性质了。

好了，由韦庄的佳句正又引出一个"情"字来了。

"情"是什么？不必到字书词典里去查"定义""界说"。此字从"心"从"青"而造。中华语文的心，与西医的"心脏"不同，它管的是感情的事，而感情亦即人的灵性的重要构成部分。再者，凡从"青"的字，都表最精华的含义："精"本米之精，又喻人之精；"睛"乃目之精；"清"乃水之精；"晴"乃日之精；"倩""靓"也都表示精神所生之美。那么，我不妨给"情"下个新定义："情，人之灵性的精华也。"

在中华文学中，"情"是内心，与外物、外境相对而言，现代的话，略如主观、客观之别。但在雪芹此书而言，"情"尤其特指人对人的感情，有点像时下说的"人际关系"。

在中国小说范围所用术语中，有一个叫作"言情小说"。这原是相对"讲史""志怪""传奇"等名目而言的，后世却把它狭隘化了，将"言情"解得如同西方的"恋爱小说"了。

那么，雪芹所写，所谓"大旨谈情"，是否是"男女爱情"呢？不就是"宝、黛爱情悲剧"吗？这有何疑可辩？

答曰：不是，不是。

我提请你注意：20世纪20年代鲁迅首创《中国小说史略》时，他将第二十四章整个儿专给了《红楼梦》，而其标题，不但不是"爱情小说"，连"言情"也不是——用的却是"人情小说"！

这道理安在？请你深细体会参悟。

前面讲"红"时，已引及了宝玉在幻境饮的茶酒是"千红一窟""万艳同杯"，百年前刘鹗作《老残游记》，在自序中早已解明：雪芹之大痛深悲，乃是为"千红"一哭，为"万艳"同悲。刘先生是了不起的明眼慧心之人。

既然如此，雪芹写书的动机与目的，绝不会是单为了一男一女之间的"爱情"的"小悲剧"（鲁迅语也），他是为"普天下女子"（金圣叹语式也）痛哭，为她们的不幸而流泪，为她们的命运而悲愤。

这是人类所具有的最高级的博大崇伟的深情。懂了它，才懂了《红楼梦》。

至此，也许有人会问：你既提出这"三纲"，那它们是各自孤立的？还是相互关联的？如是前者，似觉无谓亦无味；如是后者，那关联又是怎样的呢？

我谨答曰：当然是相互关联的。试想，此是三种天地间突出特显之物的精华极品，即矿石之精、植物之华、动物之灵。三者是互喻而相联的。好花亦以"玉"为譬，如"瑶华""琪花""琼林玉树"皆是也。南宋姜夔咏梅的词，就把梅瓣比作"缀玉"——梅兰芳京戏大师的"缀玉轩"，即从其取义。所以人既为万物之灵，遂亦最能赏惜物之精与植之华，如见其毁坏，即无限悲伤悯惜。"玉碎珠沉""水流花落"，这是人（我们中华人）的最大悲感之所在！

"众芳芜秽""花落水流红""流水落花春去也""一片花飞减却春，风飘万点更愁人""无可奈何花落去"……

雪芹的《红楼梦》正是把三者的相互关联作为宗旨，而写得最为奇妙的一部天才的绝作。

这就是《红楼》文化代表着中华文化的道理。

中华文化见《红楼》

——说"情"

谁都记得起，一部《红楼》，"大旨谈情"。这是作者曹雪芹自定自诉的，我们不能离开它另做文章。所以先要讲这个"情"字。

可是问题立刻就来了："情"可以讲，但今天要听的是《红楼梦》与中华文化，那么"情"难道会是中华文化的最大最主要的主题吗？（未见有何人何书曾如此说过写过。）

好，这一问就引入我们的讨论之核心了。

如要举足以代表中华文化的典籍为证，则位居"六经之首"的《易经》里就有一句话，叫作"圣人之情见乎辞"。这就大有意味，由这一句就够我们讲一个"学期"了。

只这一句，便昭示了三个"亮点"和它们之间的关系：人——情——辞。

这三者，也就概括了中华文化的主要内涵。

先须将三者的定义"界说"粗略一讲。

圣人也是人之一员，所以称圣，是因为他有道德学识，足以垂范于永久。人，古语云："人为万物之灵。"今日科学还是承认、沿用了这个"灵"字而将人归入动物学的"灵长类"。灵是什么？古人又说："人为天地之心。"可知这"心"与那"灵"是一回事，故又曰"心灵"。

心灵所司何事，有何功用？它"掌管"思维与感受，领会与表达。思维，是理智的考虑；感受是情意的振动；此二者皆由口之语与书之文而得以"发表"与"传达"。

这就是：人有情感，有情感必然表现，而表现则以文辞为载体。

好了，如果你要我用最简捷的方式给"文化"下个定义解说，我就是这么回答你了。

——但是，不要忘记：这是我们中华对"文化"的认识，这观念与西方不同。西方对"文化"（culture）的定义是人类先进力量之发展，里面虽亦含有"进化"之义，但绝不见其重"文"与讲"化"——而"文"与"化"方是中华所谓"文化"的最大特色。

孔子说过，讲古代文化，"杞、夏不足征也"，因为没有文献是主要不足；及至周兴而克商，这才"郁郁乎文哉"！所以他的结论是"吾从周"。

即此可知：中华文化的"文"，实以周代文化为之真正的肇兴、发扬、光大。

有了"文"，这才谈得到一个"化"字。

什么叫"化"？——不就是"变化"吗？

不错。但"变"不即是"化"。

变是快速而可显见的改变；化则是非一朝一夕，并且是不易立即察觉的改易。比如"变故"乃突如其来之事也；而"潜移默化"是时日、功夫的事情，是"教化""感化"的陶铸造就的"务虚"之功业。（因此，今日所谓"全球化""现代化"等语词，实际也绝不指一下子突变，仍然是个有待于"化"的问题。）

以上说的是，中华文化之中心是"情"，如果能以真、善、美的情来感化普天下万民，那就是"文化"的本义了。

既然如此，就还要讲解"情"这个核心要害。

上文说过，人之所以不同于别物，只在他是万物之灵，天地之心。这句可悟《红楼梦》以小说的外相来讲这个"情"的来源，说是娲皇当日补天，同时也造人——古书神话记载是她以黄土和水做泥而造成人的，所以曹雪芹才能说出"女儿是水做的，男人是泥做的"这种听起来离奇荒唐的话。然后才又讲明，一块石头要想幻化为"人"而下凡历世，就得先有了"心""灵"，而这就是石经女娲炼后也通了灵性，命之曰"通灵"，方才具有人的心灵情感——人的第一条件。

石能通灵，化玉，化人，这是物质进化的象征，物质进化到了高级阶段，就产生了"心""灵"，即"通了灵性"，有了感情。我说这是我们中国的"达尔文进化论"。

《红楼梦》为何单单是"大旨谈情"？到此已可晓悟。

"情"这个字怎么讲？

从我们的汉字的"文字学"来说，凡以"青"构成的字都表示精华之义。我曾说过一段话：米之核曰精，日之朗曰晴，水之澄曰清，目之宝曰睛，草之英曰菁，女之美者曰靓，男之俊者曰倩，故一切人、物的最宝贵的质素都借米之精而喻称为"精"，而单指人的精神方面之"精"即是"情"。

如此看来，"情"之于人，是何等重要而宝贵了。

若问为何"青"如此可贵？这大约是以物为喻："青"字篆文下半是个"丹"字（不是"月"），丹、青皆是自然界矿物颜色最美也最珍贵的宝物，连我们的绘画也是"丹青"二字代称，道理在此。画山水的，以用朱砂、石青、石绿为上品颜色，正缘此义。"人"若加"青"，则是"倩"字了，男之美者也。而"靓"则形容女性，今人尚知。

既然"情"是人的灵性之宝，那么为何孔、孟专讲仁义道德，却不大强调"情"之作用呢？

这就连上了《红楼梦》与中华文化的大题目。

其实，孔、孟讲仁、义、忠、孝等伦常社会之德行，总归内核却都在"情"上分出来。比如说，一个孝子，孝顺父母，有两种可能：一是从观念上生出的"孝道"，一是从感情上生出来的"孝心"。

儒门似乎有点儿怕"情"，因为它容易放纵、流荡，过分而不能控制，遂成病患。但内心的活动又是"文"的基本，不能说"灭情"（如佛家）或"忘情"（道家，即超越感情），所以用变换方法改用"感"字"思"字，偏于"理智"了。如"诗言志"，如"诗三百，一言以蔽之曰思"，最是好例。

从文学史看，似乎汉士尊德，不敢言"情"；汉之后一到六朝，"情"就不再"羞怯"而正式露面了。如陶渊明敢作《闲情》之赋了，还遭后世讥为"白璧微瑕"呢！梁昭明太子的《文选》才公然不客气地在赋分类中列出了"情"之一目，这是件大事，莫要忘记"情"赋中选的是宋玉的《登徒子好色赋》、曹子建的《洛神赋》。

这一现象，好像一方面重"情"了，同时又将"情"的本来内涵之广阔皆变得狭隘化，限在男女之"情"——即今之所谓"爱情"了。

这又需要懂得：一个来自《离骚》《楚辞》的文学传统是以"美人香草"来喻指"对君之忠、对贤之爱"的艺术特点。既咏"美人"，难免就涉及"情爱"而引发后世之影响了。

这一点，知道就行了，此际无暇细说它。

然后就是唐、宋以及以下各朝代的"情"之形势状况，可是也无法细讲。宋人尊儒，讲"理学""道学"，不讲"情"学，没有这名目——我们今日所讲，倒不妨起个新名称就叫作"情学"吧。

大约到了明朝，小说家辈出，"情学"大盛，例如冯梦龙一大家，就辑撰了一部《情史》，此书给了曹雪芹以极大的影响。冯氏将古今关于"情"的故事，广搜而精析，按内容分成了24类。就是说，照冯氏之见，"情"是包含了这么多的不同内容的，这是一大贡献。此人识见可称沿到清初，就出现了一大代表，把"情"提升到一切的顶峰，这就是洪昇的《长生殿》剧作。

洪先生第一次放言无忌地大声呼唤："感金石，回天地。昭白日，垂青史：看臣忠子孝，总由情至。"

提起剧曲，元代之极盛时期，所有人物、社会之多样性、多面性最可惊叹，英雄、少女、忠孝节义，无所不有，悲欢离合情节也丰富无比，却不以"情"字作为标目，而是《长生殿》在第一支曲子里做出了概括，昌言一切故事的感动人心，总在一个"情而已"。

这又是一个"突破"式的明言至理，影响了《红楼梦》。

那么，《红楼梦》和《长生殿》又有什么异同呢？

《红楼梦》是受了《长生殿》的感召，这无疑问；但它更是"接过"了所有的"情"——从《易经》的"圣人之情见乎辞"直到宋玉、曹子建、王实甫、冯梦龙等所有的"情"字而加以再扩充再提升，最后写出了"大旨谈情"四个大字。

这个"大旨"是以前未曾有的，超越了洪公。这方是中华文化的一个真内核——因为它比仁义道德的儒教更为高尚广大。

儒教不敢多谈"情"，把人的真情装裹在伦常、社会的人际关系的"服饰"箱框里，而曹雪芹则把这"情"从那箱框里"释放"出来，并且赋以更新、更高、更大的精神文化含义和容量，比那更真、更善、更美。

《红楼梦》的"情"，已不再仅仅是"人际关系"了。

真善美，这种口号式的理想标准早已盛行于世，但在乾隆时代，尚无此种提法。那么，说曹雪芹彼时就倡导"真、善、美"，这话"通"吗？又有何为证？

先说"证"，有了证自然"通"就不必再辩了。

《红楼》一书，开卷到第五回，提出了"真"的问题，在此以前就先提出善与美的标准。三者俱见于书内，不是向外搜求比附。

第五回写"太虚幻境"的对联，开口即道出"假做真时真亦假"的妙理与感慨之言。他说人世常常是真假不分，以假混真，而人们偏偏甘愿崇假而弃真——于是真不如假，真的反而当成假的。脂砚一条批语云：

　　　　一日卖了三千假，三年卖不出一个真。

可见其感慨之深且重也！

　　所以，宝玉这个被误解的人，事事本乎真，憎恶假东西。流行说法，说他"反封建"，其实他对伦常礼法并未"反"过，他处处重礼，只是厌恨世俗假礼假应酬，其中并无真情，全是"演戏"——有的还不如戏之含"真"。

　　他祭晴雯特笔提出"达诚申信"之大义，何尝反对"封建道德"？他说，如是真情悼念，只供上一杯水，一片真诚感召，那受祭者是会来享的。

　　——哎呀，这不是"迷信"吗！

　　呜呼！人们怎么理解贾宝玉（或写出了他的那位曹雪芹）的心意？

　　他是说，世俗之讲道德，说仁义，多无实谛，只是变质弄成了一派假外表！他之崇真恶假，证据已明。

　　再讲善与美。

　　也是开卷不久，就提出了"不过几个异样女子，或小才，或微善……"这是有意的谦词。善虽微，已是性情之本；才虽小，又即美好的材质。

　　什么样的善才是至善？曰以情待人，即以真情体贴他人的甘苦辛酸、悲愁喜怒，这才是最大的善心——不是仅仅救济贫寒、舍衣施米的慈善行为。因为，那种救济举措，也有真有假，有博名，有取利。

　　贾宝玉为千红一哭，为万艳同悲，这方是出自深衷的真美。一念似微，功德至大。

　　至于美，那倒不必烦言而自明。这部伟大悲剧性小说，本身就是一部悲壮而哀艳之大美。书写一百零八位女儿，脂粉英雄，闺阃豪杰，美好的心田，才华的表现，精能的才干，高洁的品格……一一具备。她们"命定"在薄命一司之中，流逝于沁芳之闸，即悲即美，亦美亦壮。

能达斯境，真、善、美三者合而一体者，是谓中华文化之精华，民族审美之命脉，何其伟丽崇弘而难以数语尽也！

末后，附说一义：贾宝玉的至真至诚的"情"，由人及物，一视同仁。他的"平等""博爱"观与西方的也并不相同。他视鱼儿、燕子与己为同类，可以交感，体其悲音，谅其情愫。他说凡物皆有情、有理，与人无异。这就是"天人合一"的本真，这就是中华文化的"化及草木，赖及万方"的精神境界。

中华文化是个至大至高的题目，岂是小文如本篇所能尽万一；只因是为了讲说《红楼梦》名为小说而实具吾华夏文化的精义在内，故为之简言浅讲，略申大概。倘能有助于理解，则幸甚矣。

第二层

《红楼》本旨

【分 引】

曹雪芹自云："大旨谈情。"

鲁迅题曰："清代人情小说。"

鲁迅先生之题品，是正解"大旨谈情"一语的原创名言。

本书又解鲁迅之名言而作如是宣说——

"人情"者何？人是以感情而相互交际的"万物之灵"。故人之情，贵在有情，情即"通灵"的灵性，所谓"灵心慧性"，是为人的精神方面的精华表现。

有情，则我与人、物与我，皆为一体，相互体贴，慰藉。此"情"博大，乃雪芹所重所惜，而他将今日所谓之男女"爱情"名之曰"儿女私情"，以示分别。

是故，鲁迅才是 20 世纪之初最懂得《红楼梦》的大师。

情在《红楼》，是最博大的真情。情到至极处，痴心一片，百折不回，忘我为人，不知自私为何"物"，不知名利有何益——如一"不慧""无智"之人，是谓之"情痴"。

书中主人公，以此为他人生品格。

故宝玉为"千红一哭（窟）"，与"万艳同悲（杯）"。

诗曰：

大旨谈情费考量，大师指点有专章。
"人情"莫作"言情"解，万艳千红总可伤。

解得情痴是圣贤，为他痛悼为他怜。
人间何处无芳草，开辟鸿濛第一篇。

巨大的象征

什么是象征？据现时通行版《辞海》，其定义是这么写的：

> 用具体事物表示某种抽象概念或思想感情。
>
> 文艺创作的一种表现手法。指通过某一特定的具体形象来暗示另一事物或某种较为普遍的意义，利用象征物与被象征的内容在特定经验条件下的类似或联系，使后者得到强烈的表现。

我自己非常害怕读这种"科学的抽象思维"和"理论术语"，觉得又啰唆又糊涂。为了此刻的方便，我斗胆自创一个简单好懂的解说："象征者，取象于物，以表喻人或事（境）之特征也。"

象征包含着譬喻的因素，但譬喻并不总能构成象征。比方《红楼梦》里说李纨是个"佛爷"，是说她一问三不知，与世无争，"超然物外"……这只是个比喻，"佛爷"还不能为她的"象征"。等到群芳夜宴，祝寿怡红，李纨伸手一掣，掣得的是一枝老梅（花名酒筹），正面镌着这梅枝，反面刻着"竹篱茅舍自甘心"一句古诗——这，才是她的象征。两者的分际，倒确是微妙的。

在《红楼梦》第六十三回（"七九"之数），写此一大关目，与第二十七回"饯花"盛会是遥相呼应，其妙绝伦！每个抽得的签，都是以名花来象征抽签者：湘云是海棠，探春是红杏，黛玉是芙蓉，宝钗是牡丹，袭人是桃花……最后麝月是酴醾！这真好看煞人。这才地地道道是象征手法。其实在中国小说中，人物的别称、绰号，都是今之所谓象征，并不新鲜。

这些，读者能悟，原不待多讲。研究者论析雪芹艺术的，若举象征，总不离这一佳例。这是不差的。但是，《红楼》一书中，另有一个总括的、特大的象征，论者却忽视了，这也可以戏比一句俗话："小路上捡芝麻，大道上洒香油。"只顾细小的，丢了巨大的。

若问：此一总的大的象征端的何指？便谨对曰：就是大观园之命脉，曲折流贯全园，映带了各处轩馆台榭的那条溪水的名字——沁芳！

"沁芳"二字怎么来的？值得从"根本"上细说几句。

原来，整部《石头记》，到第十八回（"二九"之数）为一大关目：元妃省亲。古本第十七、十八两回相连不分，是一个"长回"，前半就是专写建园、园成、贾政首次入园"验收"工程，并即命宝玉撰题匾对，是为有名的"试才题对额"的故事。在此场面中，宝玉的"偏才"初次得以展显。宝玉当日所提对联匾额虽然不少，但有一个高潮顶点，即是为了给那个入园以后第一个主景——压水而建的一座桥亭题以佳名。这段故事写来最为引人入胜，也最耐人寻味。试看——

那是贾政初见园景，满心高兴，上得桥亭，坐于栏板，向围随的众清客等说道："诸公以何题此？"

须知，只这一句，就是为了引出这通部书的一个主题、眼目。

众人所对答的，是引据宋贤欧阳修的名篇《醉翁亭记》，提出名之为"翼然亭"。贾政不赞同，指出此乃水亭，命名焉可离水而徒作外表形容（旧套滥词）？自己倒也顺着原引的欧记，想出了一个"泻"字，又有一清客足成了"泻玉"二字的新名来了！

诸君，你怎样领略《红楼梦》的笔致之妙？亟须"抓"住这一关键段落，细细玩味——这"泻玉"，比方才那"翼然"（只形容建筑的"飞檐")真是不知要高明多少倍!而这佳名,纵使说不上锦心绣口,但出自素乏才思、不擅词章的"政老"之启示,那意味之长,斤两之重,就是断非等闲之比了!

可是,在贾政展才,众人附和的情势之下,独独宝玉却提出了尖锐的批评意见。

宝玉说:第一,欧公当日用了一句"泻于两峰之间"的"泻"字很妥当;今在此套用则欠佳。第二,此园乃省亲别墅,题咏宜合"应制"的文格,如用了"泻"字,那太粗陋不雅了。

他总括一句说:"求再拟较此蕴藉含蓄者。"

务请注意:宝玉并没说反对"泻玉"的构思——即内涵意义,只是评论了它措词的文化层次不对,造成了意境上的很大缺陷。

到此,贾政方说:诸公听此议论若何?既说都不行,那听听你之所拟吧。

这样,文心笔致,层层推进,这才"逼"到了主题,让宝玉的命名从容地(实是惊人地)展示于我们面前。

宝玉说:与其有用"泻玉"的,何如换成"沁芳"二字,岂不新雅?!

那位严父,从不肯假以颜色的,听了此言,也再难抑制内心的惊喜赞赏——但外表则只能是"拈须点头不语"!很多今时读者对此并不"敏感",视为常语,无甚奇处;而当年那些清客却都窥透政老的"不语"即是大赞的"最高表现",于是"都忙迎合,赞宝玉才情不凡"。

你看,"沁芳"二字,是这样"推出"的呢。

请你体会中华汉字文学的精微神妙:为什么"泻玉"就粗陋?又为什么"沁芳"就新雅?二者对比的差异中心,究竟何在?答上来,才许你算个"《红楼》爱好者"。

泻与沁,水之事也。玉与芳,美者之代名也。措词虽有粗雅之分,实指倒并无二致。

贾政又命拟联。宝玉站在亭上，四顾一望，机上心来，出口成章，道是：

> 绕堤柳借三蒿翠，隔岸花分一脉香。

贾政听了，复又"点头微笑"，众人又是"称赞不已"。

这些妙文，真不异于是雪芹的自评自鉴。

粗心人读那对联，以为不过是"花""柳"对仗罢了，没甚可说。细心人看去，则上句似说柳而实写水，下句则将那"沁芳"的芳，随文借境，自己点破了"谜底"。

在过去，人们对"沁芳"二字等闲看过，甚者以为这也无非是"香艳"字眼，文人习气而已，有何真正意义可言？自然，要说香艳，那也够得上；香艳字眼在明清小说中那可真是车载斗量——哪处"香"词"艳"语中又曾蕴涵着如此深层巨大的悲怀与弘愿呢？

"沁芳"二字何义？至此应该思过半矣。

雪芹苦心匠意，虽然设下了这个高级的总象征，心知一般人还是悟不透的，于是他在省亲一事完结、娘娘传谕、宝玉随众姊妹搬进园中居住之后，第一个"具体"场面情节（此前不过四首即景七律诗"泛写"而已），便是"宝玉葬花"——人人都知有黛玉葬花，画的、塑的、演的……已成了"俗套"，却总不留意宝玉如何，不能悟知宝玉才是葬花的真正主角。

这是怎么讲的呢？试听雪芹之言：

> 那一日，正当暮春三月的下浣（古时每十日一休沐，故每月分为上中下三浣），早饭已罢（不是现在晨起后的"早点"，是每日两主餐的上午饭，约在今之十点钟左右），宝玉携了一部《西

厢》，来到沁芳闸畔，在溪边桃花树下一块大石上坐了，独自细品王实甫的文笔。当他读到"落红成阵"这句时，偏巧一阵风来，果然将树上桃花吹落大半，以致满头、满身、满地都是花瓣。宝玉最是个感情丰富而细密之人，他心怜这些残红坠地，不忍以足践踏污损，于是用袍衿将落花兜起，撒向溪内，只见那些残花，随着溪水，溶溶漾漾，流向闸门，悠悠逝去！

这是写故事、写情景吗？这就是为给"沁芳"二字来作一次最生动、最痛切的注脚！

其实，雪芹还估计能读他这书的人，必然是熟诵《西厢记》的有文学修养的不俗之士，所以他有很多"省笔"，留与读者"自补"。即如此处，分明"省"去了《西厢记》开卷后崔莺莺唱的第一支《赏花时》：

可正是人值残春蒲郡东，门掩重关萧寺中；花落水流红！闲愁万种，无语怨东风。

你看那触目惊心的五个大字：

花落水流红！

这就是一部《红楼》的主题诗，也就是雪芹从王实甫"借"来的象征意匠——而"沁芳"，又是那五个大字的"浓缩"与"重铸"！

所以这叫新雅——粗陋的对立面，所以这是象征。它象征的是书中众女儿，正如春尽花残，日后纷纷飘落，随着流水逝去。这才是全部书的总主题、"主旋律"。

这其实也即是第五回早已暗示过的——警幻仙姑款待宝玉的是：

一、千红一窟（哭）；二、万艳同杯（悲）；三、群芳髓（碎）。

雪芹著书，"大旨谈情"，这"情"并非哥妹二人之事，乃是为了千红万艳的不幸遭遇与苦难命运。这哭，这悲，在一百年前刘鹗为《老残游记》作自序时，已经悟到了，并以此为全序的结穴。他是雪芹的知音者，高山流水，会心不远。

但雪芹还怕人心粗气浮，又在本回之末，写了黛玉在梨香院墙外闻歌，一时间将"落红成阵""花落水流红""流水落花春去也"……诸篇名句，联在了一起，不禁"心痛神驰，眼中落泪"，支持不住，也坐于石上……

石头，它是"沁芳"的见证人。

还有，第五回宝玉初到"幻境"时，尚未见有人出来，已闻歌声，唱道是：

> 春梦随云散，飞花逐水流。
> 寄言众儿女，何必觅闲愁。

你听，那分明点醒：等到残红落尽，随水东流，那时红楼之梦便到散场之时了。虽说仙姑的口吻是"劝戒""指迷"，但那儿女"闲愁"，又正是"花落水流红，闲愁万种"的隐指。这愁虽"闲"，可是万种之重啊！

如此看来，雪芹的开卷之笔，实际是若断若连，一直贯串在全书之内。这是何等的文心、何等的笔力！

中华文事，到此境界，方具其不可言传的魅力。

"沁芳"本是伤心语

"沁芳"一词，它的引发、缘起，先要略讲一讲；而它本身又自具"表""里"两重语义，更需解说清晰。

"沁芳"表面上原是为一座亭子而题的，但实际上溪、桥、闸、亭通以"沁芳"为名，可见其重要。亭在桥上，故曰"压水"而建，更是入园后第一主景，所以主眼要点染"水"的意境。题名的构思，则是由欧阳修的《醉翁亭记》这篇名作而引发。此记的开头，说是滁州四围皆山，而西南特秀，林壑尤美。请注意这个"秀"字，不但林黛玉用了它，李宫裁的"秀水明山抱复回，风流文采胜蓬莱"，也用的是它。（欧公原句为"蔚然深秀"。早年燕京大学对门是一古园，即名蔚秀园，亦取义于此。）这西南胜境，则有一泉，其声潺潺，泻于两峰之间，因此贾政提议要用上这个"泻"字。一清客遂拟"泻玉"二字。宝玉嫌它过于粗陋，不合乎元妃归省的"应制体"，这才改拟曰"沁芳"。雅俗高下，判然立见。贾政含笑拈须点头不语——这乃是十二分的赞赏的表示了呢！

世上一般看《红楼梦》的，大抵也都如此，因为确实是新雅典丽，迥乎不同于庸手凡材，可不知就在这里，透过字面，却隐伏着雪芹的超妙的才思和巨大的悲痛——原来这正是以此清奇新丽之词来暗点全园的"命脉"，亦即象征全园中所居女子的结局和归宿！

雪芹写《红楼梦》，为什么要特写一座大观园？据脂砚斋的批语说是："只为一葬花冢耳。"这种批语，至关重要，但也被人做了最狭隘的理会，以为修建了一座大观园，只是为了写"黛玉葬花"这个"景子"，这已然被画得、演得成了一种非常俗气的套头儿了。要领会雪芹的深意，须不要忘掉下面几个要点：

（一）"宝玉系诸艳（按：即"万艳同悲"之艳字）之贯，故大观园对额，必待玉兄题跋。"（第十七回总批）宝玉是亲身目睹群芳诸艳不幸结局的总见证人，他题"沁芳"，岂无深层含义。

（二）宝玉与诸艳搬入园后，所写第一个情节场面就是暮春三月，独看《西厢记》至"落红成阵"句，适然风吹花落，也真个成阵，因不忍践踏满身满地的落红，而将花片收集往沁芳溪中投撒，让万点残红随那溶溶漾漾的溪水，流逝而去——这才是"沁芳"的正义。

（三）虽然黛玉说是流到园外仍旧不洁，不如另立花冢，但雪芹仍让她在梨香院墙外细聆那"花落水流红"的动心摇魄的曲文，并且联想起"流水落花春去也"等前人词句，不禁心痛神驰，站立不住——试问：他写这些，所为何来？很多人都只是着眼于写黛玉一人的心境，而体会不到在雪芹的妙笔下，所有这些都是为了给"沁芳"二字做出活生生的注脚。

"沁芳"，字面别致新奇，实则就是"花落水流红"的另一措语，但更简靓、更含蓄。流水飘去了落红，就是一个总象征：诸艳聚会于大观园，最后则正如缤纷的落英，残红狼藉。群芳的殒落，都是被溪流"沁"渍而随之以逝的！

这就是读《红楼梦》的一把总钥匙，雪芹的"香艳"字面的背后，总是掩隐着他的最巨大的悲哀，最深刻的思想。

"沁芳"，花落水流红，流水落花春去也，是大观园的真正眼目，亦即《石头记》全书的新雅而悲痛的主旋律。这个奥秘其实早在乾隆晚期已被新睿亲王淳颖窥破了，他诗写道：

满纸喁喁语未休，英雄血泪几难收。

痴情尽处灰同冷，幻境传来石也愁。

只怕春归人易老，岂知花落水仍流。

红颜黄土梦凄切，麦饭啼鹃上故邱。

雪芹的书，单为这个巨丽崇伟的悲剧主题，花费了"十年辛苦"，在知情者看来，字字皆是血泪。他的"千红一哭""万艳同悲"的总图卷，又于卷末用了一张"情榜"的形式，从《水浒传》得来了一个最奇特的启迪：记下了"九品十二钗"的名次——正、副、再副、三副、四副……以至八副，总共是一百零八位脂粉英豪，与《水浒传》的一百零八位绿林好汉遥遥对峙、对称、对比！

千红一窟　万艳同杯

《红楼梦》形式体裁是一部中国传统章回小说，而内容实质则是中华文化的一个综合体和集大成。

小说在文学史上得到很大重视是近百年来受西方文化影响的结果；在中国则素来有"野史""闲书"之名号，是不够高雅流品的书册，甚至是禁止流传阅读的"禁书"（尤其是青少年不许看小说野史，只能偷读）。《红楼梦》就曾是禁书中的"重点"名目。它的巨大含义与伟大价值地位，是近数十年方才得到逐步认识的。

作者以女娲的神话古史的故事做引而提出了一系列的重大问题：

天、地、人、物四者之间的关系；人的起源；人的具有"灵性"的两大表现：感情与才华的问题；才之得用与屈抑（浪费人才）；情的真义与俗义的问题；情与"理""礼"的矛盾统一的社会道德问题……都可以在这部伟著中找到观照与解答——至少是作者的思考和认识。

作者曹雪芹把这些问题集中而具体化起来，选中了一块石头的经历而叙写，成为一"记"。

石本为物，物与人是对峙的"双方"，但作者认为，物经锻练，也能"通灵"，即有生命，有知觉感受，有思想感情——物与人是可以相通的。

这是一种"天人合一"的博大的哲思。

作者又认为，在"灵性"的诸般功能体用中，以"情"最为根本，最为珍贵，是以书中于开卷不久就特笔表明"大旨谈情"。

但因"情"是抽象的，无法成为故事，于是便又以众多人物的"悲欢离合"的情节来抒写这个特别可贵的"情"。

但是，"情"这个字眼常常令一般人发生错觉或误解，一提起"情"，就划限在男女之间的所谓"爱情"上，于是作者便又顺水推舟，就以女子作为书中的主体人物而来体现真正的"情"到底是何等境界意味，它与被俗常歪曲而又看不起的"情"，其间区别又是怎么样的。

这儿，又包括了曹雪芹的一段独有的见解：他特别器重赏爱女儿的真才情——"聪明灵秀之气"，超过男子远甚。而在他的时代，女子的处境与命运却是带有普遍性的不幸与悲惨，这就又使作者产生了一种大悲悯的情怀：特别珍惜怜爱女性。

这就是他在第五回中提出的"千红一窟（哭）""万艳同杯（悲）"的沉痛语言与宣言。这是人类的最博大的真情，也是中国文化文学史上出现的一个最伟大的思想境界。

"千红""万艳"是泛称其众多，而实际是以一百零八个女子这个象征数字代表了千千万万。书的异名又叫作《金陵十二钗》，十二也是代表多的意思，九层的十二钗，便成为一百零八位女子（传统评价人物，也是分为"九品"）。书中所写一百零八位女儿，正对《水浒传》的一百零八位英杰。是以作者表明：书中人物是"小才微善"的"异样女子"，这一措词又谦虚又表彰。

"十二"是书中的一个基数，处处点明不畏其重出复见，如十二个小道士，十二个女戏子，十二支宫花，十二支《红楼梦曲》……连"冷香丸"的配药处方也是九个十二组成的！

写了这多女儿，绝大部分都是姑娘、侍妾、大丫鬟、小丫头——当时屈抑为奴婢"贱"位的女子。

然后，采用了一个巨大的总象征手法："花落水流红""落红成阵""花谢花飞花满天"——"沁芳"之溪，水逝花流，群芳俱尽！

特写"饯花会"，明似热闹繁华，实深悲悼。

从这一点来观照评比，岂独在中国的思想史文学史上是向所未有，即全部言论著述中也是独一无二的。

再解"空空"十六字真言

昔年对雪芹的"空空"十六字真言做过试解，此刻又想旧话重提。因为这是《石头记》的"灵魂"——

        因空见色，由色生情，传情入色，自色悟空。

妙若连环，声如莺啭，非大智慧者，何能道其一字。在我辈常人，试图索解，当然只能是扪烛叩盘，姑妄言之。

未解本文，先须引几句著名的《心经》。我有幸见到雪芹姑母所生大表兄平郡王福彭楷书的《摩诃般若波罗蜜多心经》（乾隆元年十二月），也可证知当时满洲贵胄的一种文化生活的侧影，包括熟诵佛经。此玄奘法师所译，中有句云：

> 观自在菩萨行深波罗蜜多时，照见五蕴皆空，度一切苦厄。舍利子：色即是空，空即是色；色不异空，空不异色——受、想、行、识，亦复如是。

这是佛家的最精要简短的教义哲思（五蕴：色、受、想、行、识。经文只举色时出以全文；其他四者亦如此例，简化避复也）。

就由打这儿，世俗人也常说"色空"了，如《思凡》的小尼，法名"色空"；不少"红学家"说《红楼梦》是宣扬"色空观念"，云云。

究竟如何？还是听雪芹的话为是。

很醒目：那十六字真言，两端是"空"，中间是"情"。由空起到空止，但后空不同于前空，不是"复原"——否则绕了一阵圈子，中间的要害岂不全成了废话？

要害，在雪芹看来，全在一个"情"字。

他是说宇宙世界，最初一无所有；继而这种"无所有"中出现了"色"，"色"即"色相"，包括万物万象，无量无尽的"形形色色"皆在其内。

只因这些"色相"一生，于是随而来之便出现了这个"情"。万物万象，可以是冥顽之器，无识无知，无生无命，也就没有什么"情"之可言。

"情"，是"物"的最高发展状态的精神方面的产物。正如书中所写：

娲炼之石，却通了"灵性"——就有了"情"这个"心理活动"，能受能感，能思能悟，能流能通。

因为一旦有了"情"，这时他再返观万物，便使得本来无情的一切都具有了感情的性质、色彩。这是以有情之眼，观照世间。这就是"传情入色"。

"由色生情"，而又"传情入色"，此时"情"已有了"本体性"，自身"离"物而成为一个独立的范畴。

传情入色之后，这才悟知：原来"空即是色，色即是空"——这就是"即"色"悟"空。

换言之，以无情之目观世，一切皆"空"；而以有情之眼观世，却一切皆"色"——所谓"空"者，本即是"色"。万物万色，皆是"有情"，"有情"即"不空"。

"空空道人"悟了此义，所以才改名"情僧"。

到此，"空"已不再是"问题"，所把握珍重的，全然集中在一个"情"字上了。

"这符合佛义原旨吗？"

这叫纠缠。雪芹从未以讲佛为宗旨，是以小说形体来向人提倡以"情"做人，以"情"度世——不是"万境归空"。

——是"万境归情"。

你完全可以不同意雪芹的哲学思想，那是每个人的自由权利，我不是要讲那个，是要求索雪芹的离俗抗腐的伟大精神和独立思考。

"情"在《红楼》

　　曹雪芹自己"交代"作书的纲要是"大旨谈情"四个大字。他在开卷的"神话性"序幕中说，书中的这群人物乃是一批"情鬼"下凡历劫。并且他的原著的卷尾本来是列有一张"情榜"的——"榜"就是依品分位按次而排的"总名单"，正如《封神演义》有"正神榜"，《水浒传》有"忠义榜"，《儒林外史》有"幽榜"一样。由此可见，他的书是以"情"为核心的一部巨著。

　　但"情"实际上本有本义与枝义（引申义）、广义与狭义之分。雪芹的《红楼梦》，正是以狭义之情的外貌而写广义之情的内涵。狭义的，是指男女之间的情——即今之所谓"爱情"者是也。广义的，则是指人与人之间的相待相处的关系——即今之所谓"人际关系"。但还不止此，从哲学的高层次来阐释，雪芹所谓的"情"几乎就是对待宇宙万物的一种感情与态度——即今之所谓"世界观"与"人生观"范畴之内的事情。

　　鲁迅先生在20世纪初，标题《红楼梦》时，不采"爱情小说"一词，而另标"人情小说"一目。先生的眼光思力极为高远深厚，所以他的标目是意味深长之至。要讲《红楼梦》，必应首先记清认明此一要义。但本篇暂时抛开高层次的"情"，而专来谈一谈"男女之情"。

　　雪芹是清代乾隆初期的人，即今所谓18世纪前半时期乃是他的主要生活年代，那时候我们中国人对"爱情"问题还远远不像现时人的通行看法，也没有受到西方的影响。在他的心目中，男女爱情实是人类之情的一小部分，你看他如何写史湘云？她的一大特点就是"从未将儿女私情略萦心上"。儿女私情，正是今之所谓男女恋情了——但他下了一个"私"字的"评语"。显然，与"私情"相为对峙的，还应有一个"公情"吧？此"公情"，即我上文所说的广义的崇高博大的爱人、重人、为人（不是为己自私）的"人际关系"之情。但他又在写秦可卿时说"情天情海幻情身"，意思是说：在这有情的宇宙中所生的人，天然就是深于感情的——这儿至少有一种人是"情的化身"。

所以，雪芹这部书中写的，他自己早已规定了的，绝不是什么帝王将相、圣哲贤人、忠臣义士等"传统歌颂人物"，而是一群新近投胎落世的"情痴情种"。

但雪芹实际上很难空泛地写那崇高博大的情，他仍然需要假借男女之情的真相与实质来抒写他自己的见解、感受、悲慨、怜惜、同情、喜慰……百种千般的精神世界中之光暗与潮汐、脉搏与节拍。他并不"为故事而故事"，为"情节动人"而编造什么俗套模式。

如拿小红（本名红玉）与贾芸的"情事"作例，就能说明很多的问题——这些问题却是今日读者未必全部理解的了。

贾芸与小红，在雪芹笔下都是出色的人材，也是书中大关目上的一对极为重要的人物。贾芸在他本族中是个可爱可敬的最有出息的子弟，家境不好，早年丧父无力结婚，单身侍奉母亲，能够体贴母亲，是个孝子——他舅舅卜世仁（不是人）的为人行事，不让母亲知道，怕她听了生气。办事精明能干，口齿言词都很好，心性聪慧，外貌也生得俊秀（因此宝玉都说他"倒像我的儿子"，并真的认为"义子"）。小红呢？和他真是天造地设的一对：也是一个在不得意中无从展才的出色人物。生得细巧干净俏丽，口齿明快爽利，当差做事精能过人，连凤姐那样高标准审材用人的"专家"，只一见了她，临时抓派了一点儿家常琐事，立刻大加赏识，就要向宝玉讨来，收归手下。一切可想而知了！可她在怡红院，宝玉贴身的大丫鬟们个个才貌非凡，而且都很"厉害"，岂容她接近宝玉，为小主人做亲近的差使？只因刚刚有幸为宝玉斟了一杯茶，就大遭盘诘奚落，于是心灰意懒，每日恹恹如病，意志不舒。

事有凑巧，却值贾芸要来看望宝玉，无意中与小红有了一面之缘，并且获得几句交谈的幸运。那贾芸一见一闻，早已认识到这是一位出众的少女。

我们自古说书唱戏，流传着一句话，叫作"一见钟情"。对这句话，有人不以为然，有人专门爱用。那写《红楼》的雪芹，对此又是如何评议的呢？

这事很复杂，不是一个简单的"是、非""好、坏"的"分类法"所能解说解决的。如今请听我一讲——

世上的一见钟情，自然不能说是绝无仅有，但够得上这四个字本义的，确实并不是太多。认真考核时，那"一见钟情"是假象居多。雪芹的书里对此持怀疑或笑话的态度。因为，一个女的，一旦只要见了一个"清俊男子"，便立刻想起她的"终身大事"，难道这不可笑？那个"一见钟情"的内核质素是个真实的牢靠的"情"吗？只怕未必。细一追究，问题就很多了。

又不要忘记了历史的实际，造成那种非真的一见钟情的缘由却又是"可以理解"的——那时候，妇女是封闭式的生活，闷在深闺，不得外出，更不许见外姓陌生的男性，莫说"两性社交活动"是那时人所梦也梦不到的"奇谈"，就连"一面之缘"也极难得或有。然而正是在此情形之下，适龄的男女幸获一个觌面相逢的相会，自然远比现代"开明进化世界"的人容易留下"深刻印象"——并由此而引发到"钟情"的事态上去。所以，今天的男女"司空见惯"的这个"见"，在"红楼时代"确实是个重要无比的"钟情条件"。

事情正是这样：贾芸来到荣府书房等候传达，想进园去看宝玉，正好此时小红出来找茗烟——于是乎形成了二人的"一见"。这"一见"可不得了，贾芸自然为这个不寻常的小丫头的风度引起了注意。至于小红，要讲公平话，她原非什么"淫邪"之辈，起先一闻男声，本就要"回避"（赶紧躲开）的，后知是本族当家子的子弟（侄辈子），这才肯向前搭话。话是体贴贾芸，不愿让他白耗时力傻等着，这儿并没有什么"情"之可言。

然而，你看雪芹的书，那就传神入妙得未曾有！他怎么写小红的"表现"？他那一支奇笔写道是——

　　（红玉，即小红）方知是本家的爷们，便不似先前那等回避了，下死眼把贾芸盯了两眼……

雪芹的笔，遣词用字，已是入木三分，一句话中蕴涵着无限的心态之奥秘。但到此为止，仍然不能说小红就已然是"一见钟情"，只不过是初次有所留心罢了。

以后的事情，也不是"直线发展""一望到底"的。小红在怡红院难获一个如意的机遇，反遭场恶气，这才曲曲折折的忽然转念到那日书房中偶遇之人。然后经历了遗帕传帕、入园种树、守护宝玉（遭马道婆巫术祸害几死），层层递进，他二人的"情"这才真正暗暗地建立起来。

这种情况，你说它就是"一见钟情"，就显得太简单化、太肤浅了；而如若说它绝对不是，也似乎过于粗陋——这正就是雪芹在距二百数十年前竟然能够把男女之间的情写到如彼其高超精彩的一个佳例。须知，雪芹在写书的一开头，就把那种"套头""模式"的"一见钟情"明言反对了。

要想知道一下雪芹原书与现行的高鹗伪续本是如何地悬殊迥异，

只看小红贾芸这一段情缘故事也可以显示清晰。原来，贾环自幼受他生母赵姨娘的"教养"，对凤姐与宝玉二人恨之入骨，必欲置之死地而后快，马道婆那一场事故，已见端倪，但还不是他本人的毒计（那时还小）；等他长大了，先诬陷宝玉"强奸母婢"，激怒了贾政，只差一些微就把宝玉打死了；再到后来，就干脆勾结荣府的外仇内敌一起谋害凤姐、宝玉，以致这叔嫂二人一齐落难入狱。此时，芸、红二人已经婚配，通过醉金刚倪二的义侠之助，买通狱吏，前去探慰搭救，他夫妻二人是深深感念和怜悯他们的旧日恩人的屈枉和悲惨的。这些后话，其实雪芹早在第八回就设下伏笔了——那宝玉住的屋子为什么叫作"绛芸轩"？你是聪明人，你稍稍运思，就恍然大悟：那"轩名"二字，正是"红"（绛即红之同义字，而且古音亦同）和"芸"的"结合"呢！

其实，雪芹笔法之妙不止此。在全部书中，谁也没"资格"进访怡红院，唯有贾芸得入一次，刘姥姥自己瞎闯进去一次。这都为了什么？原来到日后宝玉极度贫困，寄住在一处破屋，几乎无衣无食，那时重来眼见宝玉之惨境的，也正是贾芸与刘姥姥，他们都是前来搭救落难之人的。在他们眼中，宝玉早先的令人目眩神迷的精美住房，与他落难后的贫无立足之境，正构成了一幅震撼心魂的强烈对比！

由此可悟，雪芹此书的前面貌似的富贵繁华，正是为了反衬后面的破败凄凉。

但到高鹗伪续中，这一切统统不见了，而且凤姐（原是与赵姨娘、贾环做死对头、全力保护宝玉的人）变成破坏宝玉幸福的大坏人；贾芸也变成了与贾环合伙坑害巧姐的大坏人！这究竟都是何肺肠？！不是要和雪芹针锋相对、彻底歪曲，又是为了什么呢？

雪芹安排给贾芸的另一个极其重要的"任务"是送来了白海棠，由此，引起了海棠诗社与菊花诗题——全书的"诗格局"由此起端。而且，无论海棠还是菊花，都是象征史湘云的。湘云与宝玉最后在艰险困苦中重逢再会，才是真正的"金玉姻缘"，即湘有金麟，宝有玉佩。（那薛家的"金锁"确实是个伪品。）

由此又可见，贾芸的作用是如何的巨大和要紧，但这已佚出了芸、红的"爱情故事"，留待异日再讲可也。

为"情"定义

我好琢磨事儿，想其间的道理，虽非"思想家"，倒也好发谬论，惹人窃笑。这些思路想法不足为训，然既是"自我介绍"，就该如实陈述，有善不必顾虑自诩夸扬，有过莫加粉饰回避。

我的"思想方法"不喜欢机械割裂，甲乙对立的理论古人的办法，以为那是没能真懂人家的意思、未能"感通"的毛病。

这是不是"折中主义"？或者主张好坏善恶是非正误都可不分，全无所谓？那又并非我之本意。不是要泯灭区分差异，不是要"和稀泥"。我想的是人们历来常常论到的一个"情"与"理"的对立问题。

人们送我一顶高帽叫"红学家"，我有了理由可以顺水推舟——就拿《红楼梦》作例来比喻拙见。

依我看来，曹雪芹这个人怪就怪在他的"思想方法"。比如：

石、玉、人，三物本是不同的，而在他看来，可以互通，可以转化——通与化有一基本因子，就是"灵"与"情"。故曰"大旨谈情""灵性已通"。故而石变为玉，玉化为人，本质有了共同的东西（性情，功能，作用，意义……）。

"石——玉——人"，这个"公式"甚至让我想起达尔文的进化论，曹雪芹是"东方达尔文",也有他独创的"进化论"。

雪芹公子不但不把"物"与"人"对立起来,还把"正"与"邪"调节了一回,生出了一个惊世骇俗的离经叛道的"怪论":即他所写的一百零八位异样女子都是"正邪两赋而来"的奇才异质,其"聪明灵秀之气在万万人之上"!

这有没有价值?中国思想史的大著中列过这么一章一节的专论吗?讲"红学"讲了一百年二百年,不讲这个根本大题,那"红学"又是干什么?有它存在的必要吗?

多年以来,"家"们说了:曹雪芹的伟大就在于以"情"反"理"——故一个"叛逆者"(古代革命家也),云云。这种见解"古已有之",至晚到"诠释"汤显祖的"临川四梦",已经大畅斯风了。

众口一词——就全对了吗?其实,雪芹的书中从来未尝反"理"。咱们先从"情"讲起。

"情"是什么?怎么"界定"?我的办法与词典不同,我曾说过:精,米之最佳成分也;晴,气候之最佳境界也;清,水之最佳状态也;菁,草之美也;倩,人之美也;请,语之礼也;靓,妆之好也……如此可见,"仓颉造字",中有至理,循律以推,则可知:情,心之最高功能与境地也。

故人必有情,情之有无、多寡、深浅、荡垫……可定其人的品格高下。这儿就发生了一个极有趣的问题:中华文化儒、道、释三大家,他们对"情"怎么看待和"处置"?

释迦牟尼,其人有情乎?无情乎?记得有一副对联,道是:"不俗即仙骨,多情乃佛心。"说得最好不过了。佛若无情,不会去受千辛万苦,只为了一个普度众生。众生都要普度,他心方安,难道世上还有比这更多情的人吗?

先师顾随先生讲一故事:玄奘大法师苦住天竺国十七年,一次忽见到中土传来的一把扇子，因而感伤而生了一场病。有人便讥讽说："好一个多情的和尚！"顾随先生说：玄奘上人不多情，他会远涉万里，去国十七年而苦求真经（也是为了度人）吗？

正好，在佛经上"众生"一词或译"诸有情"，在中华古汉语，人也叫"含生""含灵"。这就充分表明：有感情有灵性的，才能叫人，方够一个"生"字。

释迦牟尼遭遇的极大悲剧就是"情极之毒"（脂砚斋评贾宝玉），他为众生离苦，寻不到一个办法，最终认为"情"是一切苦恼的本根，离苦必须绝情断情！

儒们不大讲"情"，只讲忠孝仁义、三纲五常……这其实是把"情"伦理化、道德化——即人际关系制约化了。其实呢，一个真孝子，全是一片真情体贴父母的言谈行止。如果只凭的是一个空洞的"理论概念"，一个"孝"字教条训话，他绝对成不了一个名实相符的"孝"者。此理最为重要，可惜人们却常常弄迷糊了。

所以，《长生殿》开头就大笔点睛，说是"感金石，回天地。昭白日，垂青史：看臣忠子孝，总由情至"（《传概》之《满江红》）。而"戚序本"《石头记》第三十六回回前题诗中也恰有"画蔷亦自非容易，解得臣忠子也良"，正谓此也。

见了此等历史语言，如只知"批判封建思想"而不悟中华古代人的情感实质，那就什么文学艺术也难多讲了。

道家呢？虽说是"太上绝情"，"至人无梦"，讲"涤除玄鉴（心）"，摒除杂思，一心守静，似乎无情了；可是"濠上"之游，庄、惠二人互辩"乐哉鱼乎"，知鱼之乐，非情而何？看来，古今大哲人，大智慧，无不为"情"的问题而大费周折，尽管貌似不同，实则"其致一也"。

说到此处，再看雪芹公子才人，就见出他的"大旨谈情"的见解主张，是非同小可了。

宝玉（雪芹的化身或幻相）的最大特点是"情不情"——以"情"心来对待那一切无情、不情之人、物、事、境。

他自幼率性任情，故有"狂痴"之罪名；但他最讲道理，故最能体贴他人——此即"理"也。比如，他心怜平儿，欲稍尽心意，却知她是兄长房中之人，亦嫂级等次也，便不能忘理而任情。比如她在嫂嫂凤姐生日那日，因情而私出城外，为尽一礼，然又服膺书童茗烟之言，尽礼之后，还须即速回家，以慰祖母，以贺贤嫂——此又非"理"而何哉？

举一可以反三，书中类此者，在在昭然，无俟枚举。

是故，雪芹未尝将"情""理"绝对化起来，敌对起来，势不两立起来。说《红楼》是一部"反理教"的书，岂其然耶？

孔孟等圣贤，出于治国安民的好心，把"情"伦理道德化了。雪芹则是：在伦理、社会关系上，承认"理"是适可而必要的；而在独处自便之境中，即将"情"诗化起来，艺术化起来。两者并不构成绝对矛盾冲突，甚且有时是相辅相成的关系。

情，即"天"是也。理，即"人"是也。情与理谐，是即"天人合一"的大道理——亦即中华文化的最大特色与精髓所在。

我的"思想方法"颇与雪芹有相近相通之处。是以我说我不喜欢把事理人情割裂两截，制造人为的对立的那种识见主张。

我们中华人至今日常生活用语从未废弃"情理"一词，相反，一直尊奉运用。宝玉不乐于高冠礼服地贺喜吊丧的纯"表演性"俗礼，是因其中已失真情，而绝不可以举此以为"反理"之证。宝玉不喜功名禄位，也只因其间只有官气，而无真情——他特重者是一个"真"字。性真情真，待人以真，对事以真……是以十分感慨于"假作真时真亦假"的俗世伪装，是作奸取巧，利己害人。

我尊重雪芹，喜爱《红楼》，全在于此。什么"爱情悲剧"，什么"婚姻不自由"，还有"反封建""叛逆者"等识见，那是另一回事，与在下的"思路与想法",关系就很小了。

诗曰:

后贤难议议前贤,"情""理"相逢仇对煎。
细究中华文化史,天人合一否耶然?

"情 榜"

在雪芹已写出的书稿中,原有一张"情榜",应是全书的结束——
这是明清小说的一种传统形式(如《封神演义》有封神榜,《水浒传》
有忠义榜,《儒林外史》有幽榜,《镜花缘》有女科金榜)。这个"榜"
之存在,有何根据?曰:有脂砚之批为证。一次是说估量正、副钗等的
名姓、数目;又一次是说宝玉虽历经各种"警教""觉悟",而终不能
跳出"情榜"。

这就不是单文孤证,不是想象之词。

"情榜"者,列出了全体诸钗名单,每个人名下给予一个"考语"(相
当于今之"总结鉴定"),上字一律是"情",下字配以各人的"特征"。

黛玉是"情情",金钏是"情烈",晴雯是"情屈"……极少几
个略可推知,大部分已无从臆拟。最奇者,宝玉非"钗",却为群钗之
"贯"(或作"冠"),所以倒能高居榜首。其他"浊物",另有"男
榜",不相混杂。此外还有"外榜",大约是张金哥、周瑞女儿、刘姥
姥之外孙女青儿、卜世仁女儿银姐儿、倪二之女儿、农女二丫头、袭人
之姨姊妹等与贾府并无直接往来、居住关系的女儿们。

男榜、外榜，也许都是十二名？不敢说一定。

正钗、副钗、再副、三副……以至八副为止，共为"九品"，仍是古代品第人物的传统。"十二"表女性（十二为偶数、阴数之最大代表），"九"表众多（九为奇数、阳数之最大代表），故十二乘九等于一百零八。一百零八是"情榜"的总数。

为什么非要一百零八？是专为和《水浒传》唱对台戏——你写一百零八条绿林好汉，我写一百零八位脂粉英雄（秦可卿语）。

这就是雪芹作书的用意、目标，也是艺术构思和审美规范。

每人给一个"情×"的定品考语，是从明代冯梦龙学来的，冯是个小说大专家，搜编甚富，著有一书曰《情史》，又名《情天宝鉴》。这就是"情榜"所仿照的"范本"，因为那书里正是把古来写"情"的故事分了细目，标为"情贞""情缘""情私"……

"情"，自六朝人方特重此字此义。昭明太子编《文选》，创立了"情赋"这一类目。"太上忘情，下愚不及情——情之所钟，正在我辈"，已正是六朝王、谢名族一辈人的思想和言词。

书圣王右军《兰亭集序》说："一觞一咏，亦可以畅叙幽情。"又云："及所之既惓，情随事迁，感慨系之矣。"

雪芹："大旨谈情。"

妙玉续中秋联句诗："有兴悲何继？无愁意岂烦。芳情只自遣，雅趣向谁言？"

《红楼梦曲》的煞尾一支："有恩的，死里逃生；无情的，分明报应。"

空空道人"抄传"了《石头记》，竟改题为《情僧录》——自名"情僧"。

"情僧"——又一千古首创奇文！

"情僧"是谁？

所以，宝玉终究跳不出"情榜"。他生死忠于"情"，是谓"情圣"。

一部"冤"书

《红楼梦》有多层多面义，历史的、哲思的、文学艺术的、道德的、性情的、灵慧的……也有社会的、政治的。综论另是一回事，单论做好了却也是综论的基础，然而也有其"本体性"，可以独自成一规格范畴。如今想讲的，是《石头记》全书中所隐含的一个"冤"字。

讲"冤"义似乎是个单论了，然而不然，"冤"在《红楼》本身又是多层多面的。所谓"一言难尽"，是句实话。

雪芹的家世是个政治大冤案。他本人是个不为人知解的冤人。他的书被人横加篡改割续，是一桩千古奇冤。他书中的人物——主要在一群女儿的为人和命运上，都没离开这个可歌可泣、可骇可愕的"冤"字。

石头是开卷"楔子"的角色，它被遗弃不用，是冤字之始。甄士隐无端遭火，一贫如洗，受岳父的白眼和蒙骗，是个冤士。娇杏不过听说贾雨村这寄身破庙的寒儒，不觉望了他两眼，遂让贾雨村认为"有意于他"，是个冤婢。冯渊与英莲，本身即"逢冤""应怜"，不必再说了。全书以冤起，以冤终——现存"八十回本"本来以晴雯结，这就是以冤结的明证。

如此可悟：书中众女群芳，无一不冤。所冤虽各个自异，而都为含冤受枉之人，则分明可按——虽然有显有隐、有巨有细、有直有曲，其为冤者，总归一揆。

看看这些女儿的"总领衔"（脂砚所谓"群芳"之冠）宝玉，一生受的是"世人诽谤"（《西江月》）和"百口嘲谤"（警幻评语），受谤者即遭冤者。宝玉乃是世上第一大冤人。

再看"十二钗"之首元春的"判词"之第一句，就是"二十年来辨是非"，是非不可混，然二十年一直在混，在辨——辨了没有？还不得而详。这岂不是诸钗之首的一大冤案？

迎春屈死。探春因"庶出"而遭歧视。惜春似无冤，而迫于家势，缁衣出世，亦是一种屈枉。

凤姐一生独支大厦，心力俱瘁，只因犯过而被休，尽屈辱诬枉——成为众矢之的，"诸罪所归"，那报应是不公平的。

湘云沦为佣乞，巧姐落于烟花，妙玉为世同嫌愈妒，可知被屈的下场最为惨痛。

"正钗"之外，诸"副"也是各有冤屈。如平儿、如鸳鸯、如金钏、如彩云……事迹般般，都是无辜受害之好女子。鸳鸯被诬为与贾琏有"私"，彩云（或作彩霞）受疑与宝玉"相好"……

林黛玉之死，依拙意是与赵姨娘诬陷她与宝玉有"不才"之事紧密相关。

这儿，就剩宝钗与袭人，这二位贤女久受评者贬骂，其冤又在何处？且听一解：一般人的理解是宝钗"害"黛玉，袭人"害"晴雯，两人阳贤而阴险，众皆恶而斥之，不遗余力。假如这样，则雪芹的书就立刻变了味，不再是"千红一哭"，而是一半"红"哭；另一半"红"害了别人扬扬得意而自满自"笑"了。这就是一个无法回避的极其重大的研《红》问题。

我以为，雪芹的书若只是此一含义，那就太俗气了，也就谈不上什么"伟大"了，雪芹的"女儿观"与精神境界也就降低到一个不值得重视与赞叹的可怜地步了。

请你重温一下80年前鲁迅先生的话：

甚或谓作者本以为书中无一好人，因而钻刺吹求，大加笔伐。但据本书自说，则仅乃如实抒写，绝无讥弹，独于自身，深所忏悔。此固常情所嘉，故《红楼梦》至今为人爱重，然亦又常情所怪，故复有人不满，奋起而补订圆满之。此足见人之度量相去之远，亦曹雪芹之所以不可及也。

细玩这段极关要紧的论析，知其本由"钗黛争婚"、钗"胜"黛亡、续书补"撼"而引起的，那就是说"有人"以为钗、袭之为人阴险坏极——所以先生进而指出：因此又变本加厉，遂谓雪芹"微词曲笔"，书中"无一好人"了！

这就是书中人物钗、袭的冤案——也是芹书的又一层蒙垢积深的大冤案。其根本关键全在高鹗伪续的篡改与歪曲雪芹的伟大思想与崇高的文化层次、精神世界。

既如此，那么雪芹笔下的凤姐，也被高鹗诬为"一党"坏人，她在前八十回中显得敢作敢为，只因贪小图利，做了些错事；又因贾琏的不给她留有地步，另立"新奶奶"，以致逼害了尤二姐。但书到后文，她所得的"罪名"却是大大超过了她的过错而判为大恶不赦，尽犯"七出"之条的重案罪囚——所以实质上也是一个屈枉的难以为人尽明而普遭仇视的冤者。

如凤姐这例可明，则其余诸女儿，如秦可卿、林黛玉乃至小红、茜雪、四儿之辈，无一不是身遭不白之冤而为人歧视恶待，横被骂名的屈枉者。只要细玩书文，不难尽领其旨。

以此而参悟雪芹的作书起因，层次虽多，而一腔不平之气，感叹人生，悲悯万物，欲代他们一抒其不平的冤愤，实为重要的一大方面。

第三层

《红楼》女儿

【分 引】

　　《红楼梦》雪芹真书版本，以一百零八回大书，写了一百零八名女儿，故名之曰"脂粉英雄"——此乃有意地与《水浒传》的一百零八名"绿林好汉"构成工致的对仗，可谓并驾齐驱，是中国小说史上一大奇迹。

　　雪芹以此为历来女儿吐气申冤，寓意至为深刻。

　　诗曰：

　　　　一百八名平半分，英雄好汉对成文。

　　　　绿林红粉真奇话，吐气申冤史未闻。

"脂粉英雄"

"脂粉英雄"这四个字是一部《红楼》的主题，也是雪芹写作的精神见识、襟怀叹恨。讲《红楼梦》，先要从这视角和感受层次来启沃仁心，激扬情义。

"脂粉英雄"，是为了与"绿林好汉"作对子。本来可作更"工稳"的对子是"红粉佳人"，雪芹嫌它用得太俗了，而且也词不副意，易生误解，故尔加以小小变换，遂觉气味气象、文采文情，迥然不同，一洗凡俗。

这是一个绝大的语言创造。

说"语言"，指的是"文学语言"，并非"日用"或"文件"，可以到处采用。并且，这不只是词句的事，是一种见识、感受的"宣言"——若在西方，恐怕早就有人说成是"主义"了。

雪芹又自谦，说这些"异样女子"不过是"小才微善"，并不"动天动地"。

有些人一见"英雄"二字就想起武侠小说。拿刀动斧，催马上阵，勇冠三军……是英雄。别的——尤其女人，哪儿来的英雄——连"性别"都辨不清了，可笑可笑！

这是俗见，自己不懂，反笑别人。

英者，植物的精华发越；雄者，动物之才力超群。合起来，是比喻出类拔萃的非凡人物。

若说"性别"，那"巾帼英雄"一语早就常用了。女词家李清照说："生当作人杰，死亦为鬼雄。"她怎么也"雄"了呢？

在雪芹笔下，女儿各有其英雄之处。

然而，为何又突出"脂粉"二字？妙就妙在这里。

雪芹之意：水才是女儿之"质"，但"质"亦待"文"而更显其美；故孔圣早即示人以"文质彬彬"之大理了！很多人至今还弄不清这层关系。

所以，"脂粉"者，是女儿们助"质"的"文"——所谓"文饰"者是矣。

女儿质美，然又必待"粉光脂艳"方见其美，文质相得，两者益彰。

故女儿一起床，第一件事是梳妆。平儿哭后，必须立刻"理妆"，否则不能见人。而平儿此时方知怡红院中的脂粉皆是特制，果然考究异常。而"粉光脂艳"，则是姥姥一见凤姐的重要印象——深识其美不可及！

园中女儿都要买脂粉，由管事的外购来的皆是劣品，不能用，白浪费钱；必须打发自己的人去买，方才可用。

你看，脂粉之于女儿，功用大矣。

是故，读《红楼》须明"脂粉英雄"之丰富含义、重大怀思。

书中谁当居"脂粉英雄榜"？太多了：凤姐、探春、湘云、平儿、鸳鸯、尤三姐、晴雯、绣桔、小红，应居首列。她们的才情识见、勇毅坚刚，令人礼敬。

从这儿"走进"红楼，便悟只此方是书的主题，书的本旨，书的命脉，书的灵魂。

这些"脂粉英雄"却隶属于"薄命司"！

《红楼梦》伟大悲剧在此——绝不是什么钗、黛争婚"掉包计"。

讲《红楼》人物论，探佚这些人物的后文结局，研究作者如何表现她们的高超笔法，都必须把握这个中心，方有衡量标准。

《红楼梦》的妇女观，与《金瓶梅》的妇女观，一个是天上星河，一个是厕中秽水。

《红楼梦》原书的精神世界，与伪续后四十回的精神世界，一个是云里鹓鸰，一个是草间腐鼠。其差异距离之大，已无法构成什么"比较"——因为纯属"两个世界"。

诗曰：

　　　堪怜腐鼠成滋味，同挥脂粉英雄泪。
　　　梦窗也是多情种，七宝楼台谁拆碎。

湘云是"脂粉英雄"

第五回"幻境"中湘云曲文云："幸生来英豪阔大宽宏量，从未将儿女私情略萦心上，好一似霁月光风耀玉堂。"独"舒序本""英豪"作"英雄"。我从"英雄"。

人或有疑：为何不从众而独取这个，哪如"英豪"通顺？岂不违众？

我说：不然。请听我的道理。

湘云后来收了葵官，给她男装作小童之状貌，又与她取名叫"韦大英"。

这是何意？盖明喻"惟大英雄为本色"一语，自己喜爱英雄气概。所以是"幸生来英雄阔大宽宏量"。若"英豪"，转为泛泛了。

或疑：女子怎么会用上"英雄"二字？太罕闻了。

我说：君不见秦可卿向凤姐托梦，说的就是："婶子，你是脂粉队里的英雄！"此正雪芹的独创，极是重要。怎么反倒疑它"不通"？

还有一个参照：脂砚透露，佚文有"王熙凤知命强英雄"一个回目。此是"名词"变用为"形容词"之例。

大凡雪芹第一用自创的字法句法，就有人不许他独创自铸伟词，定要乱改，把伟词拉向一般化的庸言常语。悲夫！

若问：何以见得湘云英雄？

例证不少。

如，独她敢批评林黛玉，直言不讳。

如，薛宝琴刚一来，就告诫她：太太屋里少去——那里人都是要害咱们的。是直指赵姨娘一伙。

如，她听邢岫烟寄顿在迎春房里，受委屈，有难言之苦，以致天冷了，反要典当衣服换钱应付婆子丫头们——立即气愤不过，站起身，要去质问迎春。宝钗立即喝住劝止。以致黛玉笑她："你又充什么荆轲、聂政！"

这不是英雄本色是什么？又何疑之有？

我劝那些总以为自己高明、雪芹的"语文水平"还不如他的人们：还是虚心一点，多向雪芹学习学习，别忙着充当修改《石头记》的"先生""老师"。

雪芹时常有意运化成语，偏要改动其中一二字；有时是力避俗套陈言，出一点新意——均为腐儒下士之辈"不接受"，提笔就改，改"回"那个千篇一律的腐俗处，还自鸣得意，以为自己建了功勋。

"甲戌本"上的孙桐生的大笔浓墨，就是这么一回事。不明真相者，警惕上大当！

第四层

《红楼》灵秀

【分 引】

　　研究者、评论家常常以曹雪芹与英国的"剧圣"莎士比亚（Shakespeare）相比并举。如此，则雪芹可称为"稗圣"（稗指说的别名"稗官""稗史"）。但莎翁一生写出了三十七八个剧本，他的众多角色人物是分散在将近40处的；而我们的伟大作家曹雪芹的几百口男女老少、尊卑贵贱等，却是集中在一部书里，而且是有机地"集中""聚会"，而非互不相干。这是古今中外所有文学史上唯一创例，无与伦比！这么多大小人物，生活在一处，生死休戚，息息相关，是一个大整体，而不是依次上场，戏完了没他的事，退入幕后，又换一个"登场者"的那种零碎凑缀的章法。此为一大奇迹、一大绝作。

　　诗曰：

　　　　著书全为女儿心，亦有高年妪可钦。

　　　　浊物也须一言及，无违大旨义堪寻。

风流人物在英才

一提起《红楼梦》与中华文化这个大题目，便有如剥春蚕千头万绪须缫，如寄音书千言万语难尽之感。在此文中，我只想就其一端，粗明鄙意，我要从东坡名作《念奴娇》说起。

东坡这首词的头一句是什么？他道是："大江东去，浪淘尽，千古风流人物！"可知东坡心中意中关切追慕的，不是其他，乃是华夏从古以来为人传颂的风流人物。谁当得起这样四个字的一种称号呢？东坡写得清楚，那便是三国周郎，凡我中华之人，谁个不晓，公瑾英年将略，顾曲名家，真可谓风流绝代，才艺超群。这样的人才，这种的风流人物，似乎以前未闻（至少未显），比如先秦诸子，两汉名流，大智鸿儒，高风亮节，全是另一种风范。到得三国之时，这才由周郎树立起了头一个仪型。东坡乃许以"风流"二字。但是，仍有一桩遗憾，就是周郎不曾留下翰藻文词，人家都知道他是位高级的将才和艺术家，却不能承认他是文学作家。真是风流未足。且再看同时代又出现了何等人物？

三国之中，东吴、西蜀，人才济济，各有千秋，但一色是帝王将相之资，却少见诗人情种之质。唯独地处河南的魏，却产生了那种与帝王将相全不相同的人物——即我所说的"诗人情种"型的人物。魏武曹瞒，雄才大略，且置另论，出名的三曹父子中，以曹植子建特为佼佼。以我管窥蠡测之人观史，窃以为自从有了曹子建，我们的文化史，实实打开了崭新的一章，论人论文，皆与以前不侔。这真是里程之碑，纪元之表。大书特书，犹恐不足以表出他的身份地位，价值意义，作用影响！

那么，对这一崭新类型的风流人物，是否又有崭新的词语来表白他呢？完全有的。有四个字，在《红楼梦》里雪芹也曾用过的，最为恰切、最为高明……

哪四个字？——哪四个字？

你且打开《红楼梦》，翻到第十八回，看众姊妹奉元妃之命题咏新园时，那李纨题的匾额是什么？她道是：

文采风流

这还不算，她的诗又说：

秀水明山抱复回，风流文采胜蓬莱！

我说，凡属学人，要识得，这"风流文采"四字，方是曹子建这种类型的文曲巨星人物的题品和写照，方是中华文化史上的一条最为璀璨夺目的脉络与光辉。

乾隆二十八年癸未除夕（公元1764年2月1日），雪芹病逝，好友敦诚，作诗痛挽，其句云：

开箧犹存冰雪文，故交零落散如云。
三年下第曾怜我，一病无医竟负君。
邺下才人应有恨，山阳残笛不堪闻。
他时瘦马西州路，衰草寒烟对落曛。

那第五句"邺下才人"是指谁而言呢？正是以曹子建来比拟雪芹。

我们中华文化史，论人论文，特别讲究这个"才"字，这是文化学术界要注意探讨的一个巨大的课题，如今只说"才"的代表人物，端推曹子建。这一点，是自古同然，从无争议的。因为从南朝的大天才诗人起，便许他独占了"八斗才"之美誉。我们第一流惊才绝艳的诗人李义山说"宓妃留枕魏王才"，这也是独以"才"字评于子建。以后，"潘安般貌，子建般才"成了小说戏本里的"标准语言"。这只要不拿"陈言套语"的眼光去看待，就会深体其间的重要含义了。曹子建在邺都（今河北临漳地），于西园与诸诗人聚会，其时有应场、徐幹、刘桢、阮瑀、王粲等，号称邺中七子——即是敦诚所说"邺下才人"之义。这实际上乃是后世吟盟诗社的先河。子建作《洛神赋》，应场作《正情赋》，他们把汉代的"类书"式铺叙性的大赋变为抒情诗性的短赋，连同五言诗，为文学史开辟了一条重要无比的发展道路。中华的诗史，虽说要以《诗经》《楚辞》为始，但那实在都与风流文采一路有别。可以说，曹子建等"西园才子"，才是中华诗史的源头、正脉。这条脉，纵贯了数千年之久，不曾中断，关系之钜，略可见矣！

敦诚挽吊雪芹，用了"邺下才人"一词，他虽然是以同姓同宗相为比拟之旨，但无意中却道着了我们文化史上的这一条脉络：若论文采风流这个类型的天才文学人物，正以子建为先驱，而以雪芹为集大成，为立顶峰，为标结穴！

《红楼梦》有多方面的意义和内涵，但它的文采风流的这一文化特征，识者道者极少。讲中华民族的文化，而不能认识这一重要特征及其脉络源流，便不免令人欲兴宝山空入——至少也是买椟还珠之叹了。

我们文化史上，论文论人论事，都讲才、学、识、德，兼者为难，而才则居首。才之与材，有同有异，有合有分，所以不能完全代用（举一个有趣的例："诗才"与"诗材"，绝不容混）。对于《红楼梦》来说，雪芹明白地记下了一句话"女子无才便有德"（注意：坊本妄改"有德"为"是德"），这意思极为明显，就是那时候人，正统观念，是把"才"与"德"看作"对立物"的！才，本来是极可宝贵的质素，可是一有了才，便容易受大人先生的"另眼看待"，加之白眼，予以贬词。雪芹一生遭此冤毒——其实，子建又何尝不是如此！千古才人，多被诬蔑为"有文无行"者，才之"过"也！

然而，在《红楼梦》中，李纨是自幼奉守"女子无才便有德"的青年孀妇，但是题出"文采风流"的，却正是她。这件事，雪芹或许是寓有深意的吧。

涉及这些，便绝不是文学史的小范围所能解说的，所以要讲清《红楼梦》，非从文化史与国民性的大角度大层次去深入检讨不可。

要说的难以尽表。真是"书不尽言，言不尽意"，此种怅憾之怀，大凡执笔为文者，定都会有同感罢。

伟大的思想家

欲究雪芹思想，似不妨即借小说中贾雨村评论贾宝玉时所用的一句："若非多读书识事，加以致知格物之功，悟道参玄之力，不能知也！"

雪芹因是以小说为体裁，故语气时有半庄半谐之趣，但其本旨却是郑重、严肃，以致沉痛悲悯的——亦如冷子兴之言"见他说得这样重大"，确实此间是包括了一个非常巨大重要的哲理课题。如今试为粗探，以供讨究。

"字字看来皆是血""滴泪为墨，研血成字"的《红楼梦》，并非为了供人消闲遣闷，也不是为了"情场忏悔"或"解脱痛苦"，乃是作者对于宇宙万物、社会人生的一个巨大的、深邃的思索与观照。小说从女娲补天，遗石通灵，幻形入世，一直写到了"离合悲欢，炎凉世态"，展示了一位哲人的全部智慧与精神的高度造诣，代表着中华文化精华的特色与价值。实际上，他以当时的形式思索了天、地、人的生成与进化，探究了生命、性灵、才干的可贵，谱写了人与人之间的理想关系，以及人才的遭遇与命运。他是18世纪早期时代呼唤中华知识界重新来思索探讨这种重大课题的思想巨人，他是形将步入近代的中国人的启蒙者，意识革新的先驱者。

今日要想了解作为思想家的曹雪芹，"致知格物，悟道参玄"八个字却是一个透露消息的"窗口"，因为这正说明了他认识宇宙人生的步骤和层次的"方法"问题。

"格物致知"原是儒学中"正、诚、格、致、修、齐、治、平"众多步骤层次中的一个做人积学的必由之路，必要的阶段功夫，接近于今时所谓探求科学知识，认识客观世界。然而中华文化思想又认为，这是必要的，但并非最高级的认识，也非终极的目标。要从这种对客观事物的认知而上升到更高层的领悟——寻求它的本源本质、本身变化规律、相互关系等等巨大深奥的道理。这就是"悟道参玄"的本义，而不可拘执于"悟"指释家功夫，"玄"指道家理论等死义。——对我这样理解，最好的证明，即用来阐释那八个字的具体例证乃是"正邪两赋"而生人之论，却与释、道都无直接渊源关系。那"道"与"玄"，不过是指"器""物"的具体之外之上，还有一层"形而上"的（看不见、听不到、摸不着）微妙之理。

正是遵循了这样的步骤与层次，雪芹达到了他自己对于"人"的理解与认识，关切与忧思。

所谓"人"的问题，大体包括：①人是怎样产生的？为什么人有价值？②人分什么等类？哪类最可宝贵？③这类人遭遇与命运如何？

④人应该怎样互相对待？⑤人生目标是为己？还是为人？……对于这几个重大的问题，雪芹都于长期人生阅历中深思细究过，并在小说中一一申所见所感。

现今传本第一回开头（本系批语，后混为正文）引据作者自云"因历过一番梦幻，故将真事隐去，而借通灵之说撰此《石头记》一书也"，与稍后的"此书大旨谈情""历尽悲欢离合，炎凉世态"等语，说的即统统都是对于"人"的问题的思索与感发。

对"人"的巨大思索

曹雪芹的哲思，全部托体于稗史小说，故与学者的论文不能一样，所谓"说来虽近荒唐，细按则深有趣味"（"甲戌本"作"细谙"），此言表明，他的小说的措词听起来像是荒言假语，但实含巨大意义，贵在读者能否细加玩索罢了。所谓"荒唐"，首先指的就是从女娲炼石补天的古史话说起的。此义至关重要，它决定了全书的精神命脉。

女娲是何如人？她是重建天地，创生"人"群（中华民族）的伟大神力慈母，也是婚配的"高禖"之神。《淮南子》《列子》等广含古事的书，记载她为倾坏的天穹用五色石补好，止住淫雨洪水，并"断鳌足"为破裂的九州大地修整定立了四极；而《风俗通义》又记载她用黄土"抟"造人群的故事，这乃是中华的"创世纪"，含义最富。雪芹独取娲皇为全书之来源，已可见其旨趣，与"荒唐"只是"貌合"的表面文章而已。

汉代大师许慎在《说文解字》中注释说："娲，古之神圣女，化万物者也。""化"非变化，乃"化生"之义，此又可见先民视女娲为创生万物之神，还不只是人类之祖而已。那么，炼五色石，这"炼"实亦含有"化"之意味在内；这就无怪乎雪芹说她炼而未用之石，也是"灵性已通"的了。

这样，便对女娲的伟大意义明确到一点上：她的伟大固然在于建天地、化万物，创造了世界；但更在于她能赋予"物"以灵性！她把灵性给了人，人遂成为万物之灵；而经她化炼的石头，也能脱离冥顽而通彻灵性——这个想象（即雪芹之哲思）饶有意味可寻。这大约表明，在雪芹想来，物是由"无机"而进化到"有机"的，由初级灵性而上升到高级灵性的，在《石头记》中，其"公式"即是：石→玉→人。

这一"公式"的含义，与"妖精变人""孙悟空七十二变"等类是性质不同的两回事，需要细辨：石是有了灵性（知觉、思维、情感、才智……）之后才有了做"人"的愿望，并且是经过"玉"（古民视为瑞物，物之精体，具有神性灵性）为之"过渡"才化为"人"的，此即由低向高的三部曲。这分明带有一种朴素的物类进化思想，这一思想自然比不上英国生物学家达尔文那么精细，但要想到，达氏确立"种源进化论"是在 1858 年，时为相当于清代的咸丰七年，比雪芹晚了一个世纪之久了呢！这就不能不对雪芹的思想之高度称奇呼异了。

当然，作此对照，还只是一种比喻，我并无意拿雪芹与达尔文牵合比附，这种东方的"进化论"未必即与西方的一模一样。比如石头能说话（石言）见于《左传》，石头听高僧竺道生说法，能领悟而点头信奉，见于唐人《莲社高贤传》。天下有许多著名的奇石，尚难解释，表明它并不是完全"冥顽"无知的"死物"一块，这也仍待研究。正如雪芹还说那株绛珠草后来"修成女体"，则草木也能"进化"为人。这些当然与达尔文的理论异趣，西方科学家会哂笑的。但万物之有灵性者，毕竟以"人"为首，万物的最高"阶级"，则是殊途同归的，里面确又含有一种东方式的"进化"思想在。

"两赋"的新哲思

雪芹是在认真探究"人"的本源本质，进行严肃的哲理思索，而不是只为写"荒唐""无稽"的"小说"。他引女娲造人是其一例而已。

有人会问：他写的是女娲炼石，与造人何涉？这就是不懂得雪芹的明笔与暗笔之分。他写"造人"是用的暗笔：说男人是泥做的，女儿是水做的，这正是由娲皇抟黄土造人的神话暗暗接联炼石而来的文脉，岂可对此一无理会？

但他对"人"的本源本质还有神话以外的理解与阐释，他的一个更重要无比的哲学新说是"正邪两赋"论。

"两赋"者何？是指人之所生，不仅取决于有形的"水""土"形骸，还更在于所禀赋的无形的"气"，气才决定其本质性情。此所谓"气禀"学说。自唐宋时代以来，文家学者，皆已宣述此论，非雪芹所创，雪芹的"两赋"新说，虽然来源也出于"气禀"之说，但他的识解却与前人有着极重大的差别。约略言之，可列三端：

第一，过去的气禀论者，似可称为"机构分类法"：正气所生为圣贤、为忠孝、为善良、为颖慧；邪气所生则为奸佞、为邪恶、为鄙贱、为愚昧（可参看拙著《曹雪芹小传》第十一章，今不繁引）。而雪芹之意则不然，他以为正、邪二纯气之外，还有一种"合气"（与古人所谓"杂气"并非同义。似乎接近"间气"），即正、邪二气本不相容，但相逢之后所激发而生出一种新气——

> 天地生人，除大仁大恶两种，余者皆无大异……清明灵秀，
> 天地之正气，仁者之所秉也；残忍乖僻，天地之邪气，恶者之所
> 秉也。……（邪气）偶值灵秀之气适过，正不容邪，邪复妒正，
> 两不相干……必致搏击掀发后始尽。故其气亦必赋人，发泄一尽
> 始散。

是为"两赋"气禀说之本义的论述（第二回）。

第二，前人曾有过"杂气"的名目，但以为那是最卑微鄙陋之人所秉的，甚至以为连蚊蠓蚁蚤等细虫也就是这种气所生之物。雪芹则大大不然——

> 使男女偶秉此气而生者，上则不能成仁人君子，下亦不能
> 为大凶大恶；置之于万万人之中，其聪俊灵秀之气则在万万人之
> 上——其乖僻邪谬，不近人情之态，又在万万人之下！

这就是说在雪芹（借贾雨村之口）评议中，这种"两赋而来"之人，乃是极可贵重的一种"新型人才"，因为那所谓的"乖僻邪谬，不近人情"，语虽贬抑，意则赞扬：这种新型人才方是人类的英华俊秀——与前人的"杂气观"正为相反的识见。

第三，前人的"气禀"论中的另一陋见谬识即是"气"决定了人的贵贱贫富的身价命途，是为统治阶层制造"先天合法论"。雪芹则又大大不然——

> （两赋人）若生于富贵公侯之家，则为情痴情种；若生于诗
> 书清贫之族，则为逸士高人；总（纵）再偶生于薄祚寒门，断不

> 能为走卒健仆，甘遭庸人驱制驾驭，必为奇优名倡。

以下他罗列了许由、陶潜、嵇阮……又列了陈后主、唐明皇、宋徽宗，又列了大诗人词人，又列了卓文君、红拂、薛涛、崔莺、朝云……这就表明，在雪芹的人物价值观中，这么些贵贱悬殊的人，都是一样的，"易地皆同"的——人的才质并不受政治经济条件的割裂分离。所以者何？因为这些是异样珍奇的人物、人才，他（她）们是与庸人俗物相对立的！

由此方能晓悟：原来，他所说的"乖僻邪谬，不近人情"，也就是这些世俗庸人对新型珍奇人才不能认识、不能理解，而只用世俗尺码来称量他们的"估价"。那两首"嘲讽"贾宝玉的《西江月》，字字是贬，句句是讥，而骨子里正是大赞深褒，这大约也可归属于雪芹告诉读者读此书要看"反面"的一义之内吧。

此种特异人才，不为人识，不为世知——是为作者雪芹一生的"惭恨"（"脂批"说"无才补天，幻形入世"八个字"便是作者一生惭恨"，见第一回）。

这在我们思想史上，难道不是堪称为"革命"的冒天下之大不韪的伟论奇论吗？

"才"的意义与命运

才，人才，是雪芹最为关切的主题，一部《石头记》即为此而作。这人才，包括他自己，也包括他"亲见亲闻"的一群"异样女子"。

作者一生惭恨的是"无才补天，幻形入世"。此语何义？书中已有解答，即：

> 无材可去补苍天，
>
> 枉入红尘若许年。
>
> 此系身前身后事，
>
> 倩谁记去作奇传？[①]

这说的是："前身"为石，是无才而未能入选于补天的大功大业；"身后"托生，下世为人了，又是毫无建树，虚生枉入，"一技无成，半生潦倒"——此两番经历，皆为人视为"弃物"，故深自惭恨，不得已，故将才华抱负，倾注于一部稗史，十年辛苦，锲而不舍。此乃为"才"而痛哭流涕之言也。

雪芹对于他人，其重才惜才，书中用语时时流露，如：

---

①"作奇传"，当是后改笔，因"杨藏本"旧抄原作"作传神"（失韵），明系"作传神"之误导，本为"传神写照"之义，非重在"奇"也。详见《石头记会真》。

"小才微善"——评诸女儿（谦抑之词）。

"才自精明志自高"——探春的"判词"。

"都知爱慕此生才"——凤姐的"判词"。

"气质美如兰，才华阜比仙"——妙玉的"判词"。

"女子无才便有德"——李纨所受父训（引来作为反语者）。

"老天，老天，你有多少精华灵秀，生出这些人上之人来！"——宝玉赞宝琴、李纹、李绮、岫烟等语。就连元春之"才选凤藻宫"，也确切表明她是因"才"而被选的。

换言之，雪芹所写诸女儿，一一具有过人之才，只是表现方式、机会，各个不同罢了。

才，到底是什么？今世似乎只知才与文人诗家有联，才华、才调、才思、才情……大抵如此；而不究"才"之本义实甚弘广。《说文》中解之为"草木之初也"，可知这是指植物萌生的生命力量的表现，如与"英"对比，则英为外相之发挥至极至美，而"才"乃内部蕴蓄待展的强大生机生力。在旧时，对官吏的"考语"（鉴定），通常以"德、才、功、赃"四者为次，此才亦曰"才具"。如上司说某官是"才具平常"，即是指他的为政办事的识见太平庸，不堪大用。此种旧例对我们理解"才"之真谛，却很有用处。

这样，"无才补天"的才，凤姐、探春理事治家、兴利除弊的才，当然就得到确识，而不再与"文才""诗才""风流才子"等意味混同牵合。

中华文化对"才"的认识与崇重，是来源最为古老的。如今还能看到的、反映在典籍中的重"才"思想，可举《周易·说卦二》：

　　昔者圣人之作易也，将以顺性命之理：是以，立天之道，曰阴与阳；立地之道，曰柔与刚；立人之道，曰仁与义。兼三才而两之，故易六画而成卦。

中华先民哲士，以天、地、人为"三极"。此三者各有"性命"，而各有其"才"之蕴涵（内在能量）。是以不妨称呼我们中华的一种文化思想为"三才主义"。三者之中，人为万物之灵，所谓"天地之心"者也，故人之"才"亦即天地人合一的最高级智能显示。

而按照雪芹的哲思，则人之"才"尤以"两赋"之"才"最为可羡可贵。但此可羡可贵之"才"，不为世俗庸人所知，故其遭遇命运，总归于不幸与悲剧结局。此即《水浒》与《红楼》的貌异而实同的共识与"和声"。其意义之伟大，殆未易充分估量。

明代人将《三国》与《水浒》两部小说合刻而名之为"英雄谱"，是已打破了帝王将相与草寇强人的政治界限了，一视同仁，许之皆为"英雄"，即超众的人才。此一识见非常了不起，即在今日思之，令人犹觉惊叹；但其时文化意识还不能识及"脂粉队中"亦有同质同才的"英雄"——是以那时也就还没有《红楼梦》之产生的可能，这一点最值得深思了。

若能从这一重大意义上来看雪芹的小说，那就会真正理解这位作家的伟大，是空前稀有的。

这个伟大，并非我们的虚词泛颂，那是令我们的心神震撼、令人类一齐警醒领悟的一种特别辉煌的思想之伟大。

"创教"的英雄哲士

《红楼梦》作者雪芹痛切关注的是人、人物、人才，总括这样巨大的主题，具有这样宏伟崇高思想之人，绝不会是为了一个狭隘的"反满"的民族之事而流泪著书，这里思想层次、精神世界的差别是太大了，岂容缩小歪曲？

至于王国维的"痛苦解脱"论，是其"无欲"即等于"无生"，故必然与佛家的"涅槃"之说终相契合，亦即与某些"红学家"的"色空观念"论是一致的误解。即如卷首叙及空空道人时，说他因见石头之记：

> 方从头至尾，抄录回来，问世传奇；因空见色，由色生情，传情入色，自色悟空——遂易名为情僧，改《石头记》为《情僧录》。

试看，原先是由空到空的"空空"道人，至此竟弃"空"而从"情"，此为何义？岂可以闲文视之。盖四句十六字，两端是"空"，中含两个"情"字，是即明言：宇宙人生，情为主因，而雪芹之书，以谈情为"大旨"者，正乃反之之思也。又何容以佛家之"空观"曲解其真意？

雪芹的"文人狡狯"是惯用现成的旧词来巧寓自己的新意，如那四句十六字，若"译"成今日的语言，则大致应是下列的意思：

"空空"道人（古汉语，"道人"与"俗人"相对，即修道之人，有别于世俗之群民，多指沙门，并非"道士"之义）本是身入"空门"的，以为人间是"到头一梦，万境归空"的（"甲戌本"有此文出僧道之口）；可是当他读到了并抄回了《石头记》之后，却由原先认为的"空"境而领会到了人生万象——即所谓"色"者是，他因此而发生了思想、感情，而以此有情之心之眼再去观照世界万物人生，这才悟到：所谓的"空"，原来就是这些有情世界的假称，它实际是个充满了感情的境界，一切的"色"皆因情而得其存在。

因此他给自己改取了一个新名：情僧——有情、多情、痴情的修持者，一个"唯情主义"的大智慧者。

　　这番意思，当然是与只看字面的"色空观念"论的解释大相径庭的，这也就是难为世俗所理解的一个最好的说明了。

　　但是，什么人才最有情？在雪芹看来，最有"才"的才最有情。是以，"两赋而来"之人也就最有情。唯其有情，故不会成为出世者，而一心热情愿为世用，所以渴望具才，切盼补天。但不幸的是："有命无运"，非但不能见用，抑且横遭屈枉冤抑，至于毁灭。

　　"有命无运"，又是雪芹借用"子平学"的术语而来巧寓其深刻痛切的哲思的一例。这四个字，雪芹用来加之于全书出场第一位女子的身上——香菱，她是全书一百零八个女子的代表或象征人物。所以特以此四个大字点醒全部的意旨，不妨说，《石头记》的灵魂即此四字。

　　当僧道来到甄士隐面前，见他怀抱英莲爱女（真应怜也），便说出：你将这有命无运、累及爹娘之物抱在怀中作甚？在此，脂砚连加数批，其一则云：

八个字屈死多少英雄！屈死多少忠臣孝子，屈死多少仁人志士，屈死多少词客骚人！今又被作者（雪芹）将此一把眼泪洒与闺阁之中，见得裙钗尚遭逢此数，况天下之男子乎？

又一则云：

看他所写开卷之第一个女子，便用此二语以订终身，则知托言寓意之旨，谁谓独寄兴于一"情"字耶？

又一则云：

武侯之三分，武穆之二帝，二贤之恨，及今不尽！况今之草芥乎？

所以这一切言辞意念，都集中在一点：人才不得尽其展用而抱恨以终，所谓"出师未捷身先死""三十功名（南宋人谓克敌复国之大业为'功名'，非一般科举俗义）尘与士"者，其痛一也。

若能晓悟了这些，怎么还会把一部《石头记》说成是什么"色空""解脱""情场忏悔""爱情悲剧"等之类？

当第二十二回写到宝玉于黛、湘等人之间各受责怨，乃自思"目下不过这两个人尚未应酬妥协，将来犹欲为何？"脂砚便批云：

看他只这一笔，写得宝玉又如何用心于世道！——言闺中红粉，尚不能周全，何碌碌僭欲治世待人接物哉？视闺中自然女儿戏，视世道如虎狼矣！谁云不然？

这是愤世反语，其本怀原为入世用世，尚不彰明乎？宝玉，作者自况也。至于女子，则有一回尾联，题曰：

金紫万千谁治国？裙钗一二可齐家。

这是盛赞凤姐协理秦氏丧事的才干的感叹之言，那么请问：雪芹写书为诸女之才如此感叹，不是用世之思想，难道反是为了一个"色空""解脱"之道？

书中写探春之兴利除弊，同属此旨。"戚序本"有一则回后总评，说道：

> 噫，事亦难矣！探春以姑娘之尊，以贾母之爱，以王夫人之付托，以凤姐之未谢事，暂代数月，而奸奴蜂起，内外欺侮，锱铢小事，突动风波，不亦难乎？以凤姐之聪明，以凤姐之才力，以凤姐之权术，以凤姐之贵宠，以凤姐之日夜焦劳，百般弥缝，犹不免骑虎难下，为移祸东吴之计，不亦难乎？——况聪明才力不及凤姐，权术贵宠不及凤姐，焦劳弥缝不及凤姐，又无贾母之爱，姑娘之尊，太太之付托，而欲左支右吾，撑前达后，不更难乎？！士方有志作一番事业，每读至此，不禁为之投书以起，三复流连而欲泣也！

我愿天下关切"红学"者深思而熟审，那种能引起批者这样一种巨大感慨的一部书，难道其本旨只是为了一个"空"和"脱"吗？悟"空"而能"脱"的人，大约不会再洒泪研血而十年辛苦地去写这"稗"史吧？

雪芹正是惜才痛才，深叹才之难、才之贵与才之不幸，故此他将一部小说的主眼化为一个美词，题之曰"沁芳"。

"沁芳"者，"花落水流红"之变换语言也。他痛哭闺中脂粉英才，一个个如残红落水，随流而逝，是一大象征、一大咏叹、一大抒写。

然而，世人于"沁芳"（主景主脉之总命名）却以为是并无所谓的"香艳"之饰词，文人之绮习。岂不大可悲乎。

胡适之先生于20世纪20年代之初，始作《红楼梦考证》，提出了"自叙传"之说（此说清代早已盛行，胡氏不过是恢复，而非创始），而此考出后，"索隐派"众多著述纷纷出版，以强大势力表示反对，而30年前又遭到激烈批判；只有鲁迅先生一家在严肃的学术论著《中国小说史略》中给以肯定；最近国外研者承认此说者较前增多了，是非历久始明。但以"自传"之眼光读《红楼梦》者又易落于一个狭隘观点：以为雪芹不过因身世坎坷，抱才不遇，故著此小说以发其牢骚不平之气。总之，既属"自传"，便划定为"个人"之喜怒哀乐了。此则虽也初获正解（写己，非骂人），却又迷失了大旨深义——为人类"两赋"异才之不幸而洒泪走笔。此即十分严重地缩小降低了雪芹的思想精神的广度高度，说得严重些：也变成了一种错解或"歪曲"。

胡先生那时还只把雪芹的小说看成是一部叙写"坐吃山空""自然趋势"的个人经历。对于事物的认识，原本都有时代的阶段层次的递进与提高，对胡先生在20世纪20年代的见解本不须多加非议，但也要想到：《老残游记》的作者刘铁云，却早就识透了雪芹的"千红一哭""万艳同悲"的大痛与深恨，在其自序中把这一要旨作为结穴（所谓"沁芳"者，亦即同义变换语）。两相对照，就不能不佩服刘先生的高出一筹了。①

---

① 大观园之地，全为"沁芳"一义而设，亦即"脂批"所谓"诸艳归源"之所，实众钗总命运之挽词也。近年余英时在香港倡"两个世界"之说，以为大观园乃一虚构的"理想世界"，盖对"沁芳"点睛之笔略无领会而致错解耳。

在刘氏之后，又历百年而至今，不少人还是从哥妹"爱情"上来看待这部小说，的确是中华民族史上的一个最大的文化悲剧。

但是，更大的文化悲剧发生在乾隆朝的后期，即乾隆帝与其宠臣和珅等人合谋密计，将雪芹原稿八十回后的书文毁掉，另撰四十回，拼成伪"全"本，欺骗天下后世读者，彻底篡改了原著的整体情节结构，而使之变成了一种"三角"式的"恋爱婚姻"小闹剧，用以掩没原书的不得已而涉及抄家入狱、贾氏家破人亡这一事件背后所隐示的政治情由，他们以为这对大清朝廷是不利的。其详可看拙著《红楼梦"全璧"的背后》一文。

这一事实，早在1794年（即程、高伪本初版之后两三年）俄国赴华的教团团长、汉学家卡缅斯基，已经在一部程本上批注："道德批判小说，宫廷印书馆出的。"此即明指当时为《四库全书》设立的武英殿修书处的木活字刷印成了此书。这是皇家设备专用"印刷厂"，程伪本若非乾隆特许，焉能对一部小说如此特例宠幸？此本出后，士大夫"家置一部"（过去《石头记》是禁书，并不敢公开流布），原是"官方批准"的了，方才大行其道。这种历史真相，今世知者甚少，尚所不论，最奇的是近年有人公然宣扬"伟大的是高鹗（伪续本出笼作序的代表人物），不是曹雪芹"！

这，岂不是中华民族史上的一个更大的文化悲剧？

但寻绎到深处，真正的、最大的悲剧是什么？既非索隐派、王国维、胡适之等人的解释，也非捧高贬曹之流的卑陋之见，而是乾隆、和珅等人也并不能理解雪芹的博大崇高的思想境界，而误以为只不过是一种政治"抒愤"之作，故而残酷阴险地将原著彻底损坏变质。

这就是曹雪芹《红楼梦》的多层悲剧的最根本、最核心的巨大悲剧性之所在。

雪芹文化思想，在18世纪初期，对中国文化是一种启蒙和革命的思想，其价值与意义和他的真正历史位置，至今还缺乏充分深入的探索和估量。整整90年前陈蜕盦先生提出了雪芹是一"创教"的伟大思想家的命题。创教者，必其思想境界之崇伟博大异乎寻常而又前无古人，如孔子、释迦等人方能膺此光荣称号者也，陈蜕盦所见甚是。而90年中，并无一人知其深意而予以响应支持，则不能不为民族文化识见之趋低而兴叹致慨。本文不揣浅陋，聊贡愚衷，希望抛砖引玉，不胜企幸之至。

第五层

《红楼》审美

【分 引】

一部伟大的《红楼梦》！

伟大早已共识公认了，但其伟大，究在何处？

曰思想感情之伟大；曰学识广博之伟大；曰气味品格之伟大；曰才情诗境之伟大。

《红楼梦》的文艺审美价值，是组成此一伟著的重要部分。

词曰：

红楼一幅绘来难，景色有千般。人间天上群芳在，筑名园，秀水明山。何限诗情腴润，无边画意斓斑。

中华文化蕴其间，全异旧丛残。存真写善还传美，亘古今、苞孕三端。文采风流正脉，诗书灵秀新刊。

——《风入松》

《红楼梦》欣赏一隅

我们这"欣赏"一词，好像是陶渊明大诗人给留下来的——"奇文共欣赏，疑义相与析。"他和"欣赏"一同提出来的是那个"奇"字。恰巧，我们的旧小说倒是自来喜欢用"奇"来标榜的，如"天下第一才子奇书""四大奇书"等称号，可为明证。至于《红楼梦》，也曾被标为"新大奇书"（善因楼刊本《批评新大奇书红楼梦》）——曹雪芹不是自己也说"此系身前身后事，倩谁记去作'奇'传"吗？所以，《红楼梦》这部"奇书"，势必也更会发生"欣赏"的问题，盖无疑问。

读《红楼梦》这奇书而不以为奇的，就我所知，只有平步青先生一人。他在《霞外捃屑》卷九"小栖霞说稗"中说："《红楼梦》原名《石头记》……初仅抄本，八十回以后轶去；高兰墅侍读鹗续之，大加删易……世人喜观高本，原本遂湮，然厂肆尚有其书；癸亥上元，曾得一帙，为同年朱味莲携去。书平平耳，无可置议。"这一"平平"之评，在我们今天听来，倒是一种"奇"论。

在清代，骂《红楼梦》的，讲它的坏话的，本来不乏其人，不过那正是从什么"诲淫"啦、"流毒"啦等罪名去贬斥它，换言之，也就是因为它所表现的思想内容触怒了那些"正统"的士君子之流，这才遭了毁谤，甚至毁禁。要说从"文"的角度而轻看它的，恐怕还要数平步青先生为首先一人——说不定也就是最后一人了。

然而，要说平先生完全说错了，那也未必能使他服气。读这部小说名著的，一开始，谁也不会马上感到有什么稀奇之处，倒实在是觉得一切都那么"平平耳"，了无出人意表的特色。单就这一点来说，平先生那样看法也自在情理之中。

那么，平先生就是完全对了的吗？却又不然。读《红楼梦》的，只要不是"开卷数行，昏昏欲睡"而能看下去、看回来的（"看回来"的意义有二：一、看着后面，而时时联系前面；二、看完了后面，又回头重新温习，一遍、两遍……乃至很多遍），就会慢慢地自己发现，原来这"平平"之中，却有无限的"奇"处。

说真的，也只有这样的奇，即于平平之中而见奇，那才是真奇。拼命地追求"奇"，把文章弄得"奇形怪状"而自以为奇，那就不再成其为奇——那就不知成了什么了！平先生好像只见到了《红楼梦》的"一半"（片面）就下了结论。

读《红楼梦》而能透过表面的"一半"的，其实也不乏其人。同治年间孙桐生序太平闲人（张新之）评本，曾说："少读红楼梦，喜其洋洋洒洒，浩无涯涘，其描绘人情，雕刻物态，真能抉肺腑而肖化工：以为文章之奇，莫奇于此矣！——而未知其所以奇也……自得妙复轩评本，然后知是书之所以传，传以奇，是书之所以奇，实奇而正也。"并下结论："是谓亘古绝今一大奇书。"但只可惜他们又把"奇"引向了迷途，离开了文学，专门就字句作穿凿附会的解释，而以此为其"所以奇"，这却是能赏其奇而又求之过深的例子，和平步青先生竟成为两极端而对峙了。

张新之、孙桐生等人的所谓"奇"，完全出自"本铺自造"，和曹雪芹的本意直如风马牛之不相及。要讲自从《红楼梦》问世以后，第一位真能赏识它的文笔之奇的，我觉得还要数戚蓼生。

他在"戚本"前面说过一段重要的话：

> 吾闻绛树两歌，一声在喉，一声在鼻；黄华二牍，左腕能楷，右腕能草：神乎技矣！——吾未之见也。今则两歌而不分乎喉鼻，二牍而无区乎左右；一声也而两歌，一手也而二牍：此万万所不能有之事、不可得之奇！——而竟得之《石头记》一书。嘻，异矣！

这个比方打得绝妙，实在是有所见而云然，不同泛泛称誉。

他并曾指出，这种"一声两歌""一手二牍"的具体特点，就是善用"注彼而写此，目送而手挥"的表现法。我觉得在他以前，还没有能十分注意到这一点的；在他以后，也没有能比他说得更透辟中肯的。例如"梦觉主人"乾隆甲辰年（1784年）序中只说"语谓因人，词多彻性"（当是指语言口吻因人而异，各有性格神态），"工于叙事，善写性骨"（这当然也是极为重要的一点，是很有见地的文艺批评）；舒元炜乾隆五十四年（1789年）序中也只说"指事类情，即物呈巧"。他们二位就都未能指出那种"两歌""二牍"的奇处。

戚蓼生所举的例子是："写闺房则极其雍肃也，而艳冶已满纸矣；状阀阅则极丰整也，而式微已盈睫矣；写宝玉之淫而痴也，而多情善悟，不减历下琅琊；写黛玉之妒而尖也，而笃爱深怜，不啻桑娥石女。"因此他再一次对这种奇文加以赞叹："盖声止一声，手止一手，而淫佚贞静，悲戚欢愉，不啻双管齐下也。噫，异矣！"他看出了别的小说家只能"花开两朵，各表一枝"，而曹雪芹的这一支笔却具有"两个面"，这是绝人的本领，这是小说文学上的奇迹。

这一点很要紧。如今就借了乾隆年间文评家的旧话略为标举如上。

可是，曹雪芹的这种本领，实际尚不止于"两歌""二牍"，他有时竟能达到"数歌""数牍"的高度，尤为奇绝！这里不妨举一二小例来申说一下。第三回，写凤姐儿刚出场，从黛玉眼中，第一次领略她的丰采声容，有一段文字正面加以传写，然后，我们就看到以下的叙述：

这熙凤携着黛玉的手，上下细细的打量了一回，便仍送至贾母身边坐下，因笑道："天下真有这样标致人物，我今儿才算见了！况且这通身的气派，竟不像老祖宗的外孙女儿，竟是个嫡亲的孙女，怨不得老祖宗天天口头心头一时不忘！——只可怜我这妹妹这样命苦，怎么姑妈偏就去世了！"说着便用帕拭泪。贾母笑道："我才好了，你倒来招我！……快再休提前话。"这熙凤听了，忙转悲为喜……又忙携黛玉之手，问："妹妹几岁了？……要什么吃的、什么顽的，只管告诉我；丫头老婆们不好了，也只管告诉我。"一面又问婆子们："林姑娘的行李东西，可搬进来了？带了几个人来？你们赶早打扫两间下房，让他们去歇歇。"说话时，已摆上了茶果上来，熙凤亲为捧茶捧果。又见二舅母问他："月钱放完了不曾？"熙凤道："月钱也放完了。才刚带着人到后楼上找缎子，找了这半日也没有见昨日太太说的那样，想是太太记错了？"王夫人道："有没有，什么要紧？"因又说道："该随手拿出两个来，给你这妹妹裁衣裳的；等晚上想着叫人再去拿罢，可别忘了！"熙凤道："倒是我先料着了，知道妹妹不过这两日到的，我已预备下了，等太太回去，过了目，好送来。"王夫人一笑点头不语。

我们且看，这一段本身已然具备两个层次：一面是写黛玉"步步留心，时时在意"的"心机眼力"（脂砚斋批语），因为这都是从黛玉眼中看得的情况；一面则是写熙凤的"浑身解数""八面玲珑"，看她简直有千手千眼的神通，一人不落，一事不漏。然而，这一段明处是在写熙凤一人，暗处却又同时写了黛玉、贾母、王夫人等好几个人，无一笔不奇不妙。

黛玉自从出场，我们只不过知道她是"聪明清秀""年又极小，

086

体又极怯弱""举止言谈不俗""虽怯弱不胜，却有一段自然风流态度"
而已；直到此刻，被凤姐拉住手上下细细打量之后，才第一次正面写出
"天下真有这样标致人物，我今儿才算见了"！这就给黛玉的品貌，下
了定评。所以脂砚斋在此有批语，说："出自凤口，黛玉丰姿可知，宜
作史笔看。"

　　凤姐一上场，别人未曾开言，先就是"贾母笑道"。脂砚斋在
旁批云："阿凤一至，贾母方笑。与后文多少笑字作偶。"一点不假，
看下去便知这话之确。凤姐夸赞黛玉，是为讨贾母喜欢，说出"老祖宗
天天口头心头，一时不忘"，是替贾母向黛玉表白"人情"，然后就"用
帕拭泪"。下面贾母又"笑道"云云，对贾母下面这一段话，脂砚批云：
"文字好看之极！""反用贾母劝，看阿凤之术亦甚矣！"这真是几笔
就写尽了凤姐和贾母两个之间的关系，一个是"承欢应候"（亦"脂批"
语），一个是为其所弄，反而特别喜欢她，对她无限宠爱。

　　然后就是写凤姐以"当家人"的身份口气来周旋黛玉，连带她带
来的下人也不曾冷落。

　　然后就是王夫人问她月钱放完了不曾。这仍然是从"当家人"一
脉而来，可是就又有了一层新意趣，别具丘壑；脂砚云："不见后文，
不见此笔之妙。"我们马上会想到，后来平儿和袭人谈心，才泄露了奥妙，
原来凤姐连应该按期发放众人的月钱也拿去放了高利贷，中饱私囊——
这和雪芹原稿中凤姐结局也大有关系。

　　然后就是凤姐婉言批评王夫人对缎子一事的"记错了"，已见出
王夫人之糊涂；及至说到该拿出两个给黛玉做衣裳，凤姐便说"倒是我
先料着了""我已预备下了"，脂砚斋在此点破机关，说："余知此缎
阿凤并未拿出，此借王夫人之语，机变欺人处耳。若信彼果拿出预备，
不独被阿凤瞒过，亦且被石头瞒过了！"

　　这话可谓一针见血，深得"石头"本意。其实，准此以推，凤姐说"月

钱也放完了"，是真是假，正恐难定。总而言之，王夫人之昏聩颠顸，于此一二小事寥寥数笔也已被写尽了。

脂砚于下文黛玉到贾赦院中见早有"许多盛妆丽服之姬妾丫鬟"迎接出来处，批说："这一句是写贾赦（按：指贾赦之好色）。妙在全是指东击西，打草惊蛇之笔。若看其写一人即作此一人看，先生便呆了！"这正可为我们上面所举的那例子作注脚。

有意思的是，脂砚斋所指出的"指东击西，打草惊蛇"，也正就是戚蓼生所说的"注彼而写此，目送而手挥"那个绝人的特点和奇处。两个人可谓不谋而合，也说明了此非一人之私见，实在有此妙理为有目者所共赏。

大家对钗、黛二人的印象，好像是一孤僻，一和善；一尖刻，一浑融。其实这也只是雪芹笔下的一面而已，还有另一面，读者却往往容易忽略过去。第三十回，小丫头靛儿因不见了扇子，不过白问了宝钗一句，宝姑娘便疾言厉色，指她说道："你要仔细！我和你顽过，你再疑我！和你素日嘻皮笑脸的那些姑娘们跟前，你该问他们去！"这种指桑骂槐、夹枪带棒的话言和神情，就写出了宝钗的内在的更真的一面，她实际非常厉害，并不好惹，同时也透露了她和丫鬟们是保持"主子尊严"的面目；而黛玉却是爱和侍女们顽笑、和丫鬟关系最好的姑娘，她是天真活泼有风趣的少女，并不是一生都在"愁眉泪眼"中的一位病态人物，我们印象中的她的那些"短处"，只不过是当爱情的痛苦正在深深地折磨着她的时候的表现——否则，那样一种不近人情"怪物"式的病美人林黛玉，还有什么可爱？还有什么可以令宝玉生死以之的可能呢？

越是才能平常的小说家，却越是唯恐读者"低能"、看不清他的文章，因而竭力要表示他那一点意思：写喜，就眉开眼笑，说悲，就鼻涕眼泪；情节稍有隐曲，马上就"看官不知，原来如何如何"，就要"书中代表

（代为说破的意思）"。总之，他只有那一个浮浅面，还怕读者不懂，一切可用的形容词，也都成了廉价的"描写"法宝。于是，那文章便成为简单寡味、一目了然的东西，就绝不会是能使人心游意赏、流连往复的具有魅力和美感的伟大艺术品了。那原因，就是它不但在思想内容方面，就是在文笔方面也缺少了厚度和深度。

要欣赏《红楼梦》，我想上举的这种地方就不该粗心大意、囫囵吞咽。当然，如果超越文学作品的范围，要处处作穿凿附会的"索隐"式的"搜奇"工作，那就是另一性质的问题，也就不再是我们所说的"欣赏"的意义了。

一架高性能的"摄像机"

摄影术的发达与流行，大约是 19 世纪后期的事，雪芹是 18 世纪早期的人，哪里谈得上摄影、录像之类的手段？然而说也奇怪，在他手中，真好像有一架高性能的摄影机，拍下了无数的"相片"和镜头，并且能够"剪接"组织，成为一部"片子"，有静有动，有远有近，有全景有"特写"……他似乎早就懂得"拍"的、"摄"的、"录"的事情和本领。

任何"打比方""作譬喻"的修辞法，都是带有缺陷的，因作比的双方只能有一两点、某部分相似可构成比照，而永远不会是全能"入比"。我把雪芹的笔法比为拍照录像，不过是一个"善巧方便"的办法，所以在这儿不必过于拘泥，一味死讲。我打的这个比方，是 1981 年在济南举行全国"红学"会议时首次提出的。

那时候，或在此以前，是没有人敢多谈《红楼梦》的艺术特色的（因为那时的规矩是，一谈艺术，仿佛就等于是忽视轻视了文学的"思想性"了，是错误而该批判的）。我在会议上提出了这个譬喻，大家觉得"闻所未闻"，很感兴趣。

但我打这比方的目的，只不过是要说明一个艺术问题，姑名之曰"多角度"。

在中国传统小说中，写人物时，多是"正笔"法，罕见"侧锋"法。所谓"正笔"，就是作者所取的"角度"，是正对着人物去看去写。譬如照相，他是手执相机，正面对着人物去拍的，而不大会来取别的角度。而雪芹则不然。

中国绘画艺术，讲究"三远"，即平远、高远、深远。这就相当于"角度"和"透视"的道理，但又与西洋的透视学不同。后者总是以一个固定的"立足点"为本，而还要寻求科学的"焦距"，然后方能展示全画面。中国则不然，是采用"分散立足点与焦点"的特殊表现法则，这在山水画中最为明显。"平远"与"高远"，角度有了差别了，但"正笔"是不变的，它无法"转动"——做不到像苏东坡说的"横看成岭侧成峰，远近高低各不同"。雪芹对此，深有所悟，他在小说人物的写法上，创造出了一个前所未有的"多点""多角"的笔法。但是雪芹的悟，又在于善从悟中得"翻"法：东坡是强调，观察的角度不同，遂成各异，而非真面；雪芹则由此悟出，正因"多角"，合起来方更能得到那对象的全部真貌。"多角"不是为求异，而是归同，这是极重要的一点。

我拿拍照摄像来比喻，首先是为了说明这个要点。手执相机的人，他可以从高低远近和俯仰斜正种种的角度距离去取影。今天的人，对此当然觉得无甚稀奇，但在清代乾隆初期的雪芹来说，他如何能悟到这个妙理妙法？非特异天才奇迹而何？岂不令人称奇道异？

在此，让我回顾一下1981年事后追记济南会议发言的"提要"，以讨其源，盖非讨其源，则无以畅其流，而且十多年前的见解，今日重提，也可以纠补昔时的疏略或不尽妥恰之处。我那时说的是——

鲁迅先生对"红学"贡献最大，他在小说研究专著和专讲中的那些论述《红楼梦》的话，都是带有根本性、纲领性的重要概括和总结。研究《红楼梦》，必须向先生的真知灼见去学习，去领会。先生说：

> 至于说到《红楼梦》的价值，可见在中国的小说中实在是不可多得的。其要点在敢于如实描写，并无讳饰，和从前的小说叙好人完全是好，坏人完全是坏的，大不相同，所以其中所叙的人物，都是真的人物。总之自有《红楼梦》出来以后，传统的思想和写法都打破了。——它那文章的旖旎和缠绵，倒是还在其次的事。

我想，单是这一段话，若做点真正深细探讨的功夫，就满够写一篇很长的大论文了，先生在此提出了很多的问题，表示了他自己的看法。先生指出，从打曹雪芹出来，以前小说的那种传统思想和传统写法就黯然失色了，这是千古不磨之论。先生已经说明了曹雪芹的艺术独特，有划时代的意义。

鲁迅先生所说的传统指什么？就是指"叙好人完全是好……"的那种"传统"——也可以说是陈陈相因的陋习。打破这种习惯势力是非有极大的胆识、才力不行的，所以特别值得宝贵。"传统"这个词，当它和"创新"并列时，自然就成了对照的一双，而传统是不应当维护的东西。因此不少人一提"传统"，就理解为是排斥创新的一个对立物。"传统"有时确实是要打倒的事物。

我今天想谈几句传统问题，但是这个词语是我此时此刻心中特具一层意义的一个，不可与上述的那个词义混淆。我用这个词指的是我们中华民族的独特的优秀文化传统、文学艺术传统。这个传统不但不能打倒，而且反要维护它、发扬它。它的任何一个阶段的中断，都将是我们民族的一大灾难。

这个传统是怎么形成的呢？是我们民族史上世世代代无数文学艺术大师们所创造、所积累、所融会、所熔铸而来的。它绝不同于陈陈相因，自封故步，而是不断创造和积累，不断提高和丰富。它也汲取、消化外来养分，但始终不曾以别人的传统来取代自己的传统。所以它是民族的。我现在谈传统，指的是这个意义的传统。

曹雪芹这位艺术大师，是最善于继承传统又最善于丰富传统的一个罕见的奇才。

也曾有论者根据小说中引用过的书名、篇名、典故词语等，去探索曹雪芹所接受于前人的影响，用以说明他的继承传统的问题，这是对的。比如说，《牡丹亭》呀、《会真记》呀，等等皆是。应当记住，我们应当不仅仅限于"征文数典"，而是要从大处看我们这个文学艺术传统的精神命脉。不管如何创新、汲取、丰富、升高，它总是中国的，中华民族的，绝不是什么别的气质和"家数"。

我的意思在于说明：第一，一定要正确理解鲁迅先生的原话；第二，有一种说法，什么曹雪芹之艺术所以能够与众不同是受了"西洋文学影响"云云，其思想实质不过是"月亮也是外国的圆"之类罢了。

曹雪芹善于继承传统，有一个极大的特点，他几乎把我们的民族艺术的精华的各个方面都运用到小说艺术中去了。

第一是诗。这不是指《红楼梦》里有很多诗句，有很多诗社场面等，是指诗的素质、手法、境界，运用于小说中。这在他以前的章回小说中是虽有也不多的；到他这里，才充分发挥了诗在小说中的作用。你看他写秋窗风雨夕，那竹梢雨滴、碧伞红灯的种种情景，哪里是小说，全是诗！这还是回目与正文"协调"的，不足为奇，最奇的是"胡庸医乱用虎狼药"一个回目，这里头还有诗吗？可使你吃惊不小——他写那冬闺夜起，拨火温茶，外面则寒月独明，朔风砭骨，种种情景，又哪里是小说，全是诗！那诗情画境之浓郁，简直使你置身境中，如眼见其情事。那诗意的浓郁，你可在别的小说中遇到过？他的小说，是"诗化"了的小说。

依我看，曹雪芹的艺术，又不仅是诗，还有散文，还有骚赋，还有绘画，还有音乐，还有歌舞，还有建筑……他都在运用着。他笔下绝不是一篇干瘪的"文字"，内中有我们民族艺术传统上的各方面的精神意度在。这是别人没有过的瑰丽的艺术奇迹！

我罗列了那么多艺术品种（都不及一一细讲），只没有提到电影。乾隆时代，还没有这个东西吧？

说也奇怪，曹雪芹好像又懂电影。

这真是不可思议的事，然而又是事实。他的"舞台"或"画面"，都不是一个呆框子，人物的活动，他也不是用耍木偶的办法来"表演"。他用的确实是不同的角度，不同的距离，不同的"局部"，不同的"特写镜头"……来表现的。这不是电影，又是什么？

曹雪芹手里是有一架高性能的"摄影（电影）机"——但是，他却生活在二百数十年前，你想想看，这怎么可能的呢？

然而事实终归是事实，大道理我讲不出，请专家研究解答。我只以此来说明，曹雪芹写人，是用"多角度"或"广角"的表现来写的，而没有"单打一"的低级的手法。他写荣国府这个"主体"和贾宝玉这个"主人"，就最能代表我所说的"电影手法"。

你看他如何写荣府：他写冷子兴"冷眼旁观"的"介绍"者，他写亲戚，他写"大门"景象，他写太太陪房因送花而穿宅走院，他写赵姨求见了管家的少奶奶，他写账房，他写奴仆，他写长房、二房，他写嫡室、侧室，他写各层丫鬟，他甚至写到厨房里的各式矛盾斗争！——

而这一切，才最完整地构成了荣府的整体。你看他是多么"广角"，他是不可思议地在从每个角落、每个层次、每个"坐标"去"拍摄"了荣国府的"电影影像"。

他写贾宝玉也是如此。他写冷子兴口中"介绍"，他写黛玉在家听母亲讲说，他写黛玉眼中初见，他写"有词为证（《西江月》）"，他写警幻仙子评论，他写秦钟目中的印象，他写尤三姐心中的估量……他甚至写傅秋芳家的婆子们的对于宝二爷的"评价"！雪芹是从不自家"表态"的，他只从多个人的眼中、心中、口中去表现他——这就又是"多角度"的电影艺术的特色，难道不对吗？

因为没有好的词语，姑且杜撰，我把这个艺术特色称之为"多笔一用"。正和我早就说过的"一笔多用"成为天造地设的一对。一笔多用，指的是雪芹极善于起伏呼应，巧妙安排；写这里，又是目光射注那里，手挥目送，声东击西，极玲珑剔透之妙。你看《红楼梦》看到一处，以为他是在写"这个"——这原也不错；可是等你往后又看，再回顾时，才明白他又有另一层作用，有时候竟是两层（甚至更多）的作用。不明白这一点，就把《红楼梦》看得简单肤浅得很。这就是抄本《石头记》的一条回前批语说的"按此回之文固妙，然未见后之三十回，犹不见此文之妙"那个重要的道理。这是雪芹艺术的另一个大特色。曹雪芹通部小说一笔多用，多笔一用，都在运用这两大手法。他这种奇才，我还不知道古往今来世界上一共有几个。

伏脉千里　击尾首应

蛇这东西，在人们普通生活中，似乎是个不受欢迎的角色。先民对它就"印象不佳"，据说古语"无它"就本来是说"没蛇"，用以表示平安无恙，今日看"它"，篆文作"仓"，倒确实像个"眼镜蛇"挺颈攻人的势派。可是在文学艺术上，它就不那么讨厌了，时常用着它。古书法家说他草法之悟，得自"二蛇争道"，坡公也说"春蚓秋蛇"。画家呢，画个蛇添了脚，却传为话柄。诗人东坡则将岁尾比作大蛇归洞，尾尖也捉不住。至于文家，则蛇更见宝贵了，比如，单举评点家赏论雪芹的椽笔妙笔，就有"三蛇"之例。

何谓"三蛇"之例？一是脂砚斋，有两次用蛇来譬喻，说那是"草蛇灰线，伏脉千里"，又说是犹如"常山之蛇，击首则尾应，击尾则首应，击腹则首尾俱应"。一是立松轩，他曾说雪芹之用笔就像"怒蛇出穴，蜿蜒不驯"。此"三蛇"之喻，遂表出了雪芹艺术的又一巨大的特色。

在中华，几千年文章巨匠们凭他们的创造与鉴赏的经验，梳理出很多行文用笔的规律与程式，是中国文学理论与实践的重要法则——就连人们纷纷笑骂的"八股"，其实它的可笑主要在于内容要"代圣贤立言"，而不在文章用笔之一无可取。"八股"程式其实也是丰富积累的文章做法的总结归纳——从西方的习惯说，那也是一种值得研讨的"议论美学"。即如"伏脉千里"等比喻，并不始于脂砚斋，金圣叹早就喜用，但是雪芹把这一"叙述美学"中的手法运用得真是达到了出神入化的高境界，所以批书人的强调此点，是完全出于有目能识，而不只是蹈袭前人的陈言旧套。

据说，有文艺理论家反对讲这种"伏脉"，也不承认它的道理与存在的实例，声言一切文学艺术都以"自然"为极则，作文只要"信笔"才最高，一切经营缔造都是"下乘"云云。我想这原因可能有二：一是他缺少体会的能力；二是他把"自然"真义弄错了①。文学艺术，指的是人类的创造，正是"人工"，原与"天巧"并列而对比；其貌似"自然"者，实为他那"人工"的造诣的一种浑成美，不再显露他辛辛苦苦的"斧凿痕"——如此而已。世上岂有"全归自然"的艺术作品？

鲁迅先生在其伟著《中国小说史略》中，为《红楼梦》设了第二十四篇一个专章，他在论及续书之优劣时，明白提出一个评判要点，即与雪芹原书的"伏线"是否"不背"的这一标准。这就说明，先生是承认行文确有此法，而雪芹之书是运用了它的——而且，这同时说明了一大重要问题：雪芹"埋伏"于前半部书的许多"灰线"，乃是为了给后半部书设下的巧妙的暗示或"预卜"。不承认这个至关重要的文笔手法，等于是连现存的八十回"前书"也给"消灭"掉了——因为大量的伏笔看不懂，或觉奇怪，或讥为"赘文"，于是这个巨大的艺术杰作中抽掉了它的一根大动脉、大经络，不但它的"身体"成了严重残疾，而且连"生机""生命"也给剥夺了。

雪芹的暗线伏脉法，似乎大致上可分两类：一类是一般读去时，

---

①中国传统文艺理论中如《文心雕龙》首提"自然类之道也"，论者即常有误解之例，以为是指注重"自然"，反对"人工雕琢"云云，实则那本是说人类为所以发生文艺活动与成就，乃是一种自然的产生：宇宙万物皆有文采，人更不例外，"人文"本是"人工"结晶，不过高手能达到泯其"斧凿痕"如"天衣无缝"的境界而已。绝无为文只须"纯任自然"之意。"雕龙"正是代表"人工"极品的一个比喻修辞，何等明白，岂容误说？

只要静心体察，能看得出来的；一类却是难识得多，非经过专门研究论证无由获得认识的。后者更为重要无比——也才是雪芹在这个行文美学上的独特的创造与贡献，古今中外，罕有其匹。

如今我先取鸳鸯的故事中的一二小例，试作说解。

鸳鸯在全书中是"十二钗再副册"中一大主要人物，关系着贾府家亡人散的大事故，也是群芳凋落中结局最惨的女儿之一。雪芹对她，大脉络上的伏笔计有三层。

鸳鸯的悲剧惨剧，系于贾赦这个色魔。根据杭州大学姜亮夫教授早年在北京孔德学校图书馆所见旧抄本《石头记》的异本（即与流行的百二十回程、高本完全不同）所叙，贾府后来事败获罪，起因是贾赦害死了两条人命。贾赦要害谁？显然其中一个是鸳鸯。证明（其实即是伏笔）就在第四十六回——

> （鸳鸯向贾母哭诉）因为不依，方才大老爷越性说我恋着宝玉，不然要等着往外聘——我到天上，这一辈子也跳不出他的手心去！终久要报仇！我是横了心的，当着众人在这里：我这一辈子莫说是宝玉，便是宝金、宝银、宝天王、宝皇帝，横竖不嫁人就完了！就是老太太逼着我，我一刀抹死了，也不能从命！……老太太归了西，我也不跟着我老子娘哥哥去。我或是寻死，或是剪了头发当姑子去！

再听听贾赦的原话是怎么说的——

> "自古嫦娥爱少年"，他必定嫌我老了，大约他恋着少爷们——多半是看上了宝玉，只怕也有贾琏。果有此心，叫他早早歇了，我要他不来，以后谁还敢收？……第二件，想着老太太疼他，将

来自然往外聘作正头夫妻去。叫他细想：凭他嫁到谁家去，也难
出我的手心！除非他死了——或是终身不嫁男人，我就伏了他！

请你"两曹对案"，那话就明白了。

这儿的奥妙在于：宝玉似主，实为陪角；贾琏似宾，却是正题。
这话怎么讲？原来，有一回贾琏这当家人被家庭财政给难住了，一时又
无计摆布，想出一个奇招儿，求鸳鸯偷运了老太太的体己东西，押了银
子，暂渡难关。鸳鸯是个慈心人，就应了他。谁知这种事很快由邢夫人
安插的"耳报神"传过消息去，贾赦也就听见了。故此，这个大老爷疑
心鸳鸯与琏儿"交好"，不然她怎肯管他这个事？此事风声很大，弄到
两府皆知。

你看第五十三回，到年底年下了，乌进孝来送东西了，贾珍向他
说起西府那边大事多，更是窘困。这时贾蓉便插口说：

> 果真那府里穷了。前儿我听见凤姑娘和鸳鸯悄悄商议，要偷
> 出老太太的东西去当银子呢。

这是一证——其实就是一"伏"，一"击"一"应"。

等到第四十八回，贾赦逼儿子贾琏去强买石呆子的几把好扇子。
贾琏不忍害人，他老子怒了，把他毒打了一顿，卧床难起——此用"暗
场"写法，我们是读到平儿至蘅芜苑向宝钗去寻棒伤药，才得知悉。试
听其言，虽是因扇子害得人家破人亡、用话"堵"了贾赦，但还有"许
多小事，夹杂在一起，就没头没脑不知用什么打起来"，"打了个动不
得"！这些"小事"里，就暗含着赦老爷的变态心理"醋意"在内——
因鸳鸯"看上了"自己的儿子贾琏。

这事贾琏之父母皆心有嫉妒，邢夫人一次向他告艰难要钱，贾琏

一时拿不出，邢太太就说：你连老太太的东西都能运出来，怎么我用点钱你就没本事弄去了？

所有这些，就是后来鸳鸯果然被贾赦逼杀、死于非命的伏线。所谓"草蛇灰线，伏脉千里"，放眼综观，真是一点儿不差。

当然，在不明白这种笔法与结构的时候，读雪芹的那层层暗点，茫然无所联系，甚者遂以为"东一笔，西一笔"，浮文涨墨，烦琐细节，凌乱失次——莫名所以。更由于程、高等人炮制了四十回假尾，已将原来的结构全然打乱与消灭了，读者就更难想象会有这么一番道理了。

说到这里，我才摆出一个"撒手锏"，让你大吃一惊！那就是"宝玉葬花"一大象征关目之后，是以何等文情"截住"的？那就在第二十三回——

> 便收拾落花，正才掩埋妥协，只见袭人走来，说道："哪里没找到？摸到这里来！——那边大老爷身上不好，姑娘们都过去请安，老太太叫打发你去呢。快回去换衣服去罢。"

于是，宝玉赶回院中。回房一看时（已入第二十四回）——

> 果见鸳鸯正在床上看袭人的针线呢……

鸳鸯见宝玉来了，就传述了老太太的吩咐，叫他快换衣前去。在拿衣服的小当口儿，宝玉便爬向鸳鸯身上，要吃她口上胭脂！

请你看看！葬花一完，便先出来了鸳鸯，而鸳鸯之出现，是因与"大老爷"相联着的。

这简直是妙到极处了。我不知哪部书中还有这等奇笔绝构？这真当得起是"千里"之外早"伏"下了遥遥的"灰线"。它分散在表面不相连属的好几回书文当中，不察者漫不知味。而当你领悟之后，不由你不拍案叫绝，从古未有如此奇迹。

这个例，讲于此为了"伏脉"之说明。其实，善悟者即此又已恍然：原来"两声""二牍""手挥目送""写此注彼"的复笔法，也就同时而深信无复疑其夸张、玄虚了。

【附记】

伏线的笔法，遍布于《红楼梦》全书，举例也只能略窥一二，无法罗列。一般来说，谈伏线似乎多指个别人物情景，即多元伏线，也较分散零碎。此种举例尚属易为。但书中还另有一种情况，即第七十二回全部都是后文的伏线，而且条条重要得很。这在我们小说史上是个极突出的文例，原宜着重论述才是。但从结构学上讲，第七十二回是"八九"之数，后半部书全由这里开展，处处涉及"探佚学"的探究，事繁义复，这就绝非本篇幅所能容纳了。但我应该先将此点指出，方能对雪芹的伏线笔法更为全面地寻绎和理解——特别是因为很多人对这个第七十二回的内容、笔调、作用，都感到不甚"得味"，以为它是"多余"的"闲文"。可知这回书是小说笔法上的新事物。

鸳鸯大案，至第七十四回又特出凤、平二人大段对话提醒，以伏后文，而程、高本竟删此二百余字之要紧结构机杼，其篡改原著之居心，读者当有所悟。

"诗化"的要义

读《红楼梦》，当然是"看小说"，但实际更是赏诗。没有诗的眼光与"心光"，是读不了的。所谓诗，不是指那显眼的形式，平平仄仄，五言七言等，更不指结社、联句、论诗等场面。是指全书的主要表现手法是诗的，所现之情与境也是诗的。我这儿用"诗"是来代表中华文化艺术的一个总的脉络与精髓，勉强为之名，叫作"境界"。

"境界"何义？讲文学的人大抵是从王国维《人间词话》论词时提出的有无境界以分高下的说法而承用此一词语的。按"境界"本义，不过是地理区域范围，并无深意（见郑玄注《诗》，对待"叛戾之国"，首先要"正其境界"，不可超越侵略）。但后来渐渐借为智慧精神上的范围疆域了（如佛经已言"斯义宏深，非我境界"，便是领悟能力的范围了）。境是地境，地境即包括物境，是以有"物境""境物"之语。《世说新语》所记大画家"痴绝"的顾恺之的名言，"倒食甘蔗，渐入佳境"，已经更明白地引申为"知味"之义，即感受的体会的境地了。于是，境就兼有物境（外）与心境（内）两方的事情。涉及"内"境，就不再是客观地忠实地"再现"那外境了，而文学艺术并不存在真的"再现"——即貌似"写境"，亦实为"造境"（此二者王国维先生也同时提出了）。大约正因此故，《人间词话》先是用"境界"，而后部分改用"意境"一词了。

这正说明：即使"写境"，也无法避开作者的"意"——他创作出来的，并不是纯粹简单的"再现"，而是经过他的精神智慧的浸润提升了。

101

中国的诗，特别注意这个"境界"或"意境"。而《红楼》艺术的真魅力，正是由这儿产生的——并不像有人认为的只是"描写""刻画""塑造"的"圆熟""细致""逼真"的事。

因此，我说《红楼梦》处处是诗境美在感染打动人的灵魂，而不只是叙事手法巧妙的令人赞叹。

只有这一点，才凸出了《红楼》与其他小说的主要不同之特色异彩。何以至此？正因雪芹不但是个大画家，而且是位大诗人。他的至友们作诗赞他时，总是诗为首位，画还在次。当然，中国画所表现的，也不是"再现"，还是一个"诗境"——故此方有"无声诗"的称号。东坡"诗中有画，画中有诗"，也早成名言；但我要为之进一解，不妨说成"诗即是画，画即是诗"。雪芹擅此二长，所以他的文字真的兼有诗画之美，只用"古文八大家"和"八股时文"的"文论"来赏论《红楼》，则难免买椟而还珠之失。

雪芹写景，并没有什么"刻画"之类可言，他总是化景为境，境以"诗"传——这"诗"还是与格式无涉。

我读《红楼》，常常只为他笔下的几个字，两三句话的"描写"而如身临其境，恍然置身于画中。仍以第十七回为例，那乃初次向读者展示这一新建之名园，可说是全书中最为"集中写景"的一回书了吧，可是你看他写"核心"地点怡红院的"总观"却只是：

粉墙环护，绿柳周垂。

八个字一副小"对句"，那境界就出来了。他写的这处院落，令局外陌生人如读宋词"门外秋千，墙头红粉，深院谁家"？不觉神往。

你看他如何写春？

第五十八回，宝玉病起，至院外闲散，见湘云等正坐山石上看婆子们修治园产，说了一回，湘云劝他这里有风，石头又凉，坐坐就去罢。他便想去看黛玉，独自起身——

> 从沁芳桥一带堤上走来，只见柳垂金线，桃吐丹霞。山石之后一株大杏树，花已全落，叶稠阴翠……

也只中间八个字对句，便了却了花时芳汛。再看次回宝姑娘——

> 一日清晓，宝钗春困已醒，搴帷下榻，微觉轻寒。启户视之，院中土润苔青——原来五更时落了几点微雨。

也只这么几个四字句，就立时令人置身于春浅余寒，细雨潜动，鼻观中似乎都能闻见北京特有的那种雨后的土香！也不禁令人想起老杜的"随风潜入夜，润物细无声"的名句——但总还没有"土润苔青"那么有神有韵。

再看他怎么写夏？

开卷那甄士隐，书斋独坐，午倦抛书，伏几睡去，忽遇奇梦（石头下凡之际），正欲究其详细，巨响惊醒，抬头一望，只见窗外——

> 烈日炎炎，芭蕉冉冉。

夏境宛然在目了。又书到后来，一日宝玉午间，"到一处，一处鸦雀无闻"，及至进得园来——

> 只见赤日当空，树阴合地，满耳蝉声，静无人语。

也只这几个四字对句，便使你"进入"了盛夏的长昼，人都午憩，只听得树上那嘶蝉拖着催眠的单音调子，像是另一个迷茫的世间。

有一次，宝玉无心认路，信步闲行，不觉来到一处院门——

> 只见凤尾森森，龙吟细细。

原来已至潇湘馆。据脂观斋所引，原书后回黛玉逝后，宝玉重寻这个院门时，则所见是——

> 落叶萧萧，寒烟漠漠。

你看，四字的对句，是雪芹最喜用的句法语式，已然显示得至为昭晰。

这些都不足为奇。因为人人都是经历过，可以体会到的。最奇的你可曾于深宵静夜进入过一所尼庵？那况味何似？只见雪芹在叙写黛、湘二人在中秋月夜联吟不睡被妙玉偷听，将她们邀入庵中小憩，当三人回到庵中时——

> 只见龛焰犹青，炉香未烬。

又是八个字、一副小对句，宛然传出了那种常人不能"体验"的特殊生活境界。我每读到此，就像真随她们三位诗人进了那座禅房一般，那荧荧的佛灯，那袅袅的香篆，简直就是我亲身的感受！

当迎春无可奈何地嫁与了大同府的那位"中山狼"之后，宝玉一个走到蓼风轩一带去凭吊她的故居，只见——

> 轩窗寂寞，屏帏翛然……那岸上的蓼花苇叶，池内的翠荇香菱，
> 也都觉得摇摇落落，似有追忆故人之态……

第七十一回鸳鸯为到园里传贾母之话，于晚上独自一个进入园来，此时此刻，景况何以？静无人迹，只有八个字——

角门虚掩，微月半天。

这就又活画出了一个大园子的晚夕之境界了。

请君着眼：如何"写景"？什么是"刻画"？绝对没有所谓"照搬"式的"再现"，只凭这么样——好像全不用力，信手拈来，短短两句，而满盘的境界从他的笔下便"流"了出来。

必有人问：这是因何而具此神力？答曰：不是别的，这就是汉字文学，中国诗的笔致与效果。

我以上举的，可算是一种"类型"。但《红楼》艺术的诗笔诗境，却不限于一个式样。方才举的，乃一大特色，很可能为人误解《红楼》诗境就是摘句式的词句，而不知还有"整幅式"的手法，更需一讲。今亦只举二三为例。

比较易领会的是"秋窗风雨夕"那回书文。

读者听了，也许立即想到我要讲的离不开那黛玉秋宵独坐，"雨滴竹梢"的情景吧，此外还有什么"境界"？猜错了，我要讲的是这回书的"宏观"境界，不指那雨声竹影的细节——虽然那细节理所当然地也属于此处书文诗境的一个小小的组成部分。

这回书写的是宝钗来访黛玉，因谈病药之事，勾起了黛玉的满怀心绪，二人谈说衷曲，黛玉深感宝钗的体贴、关切、慰藉（此时二人早已不是初期互有猜妒之心的那种"关系"了，书中所写，脉络很清，今不多作枝蔓）。宝钗不能久坐，告辞而去，答应一会儿给送燕窝来。黛玉依依不舍，要她晚上再来坐坐，再有话说。宝钗去后，黛玉一人，方觉倍加孤寂，十分难遣万种情怀。偏那天就阴下来了，继以秋雨——竹梢的雨滴。只有在"助写"此情时，方具有异样警人的魅力，而不是"摘句"之意义。正在百端交集之时，忽闻丫鬟报说：宝二爷来了！黛玉惊喜望外，正在秋霖阻路之时，他万无夜晚冒雨而来之理——但他竟然披蓑罩笠地到了！这比盼望宝钗再来（料无雨中再来之望了）别是一番况味。二人见面一段情景，我不必复述，如画如诗，"短幅"，而情趣无限。宝玉也只能小坐，然后呢？——然后穿蓑戴笠，碧伞红灯，丫鬟陪随，出门向那沁芳亭桥而去。而恰在此际，另一边溪桥之路上，也有灯伞之迹远远而来了：那是何人？正是宝钗不忘诺言，打发人来将燕窝送至。

你看，这个"宏观"情节，这张"整幅"画面，是何等的充满了诗意！——这样说仍然落俗了，应该说，这不是什么"充满诗意"，而是它本身一切就是诗，诗的质素灵魂，而不再是"叙事"的"散文"！（可惜，画家们总是画那"葬花""读西厢""扑蝶"等，而竟无人来画一画这回书的诗境。）

再看宝玉私祭金钏这一回书。这儿也有"诗"吗？不差，有的。此例以前略引过，却并非从这个角度着眼。如今让我们"换眼"重观，则在那过寿日的一片热闹声中却传出这么一段谁也意想不到的清凉之音。那日凤姐的生辰，宝玉与她，叔嫂相知，从秦可卿的始末缘由，便可尽明（从首次到东府游宴午憩那回，即宝、凤同往；以后探病、赴唁、送殡、郊宿，总还是二人一起。此为书中正脉）。况是老太太高兴主持，人人迎奉，宝玉应该比他人更为尽情尽礼才是；但他却于头一日将茗烟吩咐齐备，当日清晨，满身素服，一言不发，上马从北门（即北京德胜门）奔向城外。在荒僻冷落的郊外，小主仆二人迤逦觅到水仙庵。入庵之后，并不参拜，只瞻仰那座洛神的塑像，见那惊鸿素影，莲脸碧波，仙姿触目，不觉泪下。然后特选"井"边，施礼一祭，心有所祝，口不便言——茗烟小童知趣，跪下向那被祭的亡灵揣度心曲，陈词致悃：你若有灵，时常来望看二爷，未尝不可！……

你说这是"叙事"散文？我看这"事"这"叙"，实在是诗的质素，诗的境界。

到底文与诗怎么区分？在别人别处，某家某书来说，那不是什么难题；但在雪芹的《红楼梦》，可就令人细费神思——想要研究、查阅"文论""诗论"的"工具书"了。

先师顾羡季先生，是著名的苦水词人，名随，清河人，诗、词、曲（剧）、文、论、书法诸多方面的大师，昔年讲鲁迅小说艺术时，指出一个要义：对人物的"诗化"比对大自然的描写重要得多，后者甚且不利于前者。他在《小说家之鲁迅》中说：

> 我说小说是人生的表现，而对于大自然的诗的描写与表现又妨害着小说的故事的发展、人物的动力。那么，在小说中，诗的描写与表现要得要不得呢？于此，我更有说：在小说中，诗的描写与表现是必要的，然而却不是对于大自然。是要将那人物与动力一齐诗化了，而加以诗的描写与表现，无须乎藉了大自然的帮忙与陪衬的。上文曾举过《水浒》，但那两段，却并不能算作《水浒》艺术表现的最高境界。鲁智深三拳打死了镇关西之后，"回到下处，急急卷了些衣服盘缠细软银两，但是旧衣粗重都弃了，提了一条齐眉短棒，奔出南门，一道烟走了"。林冲在沧州听李小二说高太尉差陆虞侯前来不利于他之后，买了"把解腕尖刀带在身上，前街后巷，一地里去寻……次日天明起来……带了刀又去沧州城里城外，小街夹巷，团团地寻了三日"。宋公明得知何涛来到郓城捉拿晁天王之后，先稳住了何涛，便去"槽上了马，牵出后门外去，袖了鞭子，慌忙的跳上马，慢慢地离了县治；出得东门，打上两鞭，那马拨喇喇的望东溪村蹿将去；没半个时辰，早到晁盖庄上"。以上三段，

以及诸如此类的文笔，才是《水浒传》作者绝活。也就是说：这才是小说中的诗的描写与表现；因为他将人物的动力完全诗化了，而一点也不借大自然的帮忙与陪衬。

就我所知，讲中国小说，由鲁迅讲到《水浒》，抉示出这一卓见的，似乎以先生为独具巨眼。我因此悟到，如《红楼梦》，何尝不是同一规范？雪芹对自然景物，绝不肯多费笔墨，而于人物，主要也是以"诗化"那人物的一切言词、行动、作为、感发等，作为首要的手段。在"素服焚香无限情"一回中，正复如是。你看——

　　天亮了，只见宝玉遍体纯素，从角门出来，一语不发，跨上马，一弯腰，顺着街就蹿下去了。茗烟也只得跨马加鞭赶上，忙问：往那里去？宝玉道：这条路是往那里去的？茗烟道：这是出北门的大道——出去了，冷清清地，没有可顽的去处。宝玉听说点头道：正要冷清清的地方才好。说着，率性加了两鞭，那马早已转了两个弯子，出了城门。

这真好极了！我数十年前就曾将此意写入初版《红楼梦新证》，顾先生见了，写信给我，说他见我引了他的文章（当时尚未刊行，我保存了他的手稿），在如此的一部好书中作为论助，感到特别高兴，与有荣焉！这充分表明，先生是赞成我这样引来《水浒》之例，互为参悟的做法与见解的不差[1]。

---

　　[1] 顾先生因拙著《新证》，引起极大兴致，自云数十年不读《红楼》，如今兴趣高涨，以致立刻设计了一部巨稿的纲目，专论《红楼》的一切方面，已写出一章（论人物），并言非由我引发，哪有这一部花团锦簇的文字？自己十分欣喜，是少有的得意之笔。事在1954年上半年。不久运动开始，先生只得搁笔，从此遂成绝响。

两次饯花盛会

读《红楼》的人，往往只知道有一次"葬花"，而不知实有两次；又往往只知道有一次"饯花"，也不知实有两次。葬花第一次在第二十三回，是暮春；第二次在第二十七回，是孟夏。首次葬的是桃花，二次葬的是石榴、凤仙等杂花。著名的《葬花吟》是二次的事，但人们（包括讲者、画者、演者……）常常弄混了，以为都是一回事。但这毕竟容易澄清。若讲饯花也有两次，就要费劲儿了。

首次饯花，书有明文，检阅自晓：那是四月二十六日正值芒种节，"尚古风俗"，女儿们要举行饯花之礼，因为时序推迁到芒种，乃是百花凋尽，花神退位之期，故此盛会饯行。脂砚对此批云："这个说法不管它典与不典，不过只取其韵致就行了。"这其实又是雪芹设下的与"沁芳"相辅而行的另一巨大象征境：从此与三春长别，纪群芳最末一次的聚会——过此以后，花落水流，家亡人散，"各自干各自的"去了。

那一日，真是满园的花团锦簇，盛况非常，第二十七回不难检读，故不必多赘。倒是我所说的二次饯花，须得细讲方明。此刻，我要先表出一点：饯花会的参与者是诸芳群艳，但饯花的"主人"却是宝玉。我们如果回忆雪芹令祖曹寅自号"西堂扫花行者"，那么我就要送给雪芹一个别号，曰"红楼饯花使者"。这个号，加之于他，很觉切当。

说到此处，请君重新打开第六十三回吧，那回目是：《寿怡红群芳开夜宴》。

虽说是夜宴为正题主眼，可是大观园里那日从白天就热闹起来了，那盛况恰与第二十七回依稀仿佛，园里众人的聚会，怕是最全的一次了。

有人会质疑：这是写给宝玉过生日祝寿，这和饯花会是风马牛之不相及，如何说得上是"一次""二次"？

你忘了，回目是"群芳"，夜宴行酒令，掣的又是花名签，都为什么？老梅、牡丹、芙蓉、海棠、红杏、天桃……都掣归其人了，最末收局的又偏偏是"开到酴醾花事了"，又为什么？而且签上又特笔注明："在席者各饮三杯送春。"这又为什么？对此一无所悟，那么读《红楼》也就太没意思了，"絮絮烦烦地太惹厌了"（一种外国人读后的反应语）。

这一场夜宴，名为介寿怡红，却正是为了一个"花事了"，百花凋尽，众女儿举杯相送——也送自己。而这种饯花之会的主人公，则正是宝玉。

君不闻秦可卿对熙凤告别之言乎——

三春去后诸芳尽，各自须寻各自门。

饯花葬花，群芳沁芳，象征的，拱卫的一个大中心，就是：宝玉之诞生，不过是为了让他充当一次"饯花使者"而已！

不知你可想到过：那四月二十六日的首次饯花之会，暗笔所写，也正是宝玉的生辰寿日。讲《红楼》艺术，不明此义，也就买椟而还珠，得筌而忘鱼了。

原来，书中众人的生辰日期，都曾明文点出过，如黛玉是二月十二（花朝所生，故为"花魂"代表），探春是三月初三上巳日，宝钗是正月廿一日，连贾母、元春、凤姐……都不例外，而唯独不言宝玉实生何日。怪哉！

但不管雪芹的笔法如何"狡狯"（"脂批"之语），我们也能"破译"他设下的迷阵。他运用的又是明修与暗度的另一种交互配合之妙法：在第二十七回，只言日期，不点生辰；在第六十三回，又只言生辰，而不点日期。盖雪芹相信：当时后世，自有慧心人识破奥秘，何愁不遇赏音知味。在雪芹的"脾性"上说，纵使千秋万世并无一看懂，这也无妨；他绝不为了讨人的好懂，而把一切都摆在浮面上。记住这一点，便获得了他的艺术特点的骊龙颔下之珠。

在首次盛会中，有一段特笔，单写那天宝玉足下穿的一双鞋，引起了他与探春兄妹二人避开大家一旁谈心的细节。这双鞋出于探春的超级精工，是特送宝玉的，而其精美引出了两个反响：一是老爷（贾政）见了不悦了，说这么浪费人力、物力，不足为训；二是赵姨娘见了，又生妒心——因为探姑娘从来没给她的同胞弟环儿做过这么一双令人惊叹歆羡的好鞋！此皆何意耶？难道又是一大篇"令人生厌"的琐琐絮絮的闲文？盖后人已不能知道生日送幼少年新鞋新袜，是那时候的家庭与近亲的古老风俗。雪芹这一段话，除了兼有别的含义作用，就在于暗写宝玉生日。

如果仅有此一段"鞋话"，那还是单文孤证，不足为凭。紧跟着，五月初一那天，清虚观内，张道士就又发出了一篇"奇言"：

> 只记挂着哥儿，一向身上好？前日四月二十六日，我这里做遮天大王的圣诞，人也来的少，东西也狠干净，我说请哥儿来逛逛，怎么说不在家？

这话妙极了，单单在这个"四月二十六"，出来了一个什么"名不见经传"的"大王"的圣诞！那"遮天大王"是何神道？让聪明人自己去参悟吧！奥妙就在于：等到第六十二回明写宝玉生辰时，却又出来了这么一段——

> 当下又值宝玉生日已到……只有张道士送了四样礼，换的寄名符儿。

你看奇也不奇？宝玉过生日，头一个送礼的就是"做遮天大王的圣诞"的张道士！他该记不错这个重要的日子。再看——

> 王子腾那边，仍是一双鞋袜，一套衣服……其余家中人，尤氏仍是一双鞋袜。

怪呀！一再凸出这个"仍是"者，年年照例也；年年所照之例者，"一双鞋袜"也！

这下子你可恍然大悟了吧？我说前边第二十七回写的，不说生日，实为"圣诞"；后边第六十二、第六十三回写的，明言生日，不说月日——让你会心之人自去参互而观，两次"饯花"皆在宝玉生辰四月二十六，昭然若揭矣！

雪芹为什么这样喜弄狡狯之笔？难道只图一个新奇和卖个"关子"？非也，那就又太浅薄太俗气了。他不肯昌言明写，是另有缘故。

这缘故就是：四月二十六日本来就是他自己的生日。雪芹这些笔墨，是用以曲折表达自己的平生经历，无限的悲欢离合、世态炎凉，正像他之历世是来为这一群不幸女儿（嘉卉名花）来饯行一般，自他降生之这一天，便标志出了一个"三春去后"的可悲可痛的局面："花落水流红！闲愁万种，无语怨东风。"王实甫的这一支名曲，使得他眼中流泪，心头沥血，禁不住要牺牲一切而决心传写他所亲见亲闻的、不忍使之泯没的女中俊彦——秦可卿所说的"脂粉队里的英雄"！

这就是说，雪芹的艺术特技特色，是由他本人的身世和选题的巨大特点而决定的，而产生的。

但是我们同时也看得十分清楚：假使雪芹不是一位罕有前例的异才巨匠，那他纵有特殊的人生阅历与选题的特定宗旨，那也是写不出《红楼梦》这样一部奇书的。

我就"沁芳"与"饯花"这一巨大象征主题粗陈了我自己读《红楼》的感受，似乎让人觉得是从第十八回"试才题额"才开始的。实则又不可那么拘看。例如已引过的早在第五回中，宝玉一到"幻境"，首先入耳的是一位女子的歌声。她唱的是什么词？

> 春梦随云散，飞花逐水流。
> 寄言众儿女，何必觅闲愁！

众儿女，指的是全书中的所有不幸女子（在原书最末"情榜"上是共列出了一百零八位）。那"闲愁"也就是王实甫让崔莺莺唱出的"闲愁万种，无语怨东风"。这笼罩全部的总纲，而梦随云散，花逐水流，又正是"沁芳"溪上，"香梦沉酣"（寿怡红时，湘云掣得的花名签上的镌题，亦即《醉眠芍药茵》的变幻语式），此一大盛会，终归尽散，因而那歌声唱出的正是"红楼"之"梦"的离合悲欢的巨大主题。在这一点上，雪芹也是"积墨""三染"，也是重叠勾勒，而每一层次的线条色彩，皆不雷同，无有呆板的重复，惹厌的絮聒；每出一法，各极其妙，使人感到目不暇给，美不胜收。若悟此理，你再去重温一遍《葬花吟》与《桃花诗》，便觉以往的体会，太不完全了，对雪芹的艺术，看得太简单了。

第六层

《红楼》自况

【分 引】

　　孟子说:"诵其诗,读其书,不知其人,可乎? ——是以论其世也。"
这就是中华文化中一项重要理论与原则,凡属著作,书与人是不可分的。
何况《红楼梦》本是带有浓郁的"自叙""自况"成分的一部个性独特
的小说乎。是以欲懂《红楼》,宜先知雪芹之为人以及他所生活的历史
环境。

　　诗曰:

都云作者痴,作者究何似?

世上有此人,迥异寻常士。

知之与不知,胸襟各怀异。

譬如牛与马,岂容混一指。

《红楼》乃自况,人书切一致。

宝玉何从来? 问之曰娲制——

智者不待言,昧者怒目视。

"自况说"

自传文学，自传小说，从古至今，无分中外，都是存在着的，例子很多，大家也常列举，应属于文学常识的范围。谁也没说过这不是文学或"坏"文学或"低级"文学，正如谁也不认为艺苑中只许有写生和肖像画（画别人）而不许有自画像，自画像就活该是坏的或低级的作品，没听说过会有这么一番大道理或艺术理论。当然我也无意由此做出推论，说天下画家都该来画自己。这种纠缠除了无聊别无意义可言。"文学应为大众而作，应写大众，而不要老是想着自己这一渺小的个人"——这其实是另一个意义，也不必拉来此处多作葛藤。其实，一味强调写大众的理论家也没有任何理由否认：写大众的"写"，还是得"通过"这个特定的作家个体的人才能实现的。艺术离了个体创造将是一堆空洞的概念，毫无个性特色的"书画"，就连经过长期积累的群众性创造的《水浒传》《西游记》以及民间故事等，到它们以普遍形式定型面世之时，那最后一道"工序"仍然是一种个体作家的具体创造在决定这部小说的品格和魅力，把这一"工序"只说成是"加工"，其实也是不合实际的、非科学的认识。所以写大众也不是与写个人"势不两立"。曹雪芹为金陵十二钗（以及很多副钗、再副等）写"列传"，难道不含有一种"写大众"的意义吗？可是这也不会得出"必须排斥自传"的结论来。难道不可以有一种自传，貌似为写一个"自我"，而实亦为写大众吗？曹雪芹写了那一大群不幸的妇女，又为了什么呢？难道是为了"珠围翠绕，艳福不浅"？所以，如果我们只因为要提高（或者说是害怕贬低）《红楼梦》的意义而硬是否认"自叙传"这个事实，岂不是太短见、太自限了乎？

说《红楼梦》是"自叙传"，是否以胡适为始呢？如果就五四以来而言，可以说是的。但其实乾隆时人本就明白这部小说的实质是写作者自家的，因此鲁迅才说"自传说"之出现实际最早（而肯定确立反在最后）。他当时只是见到袁枚的《随园诗话》，就做出这一论断，目光极犀利。而后来其所引原诗全部二十首都已发现，为富察明义之作，自序中明言雪芹之先人曾为江宁织造，故书中备记的是"风月繁华之盛"（恰与敦敏《赠芹圃》诗"秦淮风月忆繁华"之句相应）。我们考明雪芹与富察氏明义家交往关系密切，彼此相知，非同道听途说之比。又如同时人吴云（字玉松，吴县人，官御史。与晚清的号平斋的吴云不可混为一人）跋石韫玉的《红楼》剧本，也说《石头记》是"小说之妖也。本事出曹使君家"。这都是最能说明问题的文献。如果再往晚一点的时代看，1903 年夏曾佑在《小说原理》中已经指明："写贫贱易，写富贵难。此因发愤著书者，以贫士为多，非过来人不能道也：观《石头记》自明。"可见夏氏是看出了作者雪芹即是亲历者，亦即此书是自叙的道理。两年以后，1905 年，王国维始作《红楼梦评论》，其言有云：

纵观评此书者之说，约有二种：一谓述他人之事，一谓作者自写其生平也。（第五章《余论》）

这也足以说明：在胡适之先生考证《红楼》之前的 20 年，"自叙传"之说本就存在，并未中断或绝迹。例如道光二十二年（1842 年）就刊刻了《红楼梦论赞》的涂瀛，乃评批家中之极早期极出色的大手笔，其开宗明义篇即大书云：

> （上言书中之甄宝玉，殆是贾宝玉之友，二人原志趣相同，其后甄则充真就俗，改入经济文章一途）贾宝玉伤之，故将真事隐去，借假语村言演出此书，为自己解嘲，而亦兼哭其友也……然则作书之意，断可识已。而世人乃谓讥贾宝玉而作。夫宝玉在所讥矣，而乃费如许狮子搏象力，为斯人撰一开天辟地绝无仅有之文，使斯人亦为开天辟地绝无仅有之人——是"讥"之，实以寿之也。其孰不求讥于子！？吾以知《红楼梦》之作，宝玉自况也。

如今世上人都知道有个"自传说"了，却闹不清比它早了至少 80 年已有了一个"自况说"！岂不有趣得紧？

事情再要核实，自然涂瀛也不是评家中最早的如此主张者。即如嘉庆十七年（1812 年）已有刊本的"二知道人"所著《红楼梦说梦》，就已揭出：

> 盲左、班、马之书，真事传神也；雪芹之书，虚事传神也。然其意中，自有实事；罪花业果，欲言难言，不得已而托诸空中楼阁耳。

这话已够明白。道光元年（1821 年）已有刊本的诸联所著《红楼评梦》，也说：

> 凡稗官小说，于人之名字、居处、年岁、履历，无不凿凿记出。其究归于子虚乌有。是书半属含糊。以彼实者之皆虚，知此虚者之必实。

这才是慧眼人看事，一语道破。他又说：

> 凡值宝、黛相逢之际，其万种柔肠，千端苦绪，一一剖心呕血以出之，细等镂尘，明如通犀。若云空中楼阁，吾不信也——即云为人记事，吾亦不信也！

这是何等的真情实话，何等具有说服力的"逻辑语言"！

由这诸例，可见乾嘉一代人，对雪芹之书本来就都是如实感、如实说的。

至于咸同年代撰刊的书，可举江顺怡《读红楼梦杂记》的一则。其言曰：

> 或谓《红楼梦》为明珠相国作，"宝玉"对"明珠"而言——即（纳兰）容若也。窃案《饮水》一集，其才十倍宝玉，苟以宝玉代明珠，是以子代父矣①！况《饮水词》中，欢语少而愁语多，与宝玉性情不类。盖《红楼梦》所纪之事，皆作者自道其生平，

---

① "以子代父"，清代有识之人听来乃是极荒唐不通的"逻辑"或"理论"；不料后世居然出现了一种"以侄代叔"的奇谈怪论。后与之前，也可谓无独有偶，遥遥"辉映"了。

非有所指——如《金瓶》等书，意在报仇泄愤也。数十年之阅历，
悔过不暇，自怨自艾，自忏自悔，而暇及人乎哉！？所谓宝玉者，
即顽石耳。

他驳"纳兰说"的理由，都切中其病害，难以比附之理最明。他说作者
以此书自叙生平，数十年阅历之丰富，犹虑写之不尽，怎么还有工夫去
写别人之事？这话，极平直之理路也，却也最能道着事情的真际——有
清一代，具眼者如此。

那么，为何又须等到胡适出来，晚至 20 世纪 20 年代初，这才又
提出"自叙传"了呢？这原因，鲁迅早已分疏过的"正因写实，转成新鲜，
而世人忽略此言，每欲别求深义，揣测之说，久而遂多"，以致胡适
为了破除那些揣测，才提出了——恢复了本来的事实："自叙传"。
此其一。

胡适为《红楼梦》作考证，不一定知道上举之乾嘉时人遗文，不
是有了先入之见再去寻找可以傅会的材料。他由作者、本子的考证下手，
由作者的家世生平，才形成了他认为雪芹是自叙（不是叙纳兰、顺治等）
的见解。这是对的，所以鲁迅也肯定了此说，认为彰明较著，无可置疑，
应该确立。此其二。

但胡适自己心目中的力证，与鲁迅所以肯定其说的重点又不尽同。
比如据《胡适口述自传》第十一章所载，有以下的话：

　　这小说中最令人折服的一项自传性的证据，便是那一段描写
贾家在皇帝南巡时曾经"接驾"的故事。而且不只是接驾一次，而
是接驾数次。史料在这方面是可以作为佐证的。康熙皇帝曾六次南
巡；雪芹的祖父曹寅，便曾"接驾"四次。不但"接"了皇帝的"驾"，
而且招待随驾南巡的满朝文武。康熙在扬州和南京皆驻跸曹家。

所以不管曹家如何富有，这样的"接驾四次"，也就足够使他们破产了①。

胡先生的话，说得不完全精确，而且只举了一项书中带笔叙及赵嬷嬷忆旧，提起的是江南甄家，"独他家接驾四次"，也并非是正文正面描写。这在"纠缠派"看来，实在不但不能"最令人折服"，恐怕要

---

①仅就此所引的一段来说，就有三点可以评为不够精确：一、书中说的是江南甄家二三十年前"接驾"四次，并没有说即是贾家。二、康熙驻跸的不是"曹家"，而是曹寅任职的南京织造署。在扬州，曹氏没有"家"，皇帝所驻地是天宁寺行宫。三、说接驾四次促使曹家破产，更有语病。当时曹家备办南巡接驾，主要是变尽办法挪用公款（地方官是加杂敛摊派），所以到雍正朝追究这些亏空，欠了国家的"钱粮"，构成重罪。胡先生那样说，好像是皇帝驻曹家，曹家用自己的财力去支应，因而耗费破了产。其实不是那么回事。连小说中的赵嬷嬷也明言"也不过拿着皇帝的银子往皇帝身上使，谁有钱买那个虚热闹去"！最为清楚。附带一提：胡适之先生晚年的《口述自传》中涉及"红学"处，今日看来，并无新意可言，但也有一二引人注目之点，他本应按照他考证时的历史原貌追述，可是却夹入了一些改变，例如不再说曹𫖯是曹寅的次子，而说过继子，不再提旗籍问题一字，整个回避了，不再把曹家的事情只说成是一个考究饮食、讲求文学艺术的"优美环境"的问题，而竟然多出了一个向所未闻的"秘密文化特务"的名目！又如，不再说是"坐吃山空"，"自然趋势"了，而多出了以下一段话：

"但是康熙皇帝死后，诸皇子争位。雍正虽然终承大统，但是他也没有什么名正言顺的承继特权。所以他一旦即位之后，便对原先和他争位的弟兄，乃诛囚不遗余力。在这场夺权斗争之中，曹家也受到株连。不但与曹氏有关的皇亲国戚悉被推翻，曹家自己也受了'查抄'之祸。家产充公，婢仆星散，树倒猢狲散。转眼也就穷困不堪。曹雪芹长大之后，正赶上这场不幸，而终至坎坷一生！"

所有这些，在他早年《考证》中都是绝未见有的，而且在此他也不再坚持要雪芹"赶上繁华"了，反而突出了"赶上不幸"了。这些重要的变化，胡氏自述并未交代其来龙去脉，是由含胡泛叙而过。这是有欠科学的追述法。唐德刚教授也未加任何笺注说明。

说成是"偶然运用"了一星半点"家史"资料罢了。所以就是同主"自传说"的，理由也并不相同。如上引乾、嘉、道时诸例，便是最好的说明。王国维所引的，则主要根据小说开卷即自言"亲见亲闻"（王氏加以驳难，鲁迅又驳正了王氏）。到鲁迅作《中国小说史略》，于学术名著中郑重指出的则是：

> 盖叙述皆存本真，闻见悉所亲历。正因写实，转成新鲜……然胡适既考得作者生平，而此说（按：指蔡元培说）遂不立，最有力者即曹雪芹为汉军（按：此沿胡氏旧说故云，当作内务府满洲正白旗），而《石头记》实其自叙①也。然谓《红楼梦》乃作者自叙，与本书开篇契合者，其说之出实最先，而确定反最后……迨胡适作《考证》，乃较然彰明，知曹雪芹实生于荣华，终于苓落，半生经历，绝似石头……

这最后一小段，应与《中国小说的历史的变迁》中的一段合看：

> 此说（按：指自传说）出来最早，而信者最少，现在可是多起来了。因为我们已知道雪芹自己的境遇，很和书中所叙相合……由此可知《红楼梦》一书，说是大部分为作者自叙，实是最为可信的一说。

我要再说一遍：这样明白确切的话，如果有谁还要玩弄手法，加之歪曲，硬不承认，则肯定与学术不是一回事了——鲁迅的看法是，最

---

① "自述""自况"说不自胡适始，但把考证《红楼梦》小说当作一门学术来对待，则是以他为创始者。《口述自传》中译注人唐德刚教授特别强调此点。那是很对的。

有力的理由不单在"接驾四次"那一类（全书中此种可举的多得是），而是从整体宏观，小说分明是雪芹自叙：因为他的半生，即与"石头"绝似，这才是最要紧的一点（他上一个"最有力者"指的乃是因为雪芹是八旗世家，所以不会如蔡说著书是为了"排满"。读书最忌理路不清，故无谓的纠缠时常使人不得不浪费笔墨）。此其三。

把这三点弄清了些，一来可使一些不甚了了的评论家们省掉很多无谓的葛藤，不致再制造更多的混乱。二来可以让我们继续思索我国小说史上所显示的很多特点。

即以"名词"而言，胡适最初用"自叙传"，更多的是用"自传"；如依他《口述自传》的中译，则后来也用了一个"自传性"。鲁迅则用"自叙"。当然，在 20 世纪一二十年代写文章，还远不像今世的有这么多的这个"性"那个"性"——如不点破，这也会成为"纠缠派"的纠缠课题对象的。

再者，请注意清代人所用的那词语，不说"自传"，也不说"自叙"，而是说"自况"。

我因此想，这个"自况"，实在极有意味，更符合汉文传统上的精妙度和丰富度。假使能懂得这个"况"，也许就不致发生那种"担心把小说和历史（或'史料'）混淆了"的麻烦了。因此"况"的意义，既含有"状"（形容，写照）的一面，也含有"比"的一面。这种比，不是比较、比照、比并，而是"比拟"，这比拟就是连旧词语"影射"、新词语"象征"都可包纳的一种"艺术处理"。比方曹雪芹让李纨掣得了一枝老梅"花名"酒筹时，李纨得意地说："这东西倒有些意思。"这就是说李纨意中也以寒梅"自况"。"状"的一面，是自叙、自传性，"比"的一面，是自影自拟性。所以我说清人的"自况"说，与后来的"自叙""自传"说相较，实质原是一回事，但从含义周至的程度来说，实更优胜。

这样看来，"自传说"的存在，并不自胡适始。此事至为清楚了。

胡适不是创立了"自传说",只是恢复或明确了它。

如果明白了这些历史渊源,那些批胡(我只指"红学"上的批胡)的评家,也许就不至于把"自传说"作为了攻击重点,因为这等于把这一贡献,全部奉送与胡先生的名下,实际上倒是太高抬了这"一家言"呢!这与美国、台湾等处的捧胡派之将"红学"归功于胡氏一人,反倒成了异曲而同工了。

"自传说"能成立吗?

本节标题的这一问,是别人的想法;在我看来,则这一问是多余、也早就"过时"的了。因为,"红学"上的自传说,本来就不是一个"成立"与否的假想或揣断,它只是一个事实——连什么"考证"也是无须乎的。

那么,自传说为何又曾成为论争、批判的焦点呢?

问题的来源倒是"事出有因",而且不止一端的。

粗粗总括,不承认自传说者不出两派:一是中国小说传统一直是"写(别)人",极少"写(自)己",故凡见一本小说就先猜其"本事"为谁家谁人的事迹。二是外来文艺理论牢记在心,奉为圭臬,认为小说都是"虚构"或"集中概括——典型化",不存在"写谁"的"对号入座"问题。

以蔡元培先生为代表的"索隐派"主张,源于本土传统,极力反对"写己"之论。此是民初年代之事,至今后继有人。以"虚构""概括"为理由而批判"自传说"的风潮,则是 20 世纪 50 年代以来的事。批判者以为如若谓曹雪芹著书是写己,乃是极大"错误"——甚至是"阶级"性质的错误,非常严重,难以宽恕。

实际如何呢？

雪芹的伟大，不是死守常规，正在于他敢"破陈腐旧套"，所以开卷即言：此书乃作者亲历的"一番梦幻"故事，所谓"通灵"之玉，乃是"借"它来"编述一集（记）"的"假语""荒唐言"——即以小说体裁来写自己的经历（"梦幻"者，作者惯用反语瞒人，正指真实）。

但此意此言此行，太创新了，常无人敢于相信罢了——清代已有人指明此书是"自况""自寓"。

"况""寓"云者，早已将"素材""原型"与"艺术加工""穿插拆借"等"演义"手法包括在内了，何尝"不懂历史与艺术的分别"？

至于"虚构""概括"，我完全承认：世上古往今来本有用虚构、概括方法写成的小说，尤其是在西方那种理论的影响或指导之下的有意识或也如彼而作的结果。但我不承认因此之故，中国乾隆时代的曹雪芹也"必须"就是如彼而写他的《石头记》。

有模式、有教条、有艺术的特点与个性，有"自我作古（创始）"，焉能一概而论。

但我还是要强调一点：要解决这样的问题，也不单靠逻辑推理，也不能是理论"规定"；对文学艺术，除了那些，还需要感受与领悟。

我相信"自传说"的理由，是本人的感知，而不是先读了专家学者的权威论证。

我最深切的感悟是雪芹写下的那两首《西江月》里的话——

> 天下无能第一，古今不肖无双。
> 富贵不知乐业，贫穷难耐凄凉。
> 潦倒不通世务，愚顽怕读文章。
> 无故寻愁觅恨，有时似傻如狂。
> 可怜辜负好时光，于国于家无望！

这些"难听"的话，是说谁呢？

奇极了——我没见一个人出来讲讲，他读了这些"评语"之后想到的是什么？是"同意"作者对宝玉的"介绍"和"鉴定"？还是略为聪明一层，知道这乃是反词——以讥为赞？

无论如何，读至此处之人，该当是有一点疑问：世上可有一个大傻瓜，他十年辛苦，字字是血的著作，就是为了偏偏要选这么一个"怪物"作他的全部书的总主角（一切人、事、境、变……都由他因他而发生而展开而进行……）？这个"偏僻""乖张"的人物，如此不堪言状，选他的目的用意又在哪里？——即使你已明白此乃以讥为赞的反词，那你也该进而追问：如果他是写不相干的赵钱孙李，以致子虚乌有地捏造产物，那他为何不正面大颂大扬、大称大赞？他为什么要费这一番"纠缠"而引人入其迷阵？难道他神经上真有毛病？

经此一串推演，智者已悟：雪芹特意用此手法以写宝玉者，乃其"夫子自道"也——除此以外，又能有什么更准确的"解读"？

——以上这一段，说的不是别的，就是着重表明一点：读《红楼梦》，你玩味他的笔法，只要有点儿悟性，就能晓知此书写宝玉——石头入世的红楼一梦，即是"作者历过一番梦幻……借通灵之说而作此《石头记》"的真实原委；此书的"自况""自寓""自叙""自传"的性质本来丝毫不误。作者雪芹不过因为当时此一性质惊世骇俗怕惹麻烦，故此小施"文字狡狯"而已，并无多大玄妙神秘可言。

这就是需要一点悟性——比"考证"更重要。书中类此之笔法，例子也不少，我谓举一足以反三，可以不必絮絮而罗列无休了吧。

诗曰：

> 积学方知考证难，是非颠倒态千般。
>
> 谁知识力还关悟，慧性灵心放眼看。

我们能了解曹雪芹吗?

题目中的"我们"是谁们?是今日的一般读者、文艺爱好者,包括我这写书人和正在手执拙著阅读的"红迷"们——我们此时想了解两个半世纪以前的那位曹雪芹先生,有可能吗?可能性多大?有些什么渠道和办法?众说纷纭而且都在喊叫"我的看法最正确",目迷"五"色的"五"字太不够使了……这该怎么好?

对雪芹的了解很不容易,这是事实;但也有事情的另一面。比如,所有讲论曹雪芹的人都十分抱憾于史料的太稀少,太不"够用";其实是没有比较与思考,清代的很多名人的史料还有比不上雪芹的,比他更难于查考。

实际上如何?雪芹之友为他写的诗,明白题咏投赠的就有 17 篇,加上虽未题明而可以考知的,至少竟达 20 首之多。各类笔记文字叙及他的(绝不涉及那种伪造的胡云)也有 10 种。这已然是相当可观了,怎么还嫌太少?假若他的一切都已记录清楚了,那又何必再费事来研求追索?

我的感觉是:困难另有所在。

当代论者大抵对清代史事并不熟悉,尤其满洲八旗世家的生活、习俗、文化、思想更是陌生得很——就勇于以他们今日所想象的"情景"去讲论评价这位特色十足的历史文学巨人,结果是把他"一般化"加"现代化"了,甚至牛头马嘴,不伦不类。更为麻烦的是"曹学"涉足者(包括笔者)原本学识浅陋,却自我高估,小视了雪芹这个奇才异品的高深含量，于是说出一些外行的、浅陋的、错谬的话，扭曲了真实的雪芹。

我从上述"史料"中所得到的强烈印象，约有五六个方面值得特别一说：

一是文采风流；二是"奇苦至郁"；三是诗才特高；四是高谈雄辩；五是放浪诙谐；六是兴衰历尽。

以上六项，每一项都需要从细讲述方能稍稍深入。这儿自然不是那种文字的体裁篇幅。若扣紧他撰作《红楼梦》这一主题来说，那就还可以引用我在别处说过的几句话：雪芹兼有思想家的灵慧哲，历史家的洞察力，科学家的精确性，诗人的高境界。

在这几项中，最不易理解和讲说的是"奇苦至郁"四个大字。这四个字是谁讲的？曰：潘德舆先生。潘是《养一斋诗话》的著者，他的笔记叫作《金壶浪墨》，其中写到了雪芹的一些情况和他读《红》的感受，十分可贵。

潘德舆的记叙是其来有自的（我考论过，此不多引）。他知道雪芹著书时穷得一无所有，只一几一机（凳）。无纸，将旧皇历拆了翻转书叶子，在纸背起草……他看到某些感人特深的章回，为之泪下极多。他表示感受最深的有两点：一是书中所叙宝玉的情况，笔墨如此惨怛，这分明是作者自喻自况——若写的别人，万万不会达此境味（大意）。二是由上各情来判断感悟：作者必有"奇苦至郁"无可宣泄，不得已而方作此书。

在我所见记述雪芹旧事和读《红》心境的，都不及这位潘先生的几句话，字字切中要害，入木三分——所谓"性情中人"也。

除去清代人的记叙之外，另一"渠道"其实还是要从《红楼》书中去寻求。兹举一例，试看如何——

薛小妹新编《怀古诗》十首中，有一首《淮阴怀古》诗云：

壮士须防恶犬欺，三齐位定盖棺时。寄言世俗休轻鄙，一饭
之恩死也知。

　　这诗另有"打一俗物"的谜底，不在此论，单或这诗内容，就与
雪芹本人相关。雪芹"素放浪，无衣食，寄食亲友家"，稍久就遭到白
眼，下"逐客令"了。所以有时连"寄食"之地亦无。贫到极处，生死
攸关了，不意竟有一女子救助，方获绝处逢生。这大致与韩信的一段经
历相似。
　　据《史记》韩信传所载，信少时"钓于城下"，无谋生之道，在"护
城河"一带钓鱼为"业"，饿得难挨。其时，水边有多位妇女在"漂"
洗"絮类"衣物，一女见他可怜，便以饭救之。如此者"竟漂数十日"，
就是说，人家那么多日天天助饭，直到人家漂完了"絮"不再来了为止。
（因此这成为典故，以讥后世馋贪坐食之人。）
　　雪芹托宝琴之名而写的"寄言世俗休轻鄙：一饭之恩死也知"，
正是感叹自身也曾亲历此境，为世人轻贱嘲谤。
　　"世俗"的眼光，"世俗"的价值观，"世俗"的"男女"观，
都不能饶恕雪芹，也给那慈怀仁意的救助他人的女子编造出许多难听的
流言蜚语，说他（她）们有"私情""丑事"……
　　此即雪芹平生所怀的难以宣泄大悲大恨，故尔寄言在"小说"之中。
请看《菊花诗》"高情不入时人眼，拍手凭他笑路旁"，亦此意也。
诗曰：

　　雪芹遗恨少人知，圣洁慈怀却谤"私"。
　　世俗从来笑高士，路旁拍手竞嘻嘻。

雪芹曾客"富儿"家

敦诚于乾隆二十二年自喜峰口寄诗给雪芹，劝他"莫叩富儿门"。这是暗用《红楼梦》中第六回前标题诗"朝叩富儿门，富儿犹未足"的话，可是又兼有实指，诗词常有双关妙语，此亦一例。

敦诚意中所指的"富儿"是谁呢？

原来此人名唤富良，所以这"富儿"二字，还又多着一层隐义，真可谓语妙"三关"了。

富良是马齐的儿子，排行第十一。马齐是康熙朝的大学士（宰相级），功勋盖世，显赫之极，当时俗谚云"二马吃尽天下草"，二马就是马齐与其弟马武。马齐早先做过侍读学士。曹寅去世的那一年，他署理过总管内务府大臣，是曹家的上司，他们从很早就是世交。他还很喜欢招邀文士讲论。

马齐极有才干，文武皆能，而且掌管着与俄国的各种事务（外交、商贸），还是八旗中的俄罗斯佐领的长官。封了伯爵，爵位后由他的幼子（行十二）富兴承袭；富兴惹了乱子，伯爵夺除了，改命富良袭爵，名号是敦惠伯。

敦惠伯府在哪里？就在西单牌楼以北街东的石虎胡同。

这胡同，就是敦诚读书的右翼宗学的所在地。敦诚寄诗说："当时虎门数晨夕，西窗剪烛风雨昏。"他和雪芹在宗学里掌灯夜话，正是因为雪芹在富良的敦惠伯府里做西宾，所以能常到宗学来"串门儿"。

现在想来，不但"富儿"二字用得巧妙无比，就连"虎门"一词，也是既用古语指宗学，又暗指那个"石虎"的巷门。清代北京胡同口有栅栏和"堆子"。

雪芹到了敦诚的学里，是"高谈雄辩虱手扪"，如古人王猛议论天下大事，旁若无人。这其间定然会谈到他的东家富良府中的事。早年北京的《立言画刊》上载文，记下雪芹在"明相国"家做西宾，被诬为"有文无行"，下了逐客令，把他辞掉了。这正与敦诚诗中说那家"富儿"待雪芹是"残杯冷炙有德色"，十分吻合——未辞退前，也是以轻慢相待，还自以为是对雪芹的"恩赐"。

所谓"明相国"，显然是由于年久传讹所致，一是索隐派旧说，雪芹写的是"明珠家事"（此说乾隆所造也），但明珠是康熙早期的相国，相距很久了。而马齐的侄孙明亮，却正是乾隆后期的相国。这样，后世人就用"明"字辈来代称了。"明"字辈的明琳、明义，都是雪芹的朋友。"富"字辈有富文，富文的外甥就是裕瑞（豫亲王之后裔），裕瑞由从他的"老辈姻亲"听到了一些关于雪芹的体貌、性情、嗜好，以及讲说的口才与写书的情况。那老辈姻亲，正指"富家"，可谓全然对榫合符。

"富家"本姓富察氏，是清代满洲一大望族，与皇室是世代的"儿女亲家"，他家的每一个男子几乎都有官职。"富"字辈的，也有用"傅"字的，如傅恒、傅清即是。后来傅恒官居极品，荣耀当世，他家出了皇后，儿子娶了公主……他后来也聘请过雪芹，但雪芹拒绝了。因此敦敏作诗说他是"傲骨如君世已奇"，真是话中有无限的事故。

由此可见，雪芹与"富儿"的关系纵非"千丝万缕"，也堪称"一言难尽"了吧。

第七层

《红楼》脂砚

【分 引】

　　雪芹原书本来题名《脂砚斋重评石头记》，可见"脂批"是原书的组成部分，而非一般批语是后人所附加的、可有可无的文字。因此，脂砚斋究为何人？揣测者甚多，如胡适以为是雪芹自批，俞平伯说是雪芹的"舅舅"，后来又出现什么"叔叔"说，等等不一。

　　我的拙见异于诸家，认为脂砚是一女子，实即书中湘云的"原型"。证据甚多，今只摘其一二，可窥豹斑，可发妙想。

　　诗曰：

　　　　批书莫比金圣叹，《水浒》《西厢》局外人。
　　　　惟有脂砚与之异，批中自谓"《梦》中人"。
　　　　局外梦中悬殊甚，胭脂研砚生异芬。
　　　　传来声口女儿气，方悟脂砚即湘云。

脂 砚

　　曹雪芹在百口嘲谤、万目睚眦的情形下写书，没有任何物质援助和精神慰藉，痛苦可想。但是他却有一个亲密的人，成为他的唯一的支持者。这人名氏不详，只留下一个别署，叫作"脂砚斋"。从脂砚斋这里，曹雪芹却得到了援助和慰藉。在曹雪芹当时的处境下，居然还有脂砚斋这样的人，真是难能可贵已极，使我们不能不对他发生很大的钦佩之情，我们应该向他致以崇高的敬意。

　　有一种意见极力低估脂砚斋这人和他给《红楼梦》所作的批语的重要性。其主要理由大概不外乎：脂砚斋的观点并不全部高明、正确，他的批《红楼梦》，不过如金圣叹的批《水浒传》一样；凡是旧日的评点派一流的东西，笔墨游戏，糟粕居多，并没有多少价值可言。

　　关于脂砚斋批书的问题，这篇文字不能详说。但有几点应当表出：第一，对于二百年前的小说批点家的观点，当然要批判抉择，正确估价，可是这和轻轻一笔抹杀不是一个意义。第二，小说评点派，其内容固然有很多应为我们扬弃的糟粕夹杂在内，但是从整个说，这实际是一种"通之于大众"的传统文艺批评欣赏的通俗形式，我们应当给它的是适当的重视，而不是一力贬弃。第三，像金圣叹之流，只是《水浒传》行世已久之后的一个读者，换一方式说，他对于小说的作者为人和创作过程来说，都是一个"不相干"的旁人，所以他的批《水浒传》就只能是这样的"范畴"之内的东西。可是脂砚斋却不能和金圣叹一概而论，因为他

135

不但和《红楼梦》的作者是同时人，而且是关系极其密切的亲人；他不但对《红楼梦》的创作过程了解十分清楚，而且他本人就还是一位参与写作的助理者。第四，金圣叹是从封建的立场、观点来批点乃至窜改《水浒传》，而脂砚斋则虽然不能尽合作者的全部立场、观点，他在更多的方面却是同情作者和维护作者的意旨和主张的——这样的一位批家，恐怕不应当毫不分辨地和金圣叹等人相提并论。应该想到，能够获得这样的批家批过的小说而且幸而流传保存下来，是无比宝贵的研究资料，这在全世界古今文学史上也是不可多得的特例。我们应当充分理会到这些意义。

这样说一下，就可以看出脂砚斋的难能可贵处：他是曹雪芹孤独寂寞中的一个最有力的支持、鼓舞和合作者。

他帮助曹雪芹做了哪些具体的工作呢？我们现在还能看得出的，就有以下各事：

一、他决定书名。例如他在"再评"的时候，最后决定在《红楼梦》小说的许多异名之中仍旧采用"石头记"为正式书名，并得到曹雪芹的同意，把这个原委写入卷首的"楔子"部分的正文里面。事实上，乾隆时候的最初流传的抄本《红楼梦》，都是定名为《脂砚斋重评石头记》的。

二、他建议将小说里的某些重大情节做出删改。例如原稿第十三回原来的回目是"秦可卿淫丧天香楼"，正文写贾珍和秦氏翁媳奸通，被丫鬟撞见，秦氏自缢而死。由于脂砚斋的建议，将此事明文一概删去，改为隐笔暗写，因而此回的篇幅独较他回为少；回目也修改避讳了。

三、他校正清抄本的文字。例如"庚辰本"第七十五回的前面，记有"乾隆二十一年五月初七日对清"一行字，就是证据痕迹。

四、他整理原稿，掌握情况，随时指出残短缺失之处，提醒作者修补。例如小说第七十五回，本以"赏中秋新词得佳谶"为下半回的主题，而写到宝玉、贾兰、贾环由贾政的命令依次作诗时，都只有引起诗句的"道是"二字,而不见诗句(有的"道是"下面空了格,表示下面将有文字);脂砚斋便于回前记下"缺中秋诗,俟雪芹"的话。

五、这样的缺短之处,不止一例;有的直到雪芹逝世,也终未能来得及补齐,而脂砚斋代为补作了。例如上条所举中秋诗,较晚本仍无诗句,而且将"道是"等字样也删掉,连缺短的痕迹也消灭了:可见此三诗终未补作。而第二十二回"制灯谜贾政悲谶语",回末只到惜春之谜为止,眉上朱批云:"此后破失,俟再补。"后面又一单页,"暂记"宝钗之谜语正文、七言律诗一首,后面批云:"此回未成而芹逝矣,叹叹!"则又可见较晚本此回回末所补的一小段,就是脂砚斋伤叹雪芹已亡而自己动手补足的。

六、他不止代补零碎残短,还代撰整回的缺文。原来《红楼梦》底稿本久为朋友借阅,以致时有迷失,如"庚辰本"第二十六回眉批:"狱神庙回,有茜雪、红玉一大回文字,惜迷失无稿,叹叹!""惜卫若兰射圃文字迷失无稿,叹叹!"都是例子。至如第六十七回,高鹗所谓各本"此有彼无,题同文异,燕石莫辨"者,在"庚辰本"果然也没有,其第七册自六十一回至七十回,实共八回书,而于卷首注明:"内缺六十四、六十七回。"这就是在"庚辰秋月定本"中尚很有缺少整回的地方(庚辰,乾隆二十五年,其时雪芹尚在);但到较晚本,六十四回和六十七回就都有了。就中如六十七回,研究者认为是后来伪作,所举破绽欠合之处,颇有道理。其实这种"伪作",绝非那种不相干的后人的作伪所可比拟;从它补作的年代和质量看来,只可能出于脂砚斋之手。

七、他掌握稿本的章回情况,建议改动设计。例如今本的第十七、第十八两回,在"庚辰本"中尚连接而下,本是一大回书;脂砚斋在回前记云:"此回宜分两回方妥。"后来的本子果然就分为两回了,而且各本的分法并不全同。揣其尝试具体分断的人,也就是脂砚斋。

八、他替书中的隐词廋语，难文僻字，都做出了注解。例如贾家四姊妹的名字"元""迎""探""惜"谐隐"原应叹息"，给秦可卿送殡的六家"国公"的姓名中，隐寓十二地支，等等，不是和作者关系切近的人，便很难懂得原意。例子很多，不必备举。余如"金蜼彝"，就注明："蜼，音垒，周器也。""玻璃盒"，就注明："盒，音海，盛酒之大器也。"例子也不一。

九、他为此书做出"凡例"，列于卷首，并题总诗，就是"字字看来皆是血，十年辛苦不寻常"的那一篇七律。这使我们对曹雪芹写作的苦心密意、惨淡经营，都增加了了解。

十、他替全书做了批语。从书一成稿，他就作批，直到雪芹亡后，每隔二三年，就温读批注一次，至少共历八九次之多。这些批语，对曹雪芹的创作心理、概括方式、艺术技巧等方面，都有所涉及。这些批语，曹雪芹和脂砚斋都不曾认为是后来无中生有的附加物，而是从一传抄行世起，就以"脂砚斋重评石头记"的形式而出现的。在乾隆四五十年以前，并不曾有过只有白文而无批语的本子存在过。从这一点来说，脂砚斋的批本《红楼梦》的性质，也绝不与其他小说的评本（如《三国》《西游》《水浒》等等）相同。这一层意义，似乎还没有受到普遍的充分的注意。

以上是我们就一些痕迹线索所能看到的，此外脂砚斋还帮忙做些什么，虽不可妄测，想来尚当不止于以上十项。所以脂砚斋确是曹雪芹的一位非常重要的助手乃至合作者；《红楼梦》的撰作，内中包有他的劳动和功绩，是无有疑问的。

曹雪芹穷愁著书，有了这样一个同道和密友、亲人，精神上的快慰和激动，是不待言了。他们俩除了原来的亲密关系，又加上了这一事业上的合作历程，于是感情更非寻常可比。雪芹一死，脂砚斋悲痛万分，屡次在批语中感伤悼念，说出："书未成，芹为泪尽而逝；余尝哭芹，泪亦待尽！""读五件事未完，余不禁失声大哭！三十年前作书人在何处耶？""今而后，惟愿造化主再出一芹一脂，是书何幸，余二人亦大快遂心于九泉矣！"等话，又曾题诗，中有"茜纱公子情无限，脂砚先生恨几多"的句子。

所以，在介绍曹雪芹的时候，只有连带介绍脂砚斋，才是全面的。

脂砚何人

脂砚斋的批《红楼梦》，不用说，和清初金人瑞批《水浒》、毛宗冈批《三国》、张竹坡批《金瓶梅》、陈士斌等批《西游记》这一风气是有其直接关联的；不过，脂砚斋究竟与金、毛、张、陈一流人有所不同。金、毛等人，只是普通读者，就读者的"眼界"发表意见；而脂砚斋则不然，他和小说创作过程有极密切的关系，我们大概说一下：

一、脂砚斋不是和小说两不沾惹的人物，他的批不是小说正文以外的赘物，而是被作者本人看作为小说的一附加部分。"甲戌本"第一回说：

> 空空道人……遂易名为情僧，改《石头记》为《情僧录》；至吴玉峰题曰《红楼梦》；东鲁孔梅溪则题曰《风月宝鉴》。后因曹雪芹于悼红轩中披阅十载、增删五次、纂成目录、分出章回，则题曰《金陵十二钗》，并题一绝……至脂砚斋甲戌抄阅再评，仍用《石头记》。

由此可见，脂砚斋与金人瑞等人不同，他是经过作者本人承认而且写入正文的批者。

二、由上引文可见，脂砚斋决定保留或改换书名字，这是相当重要的事情。可以想象：施耐庵是决不会让金人瑞（假如二人同时的话）去决定他的小说用不用"水浒传"三字为名、或不用"水浒传"而用其他名字的。

三、脂砚斋决定删削什么正文。如第十三回回末一批说：

> "秦可卿淫丧天香楼"，作者用史笔也。老朽因有魂托凤姐贾家后事二件，嫡（岂？）是安富尊荣坐享人能想得到处；其事虽未漏，其言其意，则令人悲切感服，姑赦之，因命芹溪删去。

又一条说：

> 此回只十页，因删去天香楼一节，少却四五页也。

可见作者创作，他却参加了决定性的意见，把十四五页长的一回书，删剩了十页。

四、脂砚斋作全书的"凡例"，和章回前后的总评。由"甲戌本""庚辰本""戚本"三本对看，有些回前回后的总评，是三本共通的，都用墨笔，地位一致。（至于"戚本"所独有的回前回后总评，当然也不无出于脂砚之手的这一可能性。）但其中又有几条在"庚辰本"上是写作眉批的，并且有的末尾有"己卯冬夜"和"丁亥夏畸笏叟"字样的，可见这些总评，也就是脂砚的手笔。普通本子第一回开头一段：

> 此书开卷第一回也：作者自云，因曾历过一番梦幻之后，故将真事隐去，而撰此《石头记》一书也……

在"甲戌本"上是回前总评，后来误入正文的，但这一大段就接联"凡例"的文字直连作一气写，口气内容都一样；又如"凡例"有云：

> 又曰《石头记》，是自譬"石头"所记之事也……然此书又
> 名曰《金陵十二钗》，审其名则必系金陵十二女子也，然通部细
> 搜检去，上中下女子，岂止十二人哉；若云其中自有十二个，则
> 又未尝指明白系某某极至……

这都不是作者自己的语气，应该亦即脂砚斋一人手笔。

五、脂砚斋抄录、校定文字。"甲戌本"说"脂砚斋抄阅再评"，"庚辰本"也说"乾隆二十一年五月初七日对清"，都是脂砚抄录、校定文字的说明。

六、脂砚斋掌握全书残缺及未定情况，提示作者进行弥补或决定。"庚辰本"七十五回前曾记："缺中秋诗，俟雪芹。""俟雪芹"当然就是要他补起来的意思。十七回前有一条记道："此回宜分二回方妥。"此皆脂砚参加意见的明证。

七、脂砚斋替书中难懂的典故（如《芙蓉诔》），谐音隐义的廋语（如每一人名地名的解释），重要名物的含义，与文字情节有关的用意和匠心，都作注释和说明。这也说明他的批不是普通读者的"眼界"和泛泛的议论，确实具有"小说正文的附加部分"的性质。

八、脂砚斋不时表明"有深意存焉""深意他人不解""惟批书人知之""只瞒不过批书者""又要瞒过看官"这一类的意思，而其所谓别人不懂的、被瞒的含意何在，又不明说，这说明只有他和作者自己明白其中的缘故。又根据最后一例看，他是批者，也称读者为"看官"，显见他不是以读者自居，而是与作者站在一起、面向"看官"讲话的。

由以上八条，大致可见脂砚斋的身份；他在追悼曹雪芹的一条批里说：

> 今而后惟愿造化主再出一芹一脂，是书付（即副字俗体，批中例甚多；原误抄作何）本，余二人亦大快遂心于九泉矣！

由这种口气看，也足见脂砚斋是隐然以部分作者自居，而往往与作者并列的。我们如果说《红楼梦》的创作事业，或多或少地存在着脂砚斋的劳动，这话也许不为过分。

那么，这位重要的脂砚斋是谁呢？为了帮助我们研究《红楼梦》，不能不对他加以注意。我们也尝试摸索一下。

刘铨福跋"甲戌本"，曾说过：

> 脂砚与雪芹同时人，目击种种事，故批笔不从臆度。

他注意脂砚其人，不过一切都是想当然而云然，他也无法知道脂砚是什么人。脂砚与雪芹的关系，那般密切，又岂止"同时人"而已呢？最早提到脂砚斋的，还要算思元斋（裕瑞，著《枣窗闲笔》）。他说：

> 曾见抄本，卷额本本有其叔脂研斋之批语，引其当年事甚确；易其名曰《红楼梦》。

裕瑞生得不晚，可是《枣窗闲笔》是部很晚的书，作年虽不可考，但书内评及七种续《红楼梦》和《镜花缘》，可知已是嘉道年代的东西，离雪芹生时却很远了。作者论高本后四十回之为续书，推崇雪芹原作，斥高氏续貂以及后来"续梦"之流的恶劣，极为淋漓透彻，眼光犀利，实是《红楼梦》考证辨诬之第一人。但可惜他提到关于雪芹家事的掌故，不免望风捕影，不尽靠得住！单就此处所引数语而言，其中即有错误。脂砚斋本是恢复"石头记"一名的人，他却说是由脂砚而易名《红楼梦》，其谬可知。他说曾见抄本带脂砚斋的批，这该不假，但他只知"卷额"眉批是"脂批"，而不知道句下双行夹注批更是"脂批"。他说脂砚是雪芹的叔叔，其立说之因，大约在于他所说的：

　　　　闻其所谓宝玉者，尚系指其叔辈某人，非自己写照也。

他既然相信了这个传"闻"，又见脂砚与"宝玉"同口气同辈数，故此才说脂砚也是雪芹的叔辈。他这个"闻"本身也不过是"自传说"的一种变相（可称之为"叔传说"），小小转换，本质无殊，因此思元斋的推论说脂砚是"其叔"也不过是附会之谈。

　　其次，便是胡适的"考证"。他据了"甲戌本"上的"脂批"，看出："脂砚斋是同雪芹很亲近的，同雪芹弟兄都很相熟。"因说："可见评者脂砚斋是曹雪芹很亲的族人……他大概是雪芹的嫡堂弟兄或从堂弟兄。也许是曹頫或曹颙的儿子。松斋似是他的表字，脂砚斋是他的别号。"及至他看到了"庚辰本"的"脂批"以后，乃又说：

　　　　现在我看了此本，我相信脂砚斋即是那位爱吃胭脂的宝玉，即是曹雪芹自己……"脂砚"只是那块爱吃胭脂的顽石，其为作者托名，本无可疑。

可是我们拿三个真本的"脂批"对勘，便知道满不是那么回事。最有力的证据是上面才引过的"甲戌本"上第一回的一条眉批，是"甲午八月"的"泪笔"，前面提到雪芹已逝，后来又说：

今而后惟愿造化主再出一芹一脂，是书何（何即副）本，余
二人亦大快遂心于九泉矣！

这明明是脂砚的话，他指明"一芹一脂"，又说"余二人"，这个余二人，
也就是一芹一脂，芹已死，脂在悼亡伤逝而已。怎么还能说脂即芹呢？

因为这一个批里语气的非比寻常，加上上面八条所列的情形，不
能不叫我们疑心：脂砚既然绝不会就是雪芹，则应为何等样人，才能与
雪芹有了这样不即不离，似一似二的微妙的关系？难道胡适第一次所猜
的堂兄弟，倒猜中了么？我们可以也按照那种"理路"和办法去找这个
假想可能的堂兄弟。此人凤姐点戏，他曾执笔；又如第三十八回作《菊
花诗·螃蟹咏》，湘云请客时，宝玉特要合欢花浸的酒。此处"庚辰本"
双行夹注云：

伤哉！作者犹记矮𩑺（音拗，大头深目之貌，此处当指船头
或房室形状）舫前以合欢花酿酒乎？屈指二十年矣！

可见他也参与此事。又如第六十三回宝玉作寿夜宴，芳官满口嚷热，一
双行批云：

余亦此时太热了，恨不得一冷。既冷时思此热，果然一梦矣。

此明系用冷热字双关今昔盛衰；则此人亦曾在此会中了。但这几回书里，
全是女眷大聚会，实在找不出一个"堂兄弟"来。假使真有这么一个堂
兄弟，纵然他能参与特别的宴会，可是宝玉的私生活，总不会是在一起
共度而知其委曲的了，然而第十九回中一眉批说：

轩（指绛芸轩）中隐事也。

第二十回一行间批：

> 虽谑语亦少露怡红细事。

第二十一回写宝玉就了湘云洗脸水只洗两把，旁批云：

> 在怡红何其费（原误废）事多多？

及后与袭人二人因此吵嘴又复好如初时亦有一旁批：

> 结得一星渣汁全无，且合怡红常事。

第二十四回也有眉上行间各一批：

> 四字渐露大丫头素日，怡红细事也。
> 怡红细事俱用带笔白描，是大章法也。——丁亥夏，畸笏叟。

试想若是堂兄弟，岂能知道"怡红院"里女儿的"细事"呢？综合以上，得出一个解释：只有此人如果是一个女性，一切才能讲得通。于是我便寻找还有无更像女子口气的批。在第二十六回，果然有一条旁批说：

> 玉兄若见此批，必云："老货！他处处不放松，可恨可恨！"
> 回思将余比作钗、颦等乃一知己，余何幸也！一笑。

请注意这条批的重要性：一、明言与钗、颦等相比，断乎非女性不合；我们可以设疑：末尾既说明"一笑"，分明是开玩笑的注脚，何得固执？可是，如果是"堂兄弟"或是什么"很亲的"男性"族人"，竟会以爱人、妻子的关系相比，而且自居女性，这样的"玩笑"，倒是不算不稀奇的事。二、且亦可知其人似即与钗、颦同等地位，而非次要的人物。

又如同回，宝玉忘情而说出"多情小姐同鸳帐"，黛玉登时撂下脸来，旁批云：

> 我也要恼。

凡此等处，如果不是与世俗恶劣贫嘴贱舌的批同流，那他原意就该是说："我若彼时听见这样非礼的话，也一定得恼。"那也就又是个女子声口。

像女子口气的，也不止这一种玩笑式的批，十分严肃的语气更多，再举数例如下：

一、"甲戌本"第一回回前引语云：

> 此书开卷第一回也。作者自云"……今风尘碌碌，一事无成，忽念及当日所有之女子……然闺阁中本自历历有人，万不可因我不肖，则一并使其泯灭也……故曰'风尘怀闺秀'"，乃是第一回提纲正义也。开卷即云"风尘怀闺秀"，则知作者本意原为记述当日闺友闺情。

此似即作者对一女子所言，而女子记之的口气，随后即有标题诗云：

> 谩言红袖啼痕重，更有情痴抱恨长。

则"红袖"可以即是该女子。

二、"戚本"第六回前题诗云：

> 风流真假一般看，借贷亲疏触眼酸。总是幻情无了处，银灯
> 挑尽泪漫漫。

曰"银灯"挑尽，照常例，该是女子声口。

三、"甲戌本"第五回写到"何故反引这浊物来污染这清净女儿
之境？"眉批云：

> 奇笔摅奇文。作书者视女儿珍贵之至。不知今时女儿可知？
> 余为作者痴心一哭——又为近之自弃自败之女儿一恨！

又"幽微灵秀地"联文之下，即批：

> 女儿之心，女儿之境。

我觉得这显然都是女性感触会心之语。此类尚有，不再备列。

四、"甲戌本"第二十六回写到黛玉"越想越伤感，也不顾苍苔露冷，
花径风寒，独立墙角边花荫之下，悲悲戚戚，呜咽起来"。旁批：

> 可怜杀！可疼杀！——余亦泪下。

第二十七回《葬花吟》上眉批云：

> 余读《葬花吟》至三四，其凄楚感慨，令人身世两忘。

凡此，都分明是女性体会女性的感情，不然便很可怪了。

"甲戌本"在第二回里有一旁批：

> 先为宁荣诸人当头一喝，却是为余一喝！

是此人并不在宁荣之数，我想也许《石头记》里根本没有运用这个艺术原型？但至四十八回一双行夹批分明说：

> 故"红楼梦"也。余今批评，亦在梦中。特为"梦"中之人，
> 特作此一大梦也。——脂砚斋。

她已明说了自己不但是梦中人（即书中人，梦字承上文书名，乃双关语），而且也好像是特为了做此梦中人而做此一大梦——经此盛衰者。则此人明明又系书中一主要角色，尚有何疑？翻复思绎：与宝玉最好，是书中主角之一而又非荣宁本姓的女子有三：即钗、黛和史湘云。按雪芹原书，黛早逝，钗虽嫁了宝玉也未白头偕老，且她们二人的家庭背景和宝玉家迥不相似。唯有湘云家世几乎和贾家完全无异，而独她未早死，且按以上三次宴会而言，湘云又恰巧都在，并无一次不合。因此我疑心这位脂砚，莫非即是书中之湘云的艺术原型吧？于是我又按了这个猜想去检寻"脂批"。

第二十五回写王夫人抚弄宝玉，一双行夹批云：

> 普天下幼年丧母者齐来一哭！

而后宝玉病好，王夫人等如得珍宝，又有一旁批云：

> 昊天罔极之恩，如何得报？哭煞幼而丧父母者！

又第三十三回一双行夹批云：

> 未丧母者来细玩，既丧母者来痛哭！

钗丧父而黛丧母，自幼兼丧父母而作孤儿的，只有湘云。我又翻回来找第五回的册子与曲文，在第六支曲子《乐中悲》内，一上来便说："襁褓中父母叹双亡，纵居那绮罗丛谁知娇养。"此处一旁批云：

> 意真辞切，过来人见之不免失声！

这支曲子末云"终久是云散高唐，水涸湘江"，正是湘云的事迹，于此恰有个"过来人"批评曲文辞意真切，竟欲失声，可说相合得很。[①]

第七十三回写媳妇们向邢夫人唆说探春，双行批云：

> 杀、杀、杀！此辈尚生离异。余因实受其蛊。今读此文，直欲拔剑劈纸！

---

①按第十支曲《聪明累》末亦有批："见得到，是极！过来人睹此，能不放声一哭！"但此处所指在于"家富人宁，终有个家亡人散各奔腾……忽喇喇似大厦倾，昏惨惨似灯将尽"等事，李煦家之败适亦如此，故亦可云"过来人"，故不必执定此曲乃咏凤姐，此"过来人"即非凤姐不可，应综合其他点合看，而不应孤立地看。

这里是说奴才们，"受蛊"云者，即因受其挑拨而遭到虐待之谓。注意邢夫人于探春乃是大娘。若是钗、黛，家里并无婶子大娘辈，绝谈不到受蛊一事。唯独湘云乃是无有父母跟随婶子大娘度日，而且书中明示其受叔婶等委屈的。

第三十八回贾母因到藕香榭，而提起当年小时在娘家的旧事，曾在枕霞阁与众姊妹玩耍，失脚落水。此处双行夹批云：

> 看他忽用贾母数（"戚本"无数字）语，闲闲又补出此书之前，似已有一部十二钗的一般。（"戚本"至此止）令人遥忆不能一见！余则将欲补出（原误去，出字误作去字，不止一处）枕霞阁中十二钗来，岂（原误定，行草写讹）不又添一部新书？

枕霞阁原是贾母娘家的旧事，也就是湘云家里的旧事。试问若不是"贾母"自家的人，谁有资格配补这部新书呢？

若承认这一点，然后有许多批语，以前不太注意的，便发生新的意义。例如，第二回冷子兴演说时，才一提到"金陵世勋史侯家"，便批：

> 因湘云故及之。

又提代善早世，太夫人尚在，便又批：

> 记真：湘云祖姑史氏太君也。

第十三回中一提"忠靖侯史鼎的夫人来了"，便批：

> 史小姐湘云消息也。

似皆批者特为珍重之意，未出场时，先自标举。又如，在"南京本"第二十回"一语未了，人报史大姑娘来了"句侧独有原笔所加的很大的字旁圈。这现象极为特别，也应有其含意。似乎可以合看。第二十六回写黛玉叫门，偏遇晴雯赌气，黛玉因又高声说明是"我"，旁有批云：

> 想黛玉高声，亦不过你我平常说话一样耳。况晴雯素昔浮躁多气之人，如何辨得出？此刻须批书人唱大江东的喉咙，嚷着："是我林黛玉叫门！"方可。

若在俗本上恶劣批语之流，这又是耍贫嘴，十分可厌。既知"脂批"的特殊性质之后，便可以先不管它厌不厌，另换副眼光去玩味它，发现它的意义。这里又拿黛玉相比，明为同属女流之辈，声音大小方能比较；后文说高唱大嚷，正复是个声高口快的爽壮女子的语气。我们一想湘云是怎么一个喜高谈大论、"光风霁月"般的豪气女郎时，便觉得这条批语正合他的手笔了。

脂砚果真是湘云么？我们可以岔开话头，温一温俞平伯先生的《红楼梦辨》，他在所谓"旧时真本红楼梦"一章里先节引上海《晶报》所载《腠蜒笔记》里的《红楼佚话》：

> 《红楼梦》八十回以后，皆经人窜易，世多知之。某笔记言，有人曾见旧时真本，后数十回文字，皆与今本绝异。荣宁籍没以后，备极萧条。宝钗已早卒。宝玉无以为家，至沦为击柝之役。史湘云则为乞丐，后乃与宝玉为婚。

可喜这一条"某笔记"，已被蒋瑞藻收在《小说考证》里（卷七页八十九），原是《续阅微草堂笔记》，原文云：

> 　　《红楼梦》一书脍炙人口，吾辈尤喜阅之。然自百回以后，脱枝失节，终非一人手笔。戴君诚夫曾见一旧时真本，八十回之后，皆不与今同。荣宁籍没后，皆极萧条，宝钗亦早卒，宝玉无以作家，至沦（原作论）为击柝之流；史湘云则为乞丐，后乃与宝玉仍成为夫妇，故书中回目有"因麒麟伏白首双星"之言也。闻吴润生中丞家尚藏（原作臧）有其本，惜在京邸时未曾谈及，俟再踏软红，定当假而阅之，以扩所未见也。（按：俞书引文有数字出入，兹据《小说考证》第四版本）。

这条记载十分重要。"白首双星"的回目，历来无人懂，在此则获得了解释。现在值得考虑的问题有二：这个传说是否靠得住？假使靠得住，有此本存在过，则究竟是雪芹的真本，还是他人续本？关于第一个问题，在《梦辨》本书里就还有证据：

> 　　这某补本的存在，除掉《红楼佚话》《小说考证》所引外，还有一证，颉刚说："介泉（潘家洵君）曾看见一部下俗不堪的《红楼续梦》一类的书，起头便是湘云乞丐。可见介泉所见一本，便是接某补本而作的。"

这已非偶合。其次，他举出姓戴的传述人，和庋藏人姓吴的某巡抚〔我起初以为此人即吴达善，兼署过湖南、甘肃巡抚，满洲正红旗人，字雨民，润生可能是号；而且旗人可能与曹家有些关系。但他卒于乾隆三十六年，纪昀作笔记小说是五十四年以后的事，吴数任总督，不应还呼作"中丞"，所以不合。此后则有吴应棻、吴绍诗、吴士功等巡抚，亦皆嫌早。唯有乾隆四十年任的吴虎炳（江苏山阴人）和四十九年任的吴垣正（广西通志作吴恒，山东海丰人）两个广西巡抚，比较相合），有本有据，不像是造谣，想他也还不至于这样无聊。在今日看来，一个高鹗，在雪芹死后才二十几年，居然续了几十回书，居然能保持悲剧收局，打破历来团圆窠臼，已经是老鸦窝里出凤凰了。若说在高之前，竟然早已有一个续书的，而且也居然具此卓见，结成更惨败彻底的悲剧场面，这事纵非绝对的不可能，但其难以令人想象也就显然了。因为《笔记》所叙并不甚详，要想从"脂批"里去找事迹来对勘这个真本之真，本不容易，原因是"脂批"本意不在于预示所有的后来情事，我们现在借以得知的零星片段，不过偶因必要而涉及，流露可窥罢了。因此我们也不能要求"脂批"内必该亦有湘云乞丐、宝玉击柝和重圆的提示。但，"转眼乞丐人皆谤"是《好了歌》注解里的话，人人知道。还有，"戚本"第十九回夹批有宝玉后来"寒冬噎酸齑，雪夜围破毡"的事，这与"沦为击柝"和"乞丐"不就很像了么？再加上前八十回内"白首双星"的回目，蛛丝马迹，不可谓无踪迹可寻。在没有硬证据反证这个"真本"是非真以前，我宁倾向相信它是真书这一面，至少也是接近雪芹原书情节的一部后补书。总之，湘云历经坎坷后来终与宝玉成婚，流传甚久，非出无因。拿来与上面的推测对看，便觉大有意思了。

我且再引一下"甲戌本"的"脂批"，以作寻味之资。第一回："都云作者痴，谁解其中味？"一诗上有眉批云：

　　能解者方有辛酸之泪，哭成此书。壬午除夕，书未成，芹为泪尽而逝，余尝哭芹，泪亦待尽！

又初提还泪一事时，也有眉批云：

> 知眼泪还债，大都作者一人耳。余亦知此意，但不能说得出。

泪债偿干，乃是宝、黛二人的关系，他人如何敢来比拟？唯有夫妇，或可亦有此情意，故云雪芹泪尽，她泪亦待尽。试问一般亲戚"族人""堂兄弟"，谁能说那种泪尽还债的话？而且"芹"之称呼，单字成文，若非至近最亲，又谁能用这样亲昵的称呼法？不是妻子与丈夫的关系是什么呢？于此，倘再重读"甲午泪笔"一条，"惟愿造化主再出一芹一脂，余二人亦大快遂心于九泉"的话，更觉词意口吻，俱非泛泛了。

第三回有"色如春晓之花"一句，下面夹批云：

> "少年色嫩不坚牢"以及"非夭即贫"之语，余犹在心。今阅至此，放声一哭！

这是脂砚痛哭雪芹之第三例。假使二人关系不极密切，当不至此。在第二十四回写芸儿和他舅舅说："还亏是我呢！——要是别的，死皮赖脸，三日两头儿来缠着舅舅，要三升米二升豆子的，舅舅也就没有法呢！"此处旁批云：

> 余二人亦不曾有是气？（标点从吴恩裕先生说，定为反问对证语气）

此批之重要，应分两方面说：第一，脂砚一人说话，而此处又提"余二人"，与前如出一辙，其中又包括了作书的雪芹，乃是夫妻的自称；第二，雪芹脂砚夫妇，后来落拓，傲骨崚嶒，颇有感于世情冷暖，这一点在"刘姥姥一进荣国府"一回的标题诗和"脂批"里可以得到很多参证。①

其实，此人既称脂砚斋，当然是"用胭脂研汁写字"的意思，单看此一斋名取义，已不难明白：以胭脂而和之于笔砚，分明是个女子的别号，这个可谓自然至极、合理至极。回头再看看胡适的说法"脂砚就是那块爱吃胭脂的顽石"，不但说"脂砚"即为"爱吃胭脂"，觉得有些滑稽，即说砚台便是那块顽石，也极牵强。假使雪芹会给自己起上这么一个意义的斋名，那他也很够使人肉麻的了！

我读"脂批"

我读"脂批"，当下悟得是一女流声口，其有一二处不似处，则旧批混入，或脂砚明言之"诸公"之批而未忍全弃者，安得以此而疑其非女而是男哉。人贵能有识，尤贵能相赏——庄子谓九方皋相马，在牝牡骊黄之外；我则曰：既云"之外"，正见其本来不同一也。九方皋不

---

① 第六回写刘姥姥求告，标题诗云："朝叩富儿门，富儿犹未足。虽无千金酬，嗟彼胜骨肉。"王夫人说："他们今儿既来了，瞧瞧我们，是他的好意思，也不可简慢了他。""甲戌本"旁批："穷亲戚来看是好意思，余又自《石头记》中见了，叹叹！"又旁批："王夫人数语令余几□哭出！"后凤姐说："太太渐上了年纪，一时想不到，也是有的。"旁批："点不待上门就该有照应数语，此亦于《石头记》再见话头。"后云："怎好叫你空回去。"旁批："也是《石头记》再见了，叹叹！"下文写刘姥姥心情，两批："可怜可叹！"皆非无的放矢语可知。敦诚诗"劝君莫叩富儿门""残杯冷炙有德色"，说得尤为明白。

论骊黄，可也；若乃不辨牝牡，则龙驹凤雏，由何而生？雪芹之书，先言"红妆""绛袖"，岂其"脂粉英雄"可以以"须眉浊物"代之乎？论事宜通达情理，实事求是；何必弄左性，强作梗，而致一无是处乎？

脂砚称"石兄"，唤"玉兄"。石兄，作者也。玉兄，怡红也。有别乎？若有别，何以皆"兄"之而无分？况书已明言玉即石化。何所别？何必别？脂砚声口，亲切如闻。

我读"脂批"，被她感动——感动的是：她时时处处，如彼其关切玉兄，如彼其体贴玉兄，如彼其爱护玉兄——为之辨、为之解、为之筹、为之计、为之代言、为之调停……其无微不至，全是肺腑真情一片，略无渣滓。嗟嗟！人间哪得有此闺中知己，有此护法，有此大慈大悲菩萨，有此至仁至义侠士？雪芹有此，复何恨之有。

唯其脂砚是湘云，故一切合符对榫。比如设想：批书的是黛玉，夫黛玉有此等意气豪迈、声口爽朗的"表现"否？人各不同，混淆是糊涂人的事，于芹、脂何涉？

脂砚对雪芹的情，方是以身心以之、性命以之，无保留，无吝惜——亦无犹豫迟疑，只因她最理解玉兄，无所用其盘算思量也。

呜呼，雪芹不朽，脂砚永存。同其伟大，岂虚夸可得而侥幸者哉。

读芹书而不知读"脂批"，其人永世与《红楼》无缘，亦与中华文化艺术无多会心可表，盖既昧于文，又钝于情，何必强作他她二人的焚琴（芹）煮鹤（湘）者，荼毒中华仅剩的一部精华，一部可读六经的"第七经"乎！

诗曰：

我读脂批可忘餐，是中百味富波澜。

真情至性兼奇语，心轩红妆李易安。

脂砚斋与《红楼梦》

传世《石头记》旧抄，"甲戌本"卷首曾言"至脂砚斋甲戌抄阅再评"之语，其书已正式题名曰《脂砚斋重评石头记》。脂砚多次重读重评，逐次书写在原先旧本书上，而带有纪年署名之批，皆在眉上。乾隆己卯年又有一部《石头记》清抄本继前"甲戌本"竣工，回数较前更多了一些。尤为重要者，自甲戌即书名为《脂砚斋重评石头记》，至本年始有纪年己卯而署名脂砚的朱批，存于册内。

脂砚读《石头记》，与吾人今日有异有同：有"异"者，与作者同时同历过书中情事，也深知雪芹独特文心笔致，别有赏会，不同泛泛一般；而"同"者则是任其知彼，也难一读全解，也还是读一遍有一遍的新体会。再者，初评时显然手中只有前半部分书文，并非已览全豹，成竹在胸。此也可证雪芹的书不是那么十分易读易晓的浅薄俗作，必须反复寻绎玩味，方可渐入其所设的佳境。

第六回标题诗一首，写道是："风流真假一般看，借贷亲疏触眼酸。总是幻情无了处，银灯挑尽泪漫漫。"

这恐怕也正是独夜批书时的情景。但是，曰银灯挑尽，泪墨交流，这是何等身份之人的口吻？很显然，此是一位女子的声口。

然则脂砚莫非是一女流吗？这事不假，藏脂砚，用脂砚，号脂砚的，本来就是闺阁词义，无待多考。脂砚其人，隐名讳姓，不欲以真情面世，她为协助雪芹抄整书文，批点胜义，常常是独自一人，冬宵夜作，一盏银灯，伴之流泪。她不但极赏雪芹之文，而且极惜雪芹之人。她面对着雪芹的书稿，一种深怜至惜、爱慕护持的至情，即如是寥寥数语之间流露抒发，阅之令人感动至深，这真不是随常可见的一般世俗文字，也不同于"评点派"的旧套陈言，而且这位批家的女性情态的特色，也入目如绘其形，如闻其泣。脂砚有深情、有豪气，文字不甚考究，一味信手率性而言，赏会雪芹的文心才气，抉发书稿的密意真情，时有警策之语，骇俗之义。她是雪芹的闺阁知音，迥异于须眉诗酒之俦，世路尘缘之客。她与雪芹另是一种至亲至密的因缘关系。

当她批阅到雪芹写出"还泪"一段话题时，便于书眉上写道："知眼泪还债，大都作者一人耳。余亦知此意，但不能说得出。"当她批阅至第三回宝玉"摔玉"时，便又提笔写道："我也心疼，岂独颦颦。""他天生带来的美玉，他自己不爱惜，遇知己替他爱惜，连我看书的人，也着实心疼不了。不觉背人一哭，以谢作者。"试看她对作者雪芹的感情，是何等的深切真挚。她对雪芹怀着一腔感激之忱，而且，此情此意，复不欲人知人见，因而只能"背人一哭"，则其心情处境又是何等的不同于一般身份——无论是一般读者还是友好，都不会与此相同相类。

此批书人脂砚，口称书中人为宝玉知己，实则她本人方是雪芹的真知己。雪芹在千苦万难中能坚持将《石头记》写下去，大约只有她一人是他的精神支撑者与工作协助者。到了后来，雪芹甚至已将开始著书的主题对象逐渐改变，成为此书不但为了别人，就是为了脂砚对书的真情，也要写完——说后半部书乃是为脂砚而写，也无不可，或更符合实际。当雪芹不在家时，脂砚便于冬夜为之整抄，为之编次，为之核对，为之批注。雪芹是个狂放不羁之才士，下笔如神，草书难认，加以干扰阻断，其书稿之凌乱残损，种种不清不齐之处，全赖她一手细为爬梳调理，其零碎的缺字断句而关系不甚重大的，甚至要她随手补缀，不敢妄补的，注明"俟雪芹"。全书最后定名为《石头记》，也出自她主张，此非小事。而且问世时又定为《脂砚斋重评石头记》，则益见此位女批家对整个创作完成的贡献是如何大了。

作者的知己，书稿的功臣，小说评点史上的大手笔，中国妇女文学家的豪杰英才——佚名失姓的脂砚，信乎应与雪芹携手同行而焕映千秋，其意义将随历史演进而日益光显。

诗曰：

> 笔下呼兄声若闻，一年知己总关君。
>
> 砚脂入砚留芳渍，研泪成朱谢雪芹。

脂砚实为一位女子，应即书中史湘云之"原型"。"湘云"乃李煦、李鼎家遭祸后经历了难言的折磨屈辱，暗助雪芹著书。她身属"贱籍"，为世路所鄙视，孀居后与雪芹的旧缘不解，相互遥通声息或形迹往来，也大遭俗论的嘲骂（如"淫奔"等之言）。最后芹、脂不顾非议，结为夫妇，隐迹山村，相依为命，以至于生离之后又逢死别。脂砚于批语中曾因英莲的命运而感叹"生不逢时，遇又非偶"，八个字道尽了她自己的身世。

脂砚己卯批书时，雪芹何在？是与脂砚挑灯对坐？抑或不在一处，作者稿出抄齐，而批者别在他处为之评注？在《石头记》写到省亲建园之前夕，借赵嬷嬷之口提起当日"太祖皇帝仿舜巡"时说出一番大道理：谁也没那财力，"银子成了土泥"，无非耗费官帑，去"买那虚热闹"！脂砚在第十六回"甲戌本"回前总评写道："借省亲事写南巡，出脱心中多少忆惜（昔）感今！"此正因脂砚批书时又见"今上"南巡而追溯昔时之"感"中种下"罪"由祸根的深心痛语。冬夜寒宵，挑灯濡墨，面对雪芹之书文，忽涕忽笑，感慨不胜，朱墨齐下——此正雪芹已离京师南游，而脂砚孤守索居、深念作者，遂以笔代语，既是与读者对话，又似与作者共识之真情，纸上可寻。

诗曰：

> 南游踪迹事如何？挑尽银灯感喟多。
>
> 脂墨亦如真血泪，锦心绣口共研磨。

在雪芹已佚原稿中，结尾是宝玉、湘云经历难言的苦难，至沦为乞丐——湘云也做过女奴佣妇，最后终得重逢，结为劫后夫妻。

此殆即现实中雪芹与脂砚的悲欢离合的一种艺术写照。

第八层

《红楼》探佚

【分 引】

何为"探佚"？这是想要真读懂《红楼》原著的一门特殊而重要的新学问。因为原著一百零八回只流传下来八十回（核实了只有七十六回可信为雪芹真笔），其后"三十回"书已遭毁坏不存。现行一百二十回是"假全"本，是乾隆、和珅的文化阴谋、政治骗局，完全篡改了雪芹的思想境界——如今只能以"探佚学"的独特方法，来推考原本后部的大致情况，试图恢复雪芹的本来真相。

诗曰：

> 探佚初兴识者希，犹多苦为篡本迷。
> 灵心慧性能相契，岂是标新与好奇。

《〈石头记〉探佚》序言

　　此刻正是六月中伏，今年北京酷热异常，据说吴牛喘月。我非吴牛，可真觉得月亮也不给人以清虚广寒之意了。这时候让我做什么，当然叫苦连天。然而不知怎么的，要给《〈石头记〉探佚》写篇序文，却捉笔欣然，乐于从事。

　　研究《红楼梦》而不去"打开书"研究作品的"本身"，却搞什么并不"存在"的"探佚"！这有何道理可言？价值安在？有人，我猜想，就会这样质难的。舍本逐末，节外生枝，还有什么词句名堂，也会加上来。

　　《探佚》的作者，曾否遭到不以为然的批评讽刺，我不得而知。假如有之，我倒愿意替他说几句话——以下是我假想的答辩辞。

　　要问探佚的道理何在，请循其本，当先问"红学"的意义何在。

　　"红学"是什么？它并不是用一般小说学去研究一般小说的一般学问，一点也不是。它是以《红楼梦》这部特殊小说为具体对象而具体分析它的具体情况、解答具体问题的特殊学问。如果以为可以把"红学"与一般小说学等同混淆起来，那只说明自己没有把事情弄清楚。

　　"红学"因何产生？只因《红楼梦》这部空前未有的小说，其作者、背景、文字、思想、一切，无不遭到了罕闻的奇冤，其真相原貌蒙受了莫大的篡乱，读者们受到了彻底的欺蔽。"红学"的产生和任务，就是

163

来破除假象，显示真形。用鲁迅先生的话来说"扫荡烟埃""斥伪返本"。不了解此一层要义，自然不会懂得"红学"的重要性，不能体会这种工作的艰巨性。

在"红学"上，研究曹雪芹的身世，是为了表出真正的作者、时代、背景；研究《石头记》版本，是为了恢复作品的文字，或者说"文本"；而研究八十回以后的情节，则是为了显示原著整体精神面貌的基本轮廓和脉络。而研究脂砚斋，对三方面都有极大的必要性。

在关键意义上讲，只此四大支，够得上真正的"红学"。连一般性的考释注解《红楼》书中的语言、器用、风习、制度等等的这支学问，都未必敢说能与以上四大支并驾齐驱。

如果允许在序文中讲到序者己身的话，那我不妨一提：我个人的"红学"工作历程，已有四十年的光景，四大支工作都做，自己的估量，四者中最难最重要的还是探佚这一大支。一个耐人寻味的事例：当拙著《新证》出增订版时，第一部奉与杨霁云先生请正，他是鲁迅先生当年研究小说时为之提供《红楼》资料的老专家，他读了增订本后说："你对'史事稽年'一章自然贡献很大，但我最感兴趣的部分却是你推考八十回后的那些文章。"这是可以给人作深长思的——不是说我做得如何，而是说这种工作在有识者看来才是最有创造性、最有深刻意义的。

没有探佚，我们将永远被程、高伪续所锢蔽而不自知，还以为他们干得好，做得对，有功，也不错……云云。没有探佚，我们将永远看不到曹雪芹这个伟大的头脑和心灵究竟是什么样的，是被歪曲到何等不堪的地步的！这种奇冤是多么令人义愤填膺、痛心疾首！

"红学"，在世界上已经公认是一门足以和甲骨学、敦煌学鼎立的"显学"；它还将发扬光大。但我敢说，"红学"（不是一般小说学）最大的精华部分将是探佚学。对此，我深信不疑。

我平时与青年"红友"们说得最多的恐怕要算探佚。不识面的通讯友，遍于天下，他们有的专门写信谆谆告语："您得把八十回后的工作完成，否则您数十年的工作就等于白做了！"他们的这种有力的语言心意，说明他们对此事的感受是多强烈，他们多么有见识，岂能不为之深深感动？通讯友中也有专门的探佚人材，他们各有极好的见解。最近时期又"认识"（还是通讯）了梁归智同志。当时他是山西大学中文系研究班上的卓异之材，他把探佚的成果给我看，使我十分高兴。他是数十年来我所得知的第一个专门集中而系统地做探佚工作的青年学人，而且成绩斐然。

我认为，这是一件大事情，值得大书特书。在"红学"史上会发生深远影响。我从心里为此而喜悦。

这篇序文的目的不是由"我"来"评议"《探佚》的具体成果的是非正误、得失利害，等等，等等。只有至狂至妄之人才拿自以为是的成见作"砝码"去称量人家的见解，凡与己见合的就"对了"，不合的都是要骂的，而且天下的最正确的"红学"见解都是他一个提出来的。曹雪芹生前已经那样不幸，我们怎忍让他死后还看到"红学"被坏学风搅扰，以增加他那命运乖舛之奇致呢？《探佚》作者的学风文风，非常醇正，这本身也就是学者的一种素养和表现。他的推考方法是正派路子，探佚不是猜谜，不是专门在个别字句上穿凿附会，孤立地作些"解释"，以之作为"根据"。他做的不是这种形而上学的东西。他又能在继承已有的研究成果上，有所取舍，有所发明，有所前进。他的个别论述，有时似略感过于简短，还应加细，以取信取服于读者，但其佳处是要言不烦，简而得要，废文赘句、空套浮辞，不入笔端。

为学贵有识。梁归智同志的许多优长之点的根本是有识。有识，他才能认定这个题目，而全面研讨。

这是他着手"红学"的第一个成绩。在他来说，必不以此自满，今后定会有更多的、更大的贡献。这也是我的私颂。

这篇短序，挥汗走笔，一气呵成，略无停顿。虽不能佳，也只好以之塞责了，它只是替《探佚》说明：这不是什么"本"上之"末"，"节"外之"枝"，正是根干。

"书未成"——千古遗恨

脂砚之批语确言："书未成，芹为泪尽而逝。""书未成"三字，看似简单，其中涵隐着多少事故情景，沉痛之音，令人心旌震荡不已。敦诚挽雪芹诗："邺下才人应有恨，山阳残笛不堪闻！"才人之恨多端，而"书未成"应是恨中之大恨至憾！

然而，芹书之未成，究竟何义何指？虽泛语而自有实情在内。是否即如旧抄真本至第七十八回"诔"后戛然而止？抑或另有此后的续文晚出而所续未竟？再不然，也可以理解为全稿已基本铺就，只是还有若干地方（如诗词、缺文、借阅传抄残损……）还待补齐，乃至初撰者某些回次、段落后来不尽惬怀而准备润色、整理、改动？——这都可以是"未成"的所指。但研者尚无考论，期待高明解决。

"书已成"

对脂砚"书未成"一语，解释不一，却不应忘记"书已成"这一或然的可能性（即"未成"只指未能最后全部整补定稿）。

"书已成"提出，不是空想臆测，实有论据。论据亦即包含在"脂批"提供的线索之内：

（一）"脂批"多次提到"后半部"、"后数十回"、"后之三十回（一本'三十'作'卅'）"……

（二）"脂批"引录了"后三十回"的回目《王熙凤知命强英雄》。

（三）"脂批"引及了后三十回的某些情节，如宝玉"悬崖撒手"，袭人贵官"供奉"宝玉、宝钗等。

（四）"脂批"引出了宝玉于黛玉亡后重到潇湘馆所见"落叶萧萧，寒烟漠漠"的原文；宝玉贫后"寒冬噎酸齑，雪夜围破毡"，也是后部的文字。

有此四条，无须再举，已可见雪芹写出的，绝不止于七十八回或八十回。

再者，脂砚又明文道出：书的最末，列有"情榜"一目，是全部书中女儿的品位名次。我想，如全书未成，焉能有以上这么些情形载入批语？

所以合理的解释应是"书已成"。其所云"未成"者，是指有些地方待补苴、待整理、待确认……并非只写到半途而中断无继。

那么，"后之三十回"是何等意义呢？雪芹原书究竟全部分为多少章回呢？

"伏线"——续书

《红楼梦》"伏线"一义的正式提出，应归功于鲁迅先生。他在《中国小说史略》中首次创用此词，并用为衡量续书的优劣的一大标准。

"伏线"者何？即是小说作者的一种叙事的艺术手法——前文以某种形式的暗示，遥遥隐射于后文的故事情节之发展变化（或呼应，或反跌，运化不一）。

这种手法，在脂砚笔下不时点出喝醒，其所常用的说法是"草蛇灰线，伏脉千里"。

鲁迅先生讲授小说史，时在民国之初（当时谓之"洋历""西元"的20世纪之20年代之始）；即首次印制讲稿，也是早在1923年的事（见《史略》题记、序言）。

那时《石头记》古抄本如"甲戌本"尚未出现于研者手中——胡适先生收得"甲戌本"已是民国十六年，即1927年夏（购于上海）。如此看来，鲁迅并未见及后出的这种手抄本的"脂批"，他只引用有正书局石印"戚蓼生序本"，也不知那是属于脂砚批本的一种。故此我以为"伏线"一词一义，是先生的研悟首创，十分重要。

这儿有一个问题，宜先加说明，庶免误会，即：鲁迅也曾引及俞平伯的《红楼梦辨》（1923年初版）中有关八十回后情节的讨究，但他在当时不及自研，却为俞说所误——盖俞先生未能识透"戚蓼生序本"中所存原批语所透露的"后半部"情节即是雪芹原著，而误认为此乃高鹗伪续四十回以外的又一续书。于是，俞氏遂不知"伏线"之义，将诸般"伏脉千里"的"草蛇灰线"的暗笔，皆视作另一续书的明笔了。这个分别甚大，不容混同。这也就是我把"伏线"的认识与理论的正式提出权，归于鲁迅的根本理据。

鲁迅引叙俞说的一段文字，今录如下：

> 续《红楼梦》八十回本者，尚不止一高鹗。俞平伯从戚蓼生所序之八十回本旧评中抉剔，知先有续书三十回，似叙贾氏子孙流散，宝玉贫寒不堪，"悬崖撒手"，终于为僧；然其详不可考。

是则《红楼梦辨》的抉剔，本应是该探索原书后半的工作，却自己否定了此一工作的性质——由此影响了真正为原著探寻佚情的研究工作的开展（既是"另一续书"，何必深求……）。这是"红学"史上一件可惜的事情。

因此，我们还应着重提出，鲁迅着眼的不是续书的情节，而是原著的伏线。

此点至关重要。

探佚学

鲁迅先生所说的"抉剔"工作，我自己于 1948 年也做过一些，当然我不认为是"另一续书"，而是原著的佚稿。

在《红楼梦新证》第九章中，第四节专列一表，逐条述明今日尚可从"伏线"中窥见的若干情节事故，大纲细目，共得 24 条。

这段考索，后为山西大学的梁归智教授所见，引发了他的强烈兴趣。

梁先生由此立志探寻佚稿情节故事、人物结局；很快勒成专著且不止一种。这是我们共同建立"探佚学"的来由。

我们为什么要建此学？一非"好奇"，二非"立异"。我们的共同认识是：不把探佚功夫做出一个大概的基础，则理解与评价《红楼梦》都将陷于非科学的境地——实际就不是理解评价曹雪芹原著了，只成为为高鹗的伪续纂本作宣扬了。

而高鹗的伪纂，正是中华文化史上的一大骗局、一大诡计，也是文学史上的一大悲剧性误区与迷途。

我们从先贤鲁迅先生论著中也能找到精辟的理据，他评议读书要看是否有背或有合于原书的"伏线"，并且为了正确认识原书，需要"必（动词）其究竟"。

先生原语，亦引于此——

　　二书所补，或俱未契于作者本怀，然长夜无晨，则与前书之伏线亦不背。

这寥寥数语，却透露了先生对雪芹笔法与全书真相的深刻理解与思量，并非泛泛之常言。从"红学"史看，胡、俞两家的论点，先生皆有撷取；但从文学的眼光识力来说，先生远远超越他们。

例如，胡、俞皆曾明文宣称：《红楼梦》不是第一流的作品。先生则极口称赏，予以最高评价。又如，胡、俞虽已知高鹗是伪续妄篡者，却又并不真正尊重雪芹——胡先生一生宣传"程乙本"，俞先生则以为高之篡笔也"各有千秋"。这就标明了学者在识力水平上的分限。

鲁迅在《史略》一篇（章）中提出的根本问题是：

（一）原名《石头记》——针对改名"红楼梦"。

（二）寻求雪芹的真本——针对坊间久传的一百二十回伪本而言。

（三）大书"如实抒写""绝无讥弹"的原著精神——针对俗论而言。

（四）思索"伏线"与后文的"究竟"——针对高鹗伪续而言。

（五）寻求雪芹家世骤变的"何因"——针对胡氏的"坐吃山空，自然趋势"而言。

（六）先生沉痛地指出：八十回末已露悲音，悲凉之雾，遍被华林，而呼吸之者，独宝玉一人而已——这是针对伪续的极端谬妄的檄文（也针砭了大赞高篡者的无识）。

（七）先生对高续的评语是"殊不类"与"绝异"——这又针对了一些认为高续"差不多""基本依据了原著……"这类论调的迷惑性。

所以就精神宗旨而论，先生才是探佚的倡导人。

探佚学——意义与概况

探佚学是"红学"的一支新分科，因而有人不解其意义何在，甚至有名家还加以疑问与嘲讽。这不足怪，凡一门新学刚刚出现，总会遭到白眼与奚落，连自然科学中也例不胜举，何况于这一部奇书的探索之"史无前例"——龚定庵诗所谓"难向史家搜比例"者乎。

探佚，就是为了窥知雪芹全书的大局面、大结构、大用心、大宗旨、大笔法——凡一部伟著，总是愈到后半愈关重要，此为常识，也是规律。在《红楼梦》来说尤其如此，因为此书的大章法是前后两大"扇"书文，对称对比，前呼后应，前翻后跌——真精神全在后边。不知探佚，等于是白读、白讲、白赞了这么久，口中会说它"伟大"，而识解中却并不知其伟大究竟是什么，是怎么一回事。思之岂不可发笑？

探佚学使人们大致明白了宝玉的身世巨变与众多女儿的命运遭逢，可骇可愕，可歌可泣。可谓之感天动地，石破天惊！

这就是一部书的"大旨谈情"，结穴于"情榜"的绝大章法与笔力。"千红一哭""万艳同悲"——而不是一男二女的"三角恋爱"与"争婚悲剧"。

只有探佚，方能从实际心灵感受上领悟高鹗伪篡的诡计骗局是何等的毒酷与阴险：把中华最伟大的最崇高的大悲剧用庸俗的手法歪曲改造成一个小小的"婚姻不幸"的个人事件。

没有探佚，读者将永远被高鹗蒙蔽；即使闻知那是伪篡，也仍然限于一种"知识性"的模糊观念，还是无法想象原书与伪篡的巨大差异究竟何似，到底谁好谁坏。

探佚——两大关键

探佚的两大关键：一是独特的结构章法；二是"一百零八"这一象征数字的文化意蕴。

一百零八，决定了"情榜"的总人数，正如《水浒传》一样。一百零八，也决定了全书的总回数——两大"扇"各为五十四回，而五十四、五十五两回是全书的"中界线"，前扇写兴盛，后扇写败落。

两大扇的"中界线"极分明，稍有体会的都能晓悟，前后气氛笔致、情节人物，皆不相侔了。

但悟知全榜名单为一百零八女儿，却不是一目了然的事，须费解说。

可是，"群芳"、"诸钗"的数目，其实雪芹在一开卷就交待清楚了——

他说，女娲所炼大石，是"高经十二丈，方经二十四丈"，而脂砚批注点醒：

"十二"照应正钗，"二十四"是总应诸副钗。

这就分晓了："方经"即正方每边为二十四，即四乘二十四等于九十六。九十六名（各级"副钗"）加上十二名"正钗"，恰为一百零八之数。

藕香榭与探佚

　　从第二十一回起,《红楼梦》的中心移至大观园。园的主景最要者先须识得一个沁芳桥亭,此为总纲。然后一个进景,也是跨水而四通的枢纽点,就是藕香榭。此榭非同小可,关系着全书全局的一条命脉。

　　先看这座水榭的命名。

　　"藕香"二字,出自宋女词人李易安(清照)的《一剪梅》,其词写道:

> 　　　红藕香残玉簟秋,轻解罗裳,独上兰舟。云中谁寄锦书来,
> 雁字回时,月满西楼。　　花自飘零水自流,一种相思,两处闲愁。
> 此情无计可消除,才下眉头,却上心头。

要知道,不但"藕香"二字,源出于此,而且榭内所题对联——

> 　　芙蓉影破归兰桨
> 　　菱藕香深写竹桥

这才分明是同一用意的运化,因为"兰桨"即"兰舟"的代词,只是为了平仄调音变换而已。

　　然后,须悟"藕香"又即谐音"偶湘"一义。

　　这座榭,与史湘云的事情息息相关,至为重要。

如有蓄疑不解，请听我逐条讲解破译。

第一，大观园建成、众姊妹住入后，贾母史太君第一次正式游园是带领刘姥姥进园一开眼界。来至此榭坐下，先就看对联，而命谁读听？单单就是让湘云念与她听。此为特笔。

第二，贾母因到这水榭来，就特向众人回忆少小时候家中也有这么一处亭榭，叫作"枕霞阁"，史太君的母亲，正是湘云家里的上辈，而"霞"亦即"云"的变换代词。一阁一榭，隐隐关合。

第三，毫无争议的考证表明：曹雪芹祖父曹寅的岳家、妻兄李煦正有一个园子，中建竹阁与藕香榭的规制一样。

第四，脂砚斋就在史太君追述枕霞阁遗事时，即时批注说：

> 看他忽用贾母数语，闲闲又补出此书之前，似已有一部《十二钗》的一般。令人遥忆不能一见！余则将欲补去（应做出）枕霞阁中十二钗来，岂不又添一部新书？

观此可知脂砚其人实即书中史湘云的"原型"。所以她是口读此联与史太君听的"自家人"。

第五，到开菊花社时，湘云即取雅号曰"枕霞旧友"。

第六，到凹晶馆中秋联句时，湘云云"寒塘渡鹤影"，黛玉云"冷月葬花魂"。又特写湘云以投石惊起一鹤飞往藕香榭那边去了——此皆象征她们二人的日后结局（鹤与荷都象征湘云）。

如此简例，却已足以表明雪芹在设置藕香榭这处水阁时，内中早涵多层寓意，而宝、湘二人历经苦难坎坷之后复又重会——据见过"异本《石头记》"者传述，那是二人在船上忽然睹面惊认故人，又正是"独上兰舟""芙蓉影破归兰桨"的隐射所指了。

藕香榭关系全书结局，并非虚语。

第九层

《红楼》真本

【分 引】

　　《红楼梦》探佚的依据并非十分缺少，诸如小说本文的"伏线"（鲁迅最重此一要义），叙述中的无意、有意的逗露，"脂批"中的追忆和清代人见过雪芹全本的记录，加上研究者的考论，内容已相当丰富了。

　　书内有证：真本《红楼》结尾是宝、湘历尽苦难竟得重逢再会。书外有记：从清代到民国，记载见过此一结局的人士，不下十多位了，他们异口同声，其中有学者，有文士，有教授，有"红迷"。书中书外，相印合符，遂无疑义。

　　宝、湘重会有何意义？莫非还是"大团圆"的同一俗套？

　　此类疑者有权力质难。但我也不讳言，那么看问题怕是没有深思而细绎之故吧？他二人的重会，是"孤标傲世"，是"同气味"，是"知音"，是"偕隐"——怎么与"佳人才子"大团圆、"夫荣妻贵，耀祖光宗"的庸俗旧套相比？岂不太觉黑白不辨了？

　　题曰：

　　　　岂是无中生有，端为暗里燃光。纵然一线欣看茫，渐觉朝熹在望。　　可叹十年辛苦，遭他篡乱污伤。请君着眼并思量，真假云泥霄壤。

　　　　　　　　　　　　　　　　　　　　　　　　——《西江月》

八十回后之宝钗

宝玉"奉旨"无奈，娶了他并无感情的薛宝钗。然则在曹雪芹的原书中，他又是如何落笔以写宝钗的文字呢？

可以概括成一句话：玉、钗婚后，却仍然保持着原来的旧关系。

旧关系，是怎么样呢？那就是厮抬厮敬，而并不相亲相爱。

有人说："黛玉死后，宝钗在某种程度上填补了宝玉感情上的一段空缺。"又说："宝玉、宝钗之婚事，宝玉是十分情愿的。"并根据第二十回的一条"脂批"而论定："此批充分说明二人婚后感情美满，谈心话旧，多少婚前无机会表达的话，现在都可一一倾吐。""在黛玉死后，宝玉、宝钗之结合，也变成十分自然之事，并无丝毫勉强。所以二人婚后，还有相当长的文字描写二人谈心，情话缠绵。"（《红楼梦新探》）——是这样子吗？

这种合二为一论，我期期不敢苟同。"谈心话旧"可以说是对的，但并不会是"情话缠绵"。

那条批语是"庚辰本""戚本"的批，文云：

> 妙极。凡宝玉、宝钗正闲相遇时，非黛玉来即湘云来，是恐曳漏文章之精华也。若不如此，则宝玉久坐忘情，必被宝卿见弃，杜绝后文成其夫妇时无可谈旧之情，有何趣味哉！

这批很重要，就连二人有"成其夫妇"的后文，也还得以此批为正面的明文确证。但是，他二人所"成"的，是怎样的"夫妇"呢？这事恐怕并非是同一般想象的那样简单。本文主要想说明的即在此点。

照我看来，他们成其夫妇了，可又未成其夫妇。这是怎么句话呢？就是说，他们"拜了花堂，入了洞房"，履行了家长给安排下的喜事礼仪——仅仅如此。他们实际上还是姨姊弟。

这怎么讲呢？请看宝钗的那首为贾政悲叹不祥的诗谜：

> 朝罢谁携两袖烟？琴边衾里总无缘。晓筹不用鸡人报，五夜无烦侍女添。焦首朝朝还暮暮，煎心日日复年年。光阴荏苒须当惜，风雨阴晴任变迁。

读者都能知道，在曹雪芹笔下，常常是一笔两用甚至是数用，诗词雅谜，都是暗对本人的情事命运而设言的。琴瑟、衾枕，皆喻夫妻之义——但是"总无缘！"这话可怎么解？

再看，咏白海棠诗（应注意这次诗社是紧接"绣鸳鸯梦兆绛芸轩"宝玉梦中反抗"金玉"姻缘之后。而白花白色大抵暗寓宝钗，如她所服冷香丸皆四季白花蕊配成），宝钗写道：

> 珍重芳姿昼掩门，自携手瓮灌苔盆。胭脂洗出秋阶影，冰雪招来露砌魂。淡极始知花更艳，愁多焉得玉无痕。欲偿白帝凭清洁，不语婷婷日又昏。

这个第七句又是宝钗的自道。意思就是说，我以本来清洁的童身来回报造物自然。

在全书中，这一类性质的暗示是很多的，例如提诸人的名字多出唐诗,对宝钗一名的出处,特举李商隐的"宝钗无日不生尘",皆是。且说一说,这都是怎么回事情?

我们不妨来推测一下,其经过大概应是这样:到曹雪芹写至八十回后,玉、钗二人确已"成婚",二人的"话旧",也可能就在"洞房花烛夜"开始。他们谈的什么心呢?宝玉必然首先要向宝钗推心置腹,开诚布公,诉说自己平生对黛玉的情分,誓若山河,死生不渝,如今奉旨,无法违背,但我如何忍与你为婚,怎么对得住亡者黛玉?若毁弃誓盟,我实为不义。宝钗对于宝玉的一切,可说彻底了解,早已看透了他的心思,他的这一着,大约也料得着,要想再笼络宝玉,不是容易的事,所以只好决断地回答说:你愿为林妹妹守约,我也不能只图自身有靠,陷你二人于不义,那样我固落于嫌疑,咱们纵为夫妇,亦无意味;我亦无法勉强你,如今我情愿以名义夫妻自处①,同室异居,各保清洁,使你有以对亡者的情分,这是我们各为自己的心,外人知道不知道,明白不明白,可以不用去管。宝玉不想宝钗竟能如此,深为她的这种决断和谅解精神所震动,对宝钗在这一点上异常地感激和敬重,认为这是成全了他的品格,遂了他的心愿,把她当作高人(而不是昵侣)相待。这就是为什么在《红楼梦》十二曲《终身误》里写出的真意义——

空对着,山中高士晶莹雪;终不忘,世外仙姝寂寞林……纵然是齐眉举案,到底意难平。

----

① 宝钗作《画菊》诗:"默认东篱闲采掇,粘屏聊以慰重阳。"直同"画饼"的意味。又如《忆菊》诗:"怅望西风抱闷思,蓼红苇白断肠时,空篱旧圃秋无迹,瘦月清霜梦有知。念念心随归雁远,寥寥坐听晚砧迟。谁怜我为黄花病,慰语重阳会有期。"写《忆菊》而凄苦悲伤至此,若不关人事,安有是理?末句也是聊以自遣自慰的语意,都可参看。余不备举。

"高士"一词，不明其故之时，看来岂不全无义理？但曹雪芹焉能滥下字眼？而"晶莹"，仍贴切"清洁"一义，也不可误作"聪明灵透"去看认。这样再来读"怀金悼玉的《红楼梦》"句，也才觉妥恰。"怀"正是感念之义，高本点窜，妄改为"悲金悼玉"，全走了样子。

前八十回中，其实也暗示的明白：宝玉对宝钗一向只有敬重，而绝无轻薄狎昵之心。即如写到因见宝钗膀臂，不无羡爱之意，但是随即写清：只因生在了她的身上，今生无分了。何等明白。再如"梦兆"一回，宝玉睡中不知宝钗曾在身旁刺绣，醒后得知，他赶忙说了一句话，不是别的，就是：

> 不该！我怎着睡着了，衰渎了他。

这种地方，不但说明了宝玉对待宝钗素来的态度，也预示了日后"成其夫妇"时的实际关系。明白了这层要义，就不会再认为将来玉、钗之间还会有什么"情话缠绵"。

宝钗名为婚嫁，实却孤居。所以薛姨妈说她自幼脾气古怪，不爱花儿粉儿，贾母说她住处如雪洞一般，使不得，年轻的姑娘也要忌讳。都是暗示此情。李纨每评社作，必盛推宝钗之句为首席，中间也含着同情敬重特殊处境的意思在。再有，凡诸题咏中涉及星月、嫦娥的，大都是暗指宝钗的身世，所谓"宝婺情孤洁"，所谓"幽情欲向嫦娥诉"，悉皆指此。盖嫦娥误吞灵药，奔向广寒，碧海青天，永伤孤独，不同于一般孀居，而是由于自己所致之故。

曹雪芹所要写的这层关系，异常特别，迥出世俗意想之外，一般人所难理解。正因此故，后来有人觉得"琴边衾里总无缘"这种话而由宝钗口中说出，为不可解，觉得一定有误，遂将诗谜改派给黛玉。这一事象，极可注目。读者试一细思，当能恍然于误解错派的关键何在。

敬重而不亵昵，是他二人关系的基本特点。但是这是否即等于"感情美满"呢？却又不尽然。八十回前，有一段写及宝玉以杨妃比宝钗，宝钗大怒，反唇相稽，词色俱厉，锐不可当，给了宝玉一个大"下不来台"，以致黛玉说今日你也遇见厉害的了。试看这种情形，和宝、黛之间的那种实因情重而引起的角口怄气，全然不是同一个性质。"美满"二字，未可轻下。若论八十回后，则请看第二十回前的一段"脂批"：

　　按此回之文固妙，然未见后之三十回犹不见此之妙。此曰"娇嗔箴宝玉，软语救贾琏"，后曰"薛宝钗借词含讽谏，王熙凤知命强英雄"；今只从二婢说起，后则直指其主。然今日之袭人、之宝玉，亦他日之袭人、他日之宝玉也。今日之平儿、之贾琏，亦他日之平儿、他日之贾琏也。何今日之玉犹可箴，他日之玉已不可箴耶？今日之琏犹可救，他日之琏已不能救耶？箴与谏无异也，而袭人安在哉？宁不悲乎！救与强无别也，甚矣，今因平儿救，此日阿凤英气何如是也；他日之强，何身微运蹇，展眼亦何如彼耶？人世之变迁如此，光阴倏尔如此。今日写袭人，后文写宝钗；今日写平儿，后文写阿凤。文是一样情理，景况光阴，事却天壤矣！多少恨泪洒与此两回书中。（"庚辰本""戚本"合校互采）

这是亲见八十回后原稿的脂砚在告知我们，后半部有"薛宝钗借词含讽谏，王熙凤知命强英雄"这样一回书文。宝钗异日，步袭人的后尘，还是要对宝玉施以讽谏。但是，那时的宝玉，依然并不接受宝钗的一套"正论"，"已不可箴"。这又何等明白。

　　所以，玉、钗婚后，是齐眉举案，相敬如宾的了，他们并不像薛蟠、夏金桂那样，反目成仇，大吵大闹式的出尽洋相。但是这并不等于思想上的融洽，在这方面，他们始终是异致的。因此才一个要讽要谏，一个是难箴难规。由此而言，说他们情话缠绵，固然不对；说他们感情美满，也不恰切——那么，再说他们在黛玉亡后成婚，是十分"自然"之事，而且宝玉是十分"情愿"的，我看就更不是那么一回事情了。

高鹗续书，违背原书本旨，本来有其目的性，他绝不是无所谓而续，他是利用伪续的方式来篡改原著的思想的。他写玉、钗二人婚后的情景，庸俗不堪，特别是他写的宝钗身边的宝玉，早已不再是曹雪芹笔下的那个宝玉了。今又有研究者推论玉、钗婚后关系，略附拙见于此。

以上大致是关于宝钗问题的旧稿，现今有一点可以补记一下。

见过曹雪芹抄本《红楼梦》的明义，是最早题咏这部小说的人。其二十首绝句的末四五首，尤有价值，因为都是咏及八十回以后情节的，便为我们提供了研究材料。今录如下：

> 生小金闺性自娇，可堪磨折几多宵。芙蓉吹断秋风狠，新诔空成何处招！
>
> 锦衣公子茁兰芽，红粉佳人未破瓜。少小不妨同室榻，梦魂多个帐儿纱。
>
> 伤心一首葬花词，似谶成真自不知。安得返魂香一缕，起卿沉痼续红丝？
>
> 莫问金姻与玉缘，聚如春梦散如烟。石归山下无灵气，纵使能言也枉然。
>
> 馔玉炊金未几春，王孙瘦损骨嶙峋。青蛾红粉归何处？惭愧当年石季伦！

这末五首诗，在倒数第四首的解释上，发生了疑难。最初我和朋友一样，认为是黛玉初入府、居碧纱橱的事。后来觉得不太对头，我把解释改成是"疑指'绣鸳鸯梦兆绛芸轩'一事"——但我当时错写成"疑指'识

184

分定情悟梨香院'一事"，尚不自觉。家兄祜昌见了，几次向我表示怀疑，彼此也都未把意思说清楚。现在他又把这个问题提醒我，说应再解说得明白点——他觉得还是写黛玉初来为更合。

我们常常这样彼此摆问题，提线索，既互有启发也相与驳难，讨论宝钗问题时更是如此。这次忽又重新涉及如何解明义诗时，我就举理由说：

一、明义诗二十篇，固然不是按回目次序而题的，但大致还是有个首尾结构。前边写黛玉已有多处，若要写碧纱橱，最早该写，为什么已写完了晴雯屈死，忽又"退回"到那么远去？

二、"红粉佳人"一词，不是写幼女少女所用。（祜昌马上同意，并举出不少诗词、戏词中的例子，说明这个词语只指"闺中少妇"。）

三、如果是要说情感亲密，自幼同室（也不曾、更不会同"榻"），那么该说"梦魂不隔碧厨纱"，而不应说什么"多个帐儿纱"——这是说虽然同室，而梦魂未通的话。

四、这诗语气及内容，都应与宝钗有关，但找不到其他合景的情节，因此我认为是写"绣鸳鸯"回宝钗坐于宝玉榻上、而宝玉梦中反对"金玉姻缘"的情事。

这样，祜昌才彻底弄明白了我的原意（因为我过去未说清，也由于我误写成"识分定"）。他表示同意，说果然，这首诗不像是写黛玉了。

这时我们几乎是同时忽然想起：这首诗还不是写八十回前的宝钗，而实是八十回后之事。以前涉想不及此，所以只能找到"梦兆绛芸轩"一回。现在看来，"红粉"一句，恰是如我们推断的，暗示名虽结婚而实未成配（"破瓜"一词俗用指"破身"，见于《通俗编》），而且虽然同床，却又梦魂犹隔，即所谓"梦魂多个帐儿纱"句的本意了。

黛玉之致死

　　黛玉的所以致死，并不是像高鹗所写的那样。致黛玉以死的主凶，是元春、贾政、王夫人、赵姨娘，却不是凤姐、贾母。其间曲折经过，种种关系，还能从前八十回中的线路和暗示推知一个梗概。今试作一点解说。头绪较繁，分段而叙：

　　一、元春本就不喜欢黛玉。这在她赏赐东西时对钗、黛有厚薄分别，大家早已看出。其实曹雪芹对此先有暗示：在"省亲"回中，由于元春的关系，两次都把"绿玉"字样废除不得使用，一是"红香绿玉"改成"怡红快绿"，一是"绿玉春犹卷"改成"绿蜡……"。宝钗明说："他（元春）因不喜'红香绿玉'四字，改了'怡红快绿'；你这会子偏用'绿玉'，岂不是有意和他争驰了？"此笔最为要紧。

　　一、但仅仅因此，感情喜恶，还不能决定婚姻大事，因为"师出无名"，要想毁黛玉，必须有"名正言顺"的罪名。这个，元春尚无法自定，必另有提供"罪状"之人。

　　一、为了宝玉的婚事而可以入宫正式向元春提供重大意见的人，只有贾政、王夫人。贾政自己也并不能定出黛玉的罪名，因为他不真正了解。"真正了解"的，还是一位女眷，而且是能向贾政耳边枕畔灌注谗言的人。这就是赵姨娘。如第七十三回写赵姨娘的小丫鬟小鹊跑来向宝玉报说："我来告诉你一个信儿，方才我们奶奶这般如此在老爷前说了。你仔细明儿老爷问你话。"此等处最堪注目。

一、赵姨娘处心积虑，要害宝玉（和凤姐），这大家早都明白，不用赘述。她害宝玉的手法，就是不时向贾政耳边进谗讲坏话。坏话的主题并不只是"不读书""爱顽"的条款，而是另有大题目：即说宝、黛二人有"不才之事"——这是最能触怒封建家长、使贾政深恶宝玉的关键问题。正如袭人向王夫人所言："二爷也大了，里头姑娘们也大了，况且林姑娘、宝姑娘又是两姨姑表姊妹……若要叫人说出一个不好字来……二爷一生的声名品行岂不完了？二则太太也难见老爷。"这就是所谓大题目，所以王夫人竟如"雷轰电掣"。

一、宝、黛二人的形迹亲密，并不避人，可说是公开的事实，贾母、凤姐的话言，早都明白表示承认默许。——所避忌的，只有赵姨娘。证据十分显明：第五十二回，宝、黛正待谈心，"一语未了，只见赵姨娘走了进来瞧黛玉"，黛玉忙的一阵周旋招待，"一面又使眼色与宝玉。宝玉会意，便走了出来"。素日情势，不问可知。

一、此种参证还有可寻。第十九回黛玉见宝玉脸上有"纽扣"大的一点"血渍"，便说："你又干这些事了！……便是舅舅看不见，别人看见了又当奇事新鲜话儿去学舌讨好儿，吹到舅舅耳朵里，又大家不干净、惹气！"这就是明白指的赵姨娘。"大家不干净"一语最为要害。可见黛玉为了自身与宝玉的关系，深畏于赵姨娘的诬谗陷害。

一、又如第四十五回黛玉与宝钗谈心，说："你看这里这些人因见老太太多疼了宝玉和凤丫头两个，他们尚虎视眈眈，背地里言三语四的，何况于我！……他们已经多嫌着我了，如今我还不知进退，何苦叫他们咒我！"话更明显。

一、不宁唯是，就是宝玉那次为贾政毒打，明里是因蒋玉菡、金钏之事，实则也还是包含着宝、黛的一重公案。何以言此？只要看一看毒打之后，宝、黛二人的表示和神情，便洞若观火了——黛玉"心中虽有万句言词，只是不能说得半句，半日，方抽抽噎噎的说道：'你从此可都改了罢！'"宝玉听说，"便长叹一声道：'你放心。别说这样话。就便为这些人死了，也是情愿的。况已是活来了。'"我们宜细心体会作者的用笔，如果以为这是黛玉特意探询宝玉对菡、钏等人的态度，而宝玉也有必要向黛玉做出甘为菡、钏而死的"保证"，那就是未得作者笔法真意——黛之问，玉之答，都分明是在这样强大压力下为自己的大事而重表决心态度。这足见此一场绝大风波，骨子里还是由于黛玉；菡、钏等等不过引线与陪衬而已。——我们于此也才能明白：为何毒打之后，却紧接就特写宝玉送帕、黛玉题诗的那一情景？这些笔墨，最是曹雪芹惨淡经营之处。宝玉被打后，又紧接即写袭人向王夫人进言，特别说到"林姑娘宝姑娘"，亦最明显——林为主，宝是陪话而已。（所以，王夫人死要抄大观园，其主要目标也还就是在于黛玉一人。）

一、如果另换头绪来讲，元春也处处是与宝玉的婚事直接牵联的关键人物。书中写及的，一就是"省亲"时元春要再演两出戏，结果演的是"相约""相骂"。一就是清虚观打醮一回及其随后的重要情节。下面分头简说：

一、清虚观一个场面，岂是真为了写写打醮、看戏等事吗？完全不是，写的是宝、黛婚姻大问题。元春的"旨意"叫打醮，却引出"代表人"张道士，要为宝玉提亲。结果则宝、黛二人都为此而生了气，贾母也认真地着了急，引起一场轩然大波，其局势之严重，为通部书所仅有。作者是特笔大书。

一、元春欣赏龄官演得好，要再作两出。贾蔷想演"游园""惊梦"，而龄官执意不作，定要演"相约""相骂"，结果依她。这在曹雪芹的笔法中，是一个极为要紧的暗示。"相约""相骂"是当时常演的精彩名剧（《扬州画舫录》中曾特别提到），作者引它是借这部《钗钏记》来暗示宝、黛关系的不幸。在《钗钏记》中，史直之女碧桃早与皇甫伦之子吟约为姻配，吟贫不能即娶，碧桃遣侍女云香往吟家期约，准拟于中秋日相会，以便赠与钗钏银两以为迎娶之资（是为"相约"）。事为吟友韩时忠探知，韩以奸计阻吟往，自己却冒名顶替，前去领了钗钏，并要逼奸碧桃。碧桃不从。因不知真皇甫吟根本未能赴约，侍女云香再次前往吟家催娶，与吟母发生争论（是为"相骂"）。碧桃抱恨沉江，以图自尽——由此，可见在贾元春面前演出的这场戏，隐含着宝、黛之受枉，黛玉之冤死（由种种线索看，颇疑黛玉之死与沉水自尽有关），而其中间被人诡计见害之故，当事人尚在不知。

一、再看一个头绪：大家也都知道，《芙蓉女儿诔》不单是真吊晴雯，也"预悼"黛玉。诔中最引人注目的句子，如：

> 岂招尤则替，实攘诟而终。既忿幽沉于不尽，复含罔屈于无穷……箝诐奴之口，讨岂从宽；剖悍妇之心，忿犹未释！

曹雪芹的笔，以含蓄居多，悲愤激昂，此为仅见，其感情之强烈可知。所称诐奴悍妇，在晴雯之死来说，自是明斥王善保家的、袭人等辈；而在黛玉问题上讲，那就是暗指赵姨娘一党。

一、大家又皆知，晴雯临死，犹不忘向宝玉表白自己虽担"虚名"，但系干净一身。由此可知，赵姨娘所进谗的题目，其中心离不开诬蔑黛玉和宝玉已有"暧昧"之事。

一、再看《葬花词》，大笔特书"质本洁来还洁去"，正是暗对陷害者诬罔之言而发，并非闲话泛叙。晴雯临死前，宝玉私往相探诀别，灯姑娘特言："谁知你两个竟还是各不相扰，可知天下委屈事也不少！"对互而详，则黛玉屈死之罪名昭然若揭了。

我们综合以上而观，事情相当地明白，其情节应是：在黛玉问题上，主要是先因赵姨娘搞鬼（贾环也可能使了坏）。她为毁宝玉看清了一着棋，必先毁黛玉，故此捏造异事丑闻，时向贾政报告。迨到适逢元春"关念"宝玉婚事，召贾政共同商量时，贾政遂将所得于赵姨娘的谰言（当然包括王夫人所得于袭人的也在内），"奏"与了元春。元春于是"明令"宣判黛玉"淫贱"，指定聘娶宝钗。至此，黛玉遂无由再留于世，而宝玉也只有"奉旨配婚"的一条死路可走。

在这个问题上，虽然从情节关系上看，诡计深心，出于贾政的小老婆等人，而从作品的思想意义上讲，对宝、黛进行封建压迫与毁灭的主凶，却是元春和贾政、王夫人。

至于凤姐，她虽然罪恶重重，但在这方面的重要关节上，她是和宝玉一面的，而绝非敌对。她在宝、黛之间，是个出力人物，从黛玉一入府，直到后来言谈行动，排难解纷，都是维护宝、黛的，前八十回所写，斑斑可见〔例如凤姐送了茶叶给黛玉，便暗用"下茶"（定婚礼）的意思问黛玉：你吃了我们的茶，为什么还不给我们家做媳妇！〕，无待在此——引叙。贾家事败，她的遭遇和命运也和宝玉是息息相关。上述的这些关系，高鹗好像是全部视而不见，宁不深可怪异？即如这样一桩大事，高鹗却把封建主凶元春、贾政全然开脱了，而拿凤姐来做替罪羊。并且所"设计"出来的高着，却只是一个很庸俗、很浅薄的、毫无思想内涵可言的"移花接木""僵桃代李"的儿戏办法。这在文学艺术上，特别是在悲剧文学上，并不是什么很高级的思想和手法。这样的东西，曹雪芹恐怕是未必肯写——也根本写不出的。

或许有人认为高鹗写宝、黛事件中贾母"变心"，凤姐"搞鬼"，都有根据，正是"不背于原书伏线"。其理由当不外是：一、贾母在"破陈腐旧套"时明批女儿倾心于一个男人为"鬼不成鬼，贼不成贼"，便是为反对宝、黛关系；二、贾母要为宝玉提宝琴的亲；三、凤姐恰好也在此事上附和贾母。所以说，高鹗所续，并非事出无因。但其实这都是出于错觉误会。一、贾母所"破"的，是在于"这些书都是一个套子，左不过是些佳人才子，最没趣儿"；所批的是"只一见了一个清俊的男人，不管是亲是友，便想起终身大事来"。这种素不相识，"一见钟情"式的所谓"爱情"和曹雪芹笔下所写的宝、黛自幼一处长大，彼此深刻了解，即有共同的思想作为感情基础的关系，正是迥不同科，而前者那种所谓"爱情"是曹雪芹在小说第一回中就反对过了的。两者难以并论。二、贾母询问宝琴年庚八字，并未说是要为宝玉，而只是薛姨妈心中"度其意思，大约是要与宝玉求配"，便说出宝琴已有了人家。三、凤姐在此际抢话，说要作媒，贾母还笑问："你要给谁说媒？"凤姐以"既已有了人家，不如不说"之意回答——须知此最是狡狯之笔，凤姐正是见已许了人家，她才肯说那些凑趣的话，因为明知是废话，故不妨顺口送情；而贾母若真是想为宝玉讨宝琴，既知宝琴已许梅家，便不能再往下谈，岂有反而故问凤姐，要她说出给谁作媒之理？这是讲不通的。还应联系清虚观中贾母"这孩子命里不该早娶，等再大一大儿再定罢"的话，此二事同在一年，一是端午，一是冬十月，相距仅只五个月，而贾母却一见宝琴，统统忘掉一切自己身边的素日为之操心惹气的重要复杂关系，就立即要为宝玉另行求亲？这个如何能说得通？所以到紫鹃试宝玉时，假说"年里我听见老太太说，要定下琴姑娘呢，不然，那么疼她？"宝玉笑道："人人只说我傻，你比我更傻——不过是句顽话。"况且，宝琴一来到，即明叙王夫人先认了干女儿，玉、琴二人兄妹关系已定，贾母焉得复有别说？曹雪芹所以要写宝琴"间色法"，写紫鹃向黛玉建言趁着老太太在，早拿主意，写薛姨妈慰黛玉"我一出这主意，老太太必喜欢的"等一串文字，意在暗示只因贾母不曾早日明言，以致蹉跎蹭蹬，卒为元春、贾政等所乘，篡改破坏了已定之局，而绝不是为了要写什么贾母变卦、凤姐逞奸。其实，若谈到贾母的问题，本很清楚。她因偏爱宝、黛、凤三人，与贾政、赵姨娘发生了极为尖锐的矛盾，具如"大承笞挞"和"嫂叔逢五鬼"等回所写。赵姨娘之每日在宝玉身上使心用计，贾母尽知，所以才会有当着贾政的面而痛骂赵姨娘、使贾政大为尴尬的那一场面，试看贾母的话：

> 你愿他死了，有什么好处？你别做梦！他死了，我只和你们
> 要命。素日，都不是你们调唆着逼他写字念书，把胆子吓破了？
> 见了他老子，不像个避猫鼠儿？都不是你们这起淫妇调唆的？这
> 会子逼死了，你们遂了心！我饶那一个！

贾母连哭带骂，而"贾政在旁听见这些话，心里越发难过，便喝退赵姨
娘"。这层关系交代得最为清楚。

再看贾母对宝、黛二人的婚事，不但她自己早已拿定，而且阖府上
下尽人皆知，可说是"公开的秘密"一般。若要举例，则请看第二十九
回张道士为宝玉议亲，贾母如何回答：

> 上回有个和尚说了，这孩子命里不该早娶，等再大一大儿再
> 定罢。你可如今也打听着，不管他根基富贵，只要模样儿配得上
> 就罢了。来告诉我。便是那家子穷，不过给他几两银子也罢，只
> 是模样儿性格儿难得好的。

这是贾母"胸有成竹"的表现，莫认作她真是要等张道士给找一个，同
时话里也针对着贾府人的一双富贵势利眼，议论黛玉无家无业，孤苦一
身，因而瞧不起，说是"配不上"的那些人而表示态度。在这一点上，
薛家岂不是最"配得上"？但可见贾母根本未曾向那一号财势人家考虑。
尤其紧要的，是同回末后贾母因宝、黛二人回来都生气闹事而着急落泪，
便说出"不是冤家不聚头"的这句话来，以致宝、黛二人都像参禅似的
来细味此话的含义，也就是说，这是贾母第一次明白表示或流露出她有
成竹在胸的线索，为二人所珍贵惊喜。而此回却有"脂批"说：

> 二玉心事，此回大书。是难了割，却用太君一言以定。是道
> 悉通部书之大旨。

此批为"庚辰本""戚序本"二本所共有。这才是最为明确的大节目，
只要不深文周纳，都会承认的。此处"戚序本"又独有一批云：

> 一片哭声，总因情重。金玉无言，何可为证！

这是见过原书全稿的脂砚在分明告诉我们：书中一大关目，宝、黛缔姻，
原有贾母之言为证；而后来元春、贾政，硬行改派"金玉良缘"，根本
不是贾母之事，他们不但篡改了贾母的本意，甚至还有可能假借名义，
捏造贾母遗言①，破坏了贾母所意匠经营的婚约。所以说："何可为证！"
还有第六十六回，尤三姐向兴儿探询宝玉的情况，兴儿说：

> 只是他已有了，只未露形——将来准是林姑娘定了的！因林姑
> 娘多病，二则都还小，故尚未及此。再过三二年，老太太便一开言，
> 那是再无不准的了。

于此可见贾府的所有人等，对此事皆洞如观火，也与清虚观中贾母的话
合榫。"老太太"本是此事的主张人和"护法"者。

　　明白了这些道理，那么可以看出高鹗的续书，对这一系列的大关

---

　　①注意第五十七回紫鹃的话："……若娘家有人有势的还好些。若是姑娘这样
的人，有老太太一日还好一日；若没有老太太，也只是凭人去欺负了。"这分明暗
示仇者毁黛玉是在贾母死后，而非生前。

键大节目，整个篡改了原作者的意思。鲁迅先生评价《红楼梦》的续书，以"不背于原书伏线"为论析的标准。我们对待高续，用什么标准去衡量？没有别的，只能依照鲁迅先生给我们指出的，以原书伏线为定，亦即要看续书者的思想是否与原作者一致。我所以骂高鹗，原因也就在这里。

湘云的后来及其他

黛、钗、湘是关系到宝玉结局的主要三少女，曹雪芹在八十回后如何写她们？长期以来，我们的头脑往往为高鹗续书的框框所束缚，认为就"应该"是那样子，再不肯去想想这里存在的一连串的问题。就中黛玉的问题还比较易见，宝钗便不那么容易推考想象。但最成为问题的是湘云的问题，研究者对此的意见分歧也最大，就是想试谈一谈，也最难措手。虽然如此，到底也该试作一些推考。推考不一定都对，但研究问题在"卡"住了的时候，有人能提个端倪，作点引绪，往往还是颇有必要的。因为可以由不尽对的引到接近对的，总比全是空白好。

推考湘云时，其情况与推考黛、钗不同，最困难的是线索太少，我们简直"抓"不住什么可资寻绎的凭借。但有一点又很明白：在前八十回如此重笔特写的一个典型人物，绝不会是像高鹗所写那样，全无呼应，数语"带过"，就算"归结"了她。她在后半部的事故和地位显然极关重要。

前八十回写湘云时，有几个特点，最宜首先注意。

一是写她首次出场，一点也不同于钗、黛各有一段怎样入府的特写，而是家人忽报："史大姑娘来了。"彼时宝玉正在宝钗处顽耍——这已是迟至第二十回了!

二是湘云来后,立即引起宝、黛的角口,甚至由此引出听曲文、悟禅机——"赤条条来去无牵挂",一直注射到"悬崖撒手"等情节。

三是她来后并立即引起袭人的不痛快,马上对宝玉进行"箴"规——其事可说又直注射到抄检大观园。

四是在与元春有关、与议婚相联系的两次大事"归省"与"打醮"中,湘云俱不出场;"盛"事一过,却立即出现:"人报史大姑娘来了。"两次如出一辙。而第二次端午节出场后,立即写湘云已有人"相看"了,向她道喜,并立即写"论阴阳""拾麒麟"一大段特写。

五是重要诗社,如菊花诗、柳絮词,虽在大观园中,反而都是由湘云引起或作东道主,即雅谜、酒令亦如此。尤其令人瞩目的是,中秋深夜联吟那一临近前半部收尾的最后聚会的重要场面,却是众人都已散去,睡了,只有她与黛玉(妙玉稀有地出面加入)来收场。

六是割腥啖膻,是以她和宝玉为主角。(黛玉于此戏言:"哪里找这一群花子去!"亦非泛语,即预示宝、湘后来沦为乞丐。)

我们只要看一看上列线路,就不能毫无感受,而认为作者那样有意安排、着重抒写的一个重要形象,会在八十回后全失作用与色彩——连面也不再露,只是听说嫁的男人病了,已难望好,贾母临死亦不能来,就此为了——这像吗?

如果读者也和我一样,感觉确是有点不像,那就应该来就她的后半部情节作作推测。

一般意见,以为"脂批"中关系到湘云后来的,有那么一条。就是第三十一回的回后总评:

后数十回若兰在射圃所佩之麒麟,正此麒麟也。提纲伏于此回中,所谓草蛇灰线,在千里之外。

研究者于是认为：这就是湘云后来嫁了贵公子卫若兰的证据。而且认为：这个为宝玉所得的麒麟，后来到了若兰腰间，恰如"茜香罗"事件一样，暗示它起了作用，引线牵丝。有的设想得更细致些，以为贾珍设了射圃，宝玉是参加习练人之一，后来遇见若兰被邀比射，宝玉把麒麟赌赛，输与了若兰云。

这样设想，未尝不见心思。但我还是期期不敢苟同。

何以言？假使那样的话，则曹雪芹费了偌大的力气，绕了如彼其大的一个圈子，目的仅仅是为说明湘云（早已订了婚约，被人道了喜的一位待婚者）嫁与卫若兰——曹雪芹岂不成了一个大笨伯？况且这究竟又有何意味、有何意义可言？曹雪芹的意匠笔法，确是出奇地细密和巧妙，但他何尝令人略有弄巧成拙、故意绕圈子、费无谓笔墨之感？所以我不相信就是这么简单而又浮浅的一回事情。他也不会去写"茜香罗"的雷同文字。

"脂批"提出了若兰，湘云和他发生了一定的关系，应不会错。但是还该注意，宝玉最初所以留意那只"雄"麒麟，却是由于从宝钗口中表示了"史大妹妹有这么一个"。而且，又是由黛玉心中想到——

> 近日宝玉弄来的外传野史，多半才子佳人，都由小巧玩物上撮合，或有鸳鸯，或有凤凰，或玉环金佩，或鲛帕鸾绦，皆由小物而遂终身。今忽见宝玉亦有麒麟，便恐因此生隙，同史湘云也做出那风流佳事来。

我们都深知，曹雪芹的用笔，总无闲文淡话，都各有作用。这如果也只是为说明"嫁"了若兰的问题，他岂肯在此硬安上这样的特笔？

还应注意的是，宝玉对此麒麟，珍同性命，且看他的话是怎么说的：

倒是丢了印平常。若丢了这个，我就该死了！（此际袭人送茶，说："大姑娘，听见前儿你大喜了！"史湘云红了脸，吃茶不答。）

这种种笔致，总非无缘无故，等闲泛设——这个和什么汗巾子、茜香罗，哪里有半点相似意味？如果只是与卫若兰有关的一件东西，宝玉何必那样性命以之？

其实，宝玉、湘云一问一答，丢印丢麟的对话，同时又是"伏线千里"。

宝玉的麒麟如何到得若兰腰间？他绝不会以此物来做赌押品去游戏和冒险。在园子里的"小丢"，是假丢，是为他后来真丢作引线，他到底真丢了这件珍藏秘袭的佩器，而为卫若兰无意中拣到，也并不知是谁之物。

按下麒麟不表。可以再说说湘云一面。八十回后，先是王夫人下令宝玉搬出园外，盛会解体，园中人物，风流云散，大观园先成了荒凉凄寂之地。随即贾家事败。正如第四回门子讲"护官符"时所说：贾、史、薛、王四大家族是荣枯成败，息息相关的，史家同样陷入败局。被抄家籍产的同时，人口女子，例要入官，或配与贵家为奴，或发卖与人做婢。此时史湘云前者"不答"的那件道喜的婚事，早已生了变故，成为虚话①，未婚少女，遂在被籍由官府处置发落之数内（出家的、已嫁的、早死的，都幸免了这一命运）。

于此，我且岔一下话头，请读者看一看李煦（史家可能是在素材上有所取资于他家的一种艺术创造）事败后的一个情况。

---

①四哥祜昌对此的看法，以为前八十回中叙了一笔"听说前儿大喜了"之后，再不见接此伏线，结合曲文乐中悲来看，湘云的这个婚约，男方很好，本是佳配，但是后来男方早卒，未能迎娶，湘云家也遭了事。

197

在雍正二年十月十六日，总管内务府的大臣有一道奏折，其中有云：

> 准总督查弼纳来文称：李煦家属及其家仆钱仲璇等男女并男
> 童幼女共二百余名口，在苏州变卖，迄今将及一年，南省人民均知
> 为旗人，无人敢买。现将应留审讯之人暂时候审外，其余记档送往
> 总管内务府衙门，应如何办理之处，业经具奏，奉旨：依议，钦此。
> 经派江南理事同知和额解送前来。等因。当经臣衙门查明，在途中
> 病故男子一、妇人一及幼女一不计外，现送到人数共二百二十七
> 名口，其中有李煦之妇孺十口，除交给李煦外，计仆人二百十七名，
> 均交崇文门监督五十一等变价。其留候审讯钱仲璇等八人，俟审
> 明后，亦交崇文门变价。等因。为此缮折请旨。

必须注意的是，这还是雍正二年的事态。到五年二月，李煦又因曾买苏
州女子送与雍正的死敌阿其那的罪发，刑部依"奸党"例拟"斩监候秋
后斩决"、雍正下令"著宽免处斩，流往打牲乌喇"的时候，那李煦的
妇孺的命运可以想见——那么，曹雪芹到乾隆初叶，又结合了他本身的
经历见闻，他写贾、史两家主犯因罪抄家籍没、发落家属人口时，写湘
云等妇女被指派或"变价"为奴为"佣"，就是理之所有了。

由此，我们可以推测，湘云系因此而流落入于卫若兰家。当她忽
然看见若兰的麒麟，大惊，认准即是宝玉之旧物后，伤心落泪，事为若
兰所怪异，追询之下，这才知道她是宝玉的表妹，不禁骇然！于是遂极
力访求宝玉的下落。最后，大约是因冯紫英之力，终于寻到，于是二人
遂将湘云送到可以与宝玉相见之处，使其兄妹竟得于百状坎坷艰难之后
重告会合。这时宝玉只身（因宝钗亦卒），并且经历了空门（并不能真
正"空诸"一切）撒手的滋味，重会湘云，彼此无依，遂经卫、冯好意
撮合，将他二人结为患难中的夫妻——这应该就是"因麒麟伏白首双星"

一则回目的意义和本事。①

最后，还可以谈谈另一个要点。

在第二十六回写到冯紫英的一段文字处，有三条眉批，文字如下：

> 紫英豪侠小（文）三段是为金闺"间色"正文。——壬午雨窗。
>
> 写倪二、（紫）英、湘莲、玉菡侠文，皆各得传真写照之笔。——丁亥夏，畸笏叟。
>
> 惜卫若兰射圃文字迷失无稿，叹叹！——丁亥夏，畸笏叟。（"甲戌本"末二条连为一条，在回末为总评）

十分明显，关系到若兰射圃的文字，也是一种同性质的"侠文"（行义助人之事）。所以我说若兰的文字应与紫英侠文紧相关联，二人同为救宝、湘于难、成全美事的主要人物②——但是，畸笏叹息，偏偏射圃文字"迷失无稿"！

"脂批"再三慨叹无稿的，还有与无呢？有的，就是狱神庙文字，恰好也是"迷失无稿"，批者也是深深为之叹恨！痛惜！

这事情就极可注意了。

---

①湘云的诗词等很多，都应参详，这里难以备列，只举二三，如："纤手自拈来，空使鹃啼燕妒。且住且住，莫放春光别去。"如："数去更无君傲世，看来惟有我知音。秋光荏苒须当惜，相对原应惜寸阴。"如："霜清纸帐来新梦，圃冷斜阳忆旧游。傲世也因同气味，春风桃李未淹留。"这些话语，只有后来宝、湘会合，才可解释。再如一类例子，怡红院夜宴寿宝玉时，湘云掣签是海棠花，即院中"蕉棠两植"的棠（蕉则寓黛。这里独没有钗的地位）；而签上规定上手下手两家代饮，正是宝、湘二人。这种种布局，在曹雪芹岂能无意？难道只是为了暗示嫁与卫若兰？若都无所解释，那反而奇怪了。

②我还设想，可能湘云的雌麒麟，也因遭难失落或被劫掠，后为冯紫英所得，先送给了宝玉。至此，两麒麟适互换而重聚一处。

为什么后半部原稿，直到末回"情榜"，批书人都已读到，都不"迷失"，单单是这两件大事"无稿"了呢？其中的缘故，极隐讳，却也极明显。

　　应该看到，狱神庙回及有关情节，是被重罪之家的子弟为官府处治而因他人救助得免于难的事。射圃回及有关情节，是同案相关、另一被重罪之家的女口，为官府发落而因他人救助得免于难的事——这还不算，两人竟然又再会重圆，结为连理，这本身不是别的，就是对当时封建统治欺压迫害的一种反抗。

　　这关系实在是太大了。所以曹雪芹写是写了，脂砚等亲人批阅，再四踌躇，认为性命攸关，到底不敢公之于世，只好把这两部分成稿抽出去了——所以连当时像明义等人，看过全书结尾，却也未能知道还有这两大重要故事。连"脂批"中与此有关的其他话语线索，好像也都删掉了。其实，畸笏哪里是慨叹什么"迷失无稿"（还说成是因"借阅"而失等）？正是毫无奈何，忍痛难禁，欲诉不可——就只能向一般读者告知"无稿"一点。"无稿"，不过是"有事"的另一设词罢了。（也许本来就是被人施以破坏，给毁去或隐匿了。）

　　虽然如此，也还是不行。八十回后的最精彩的也是最重要的书稿，卒因此故不敢再往外传，以致我们至今也只有这八十回真是曹雪芹写的原书尚能入目。其余的，不知已归何处了。

　　明白了些事故，再来理解曹雪芹的思想境界，再看看高鹗的伪续的思想境界，就可以无待烦言而自明：他们之间的那种不相一致，实在是太大了，我们对于这样的大问题，不容不一评议。

红海微澜录

曹雪芹立意撰写一部小说巨著，开卷先用一段"楔子"闲闲引起，说的是大荒山、无稽崖、青埂峰下的娲皇炼余之石，故全书本名即是《石头记》。当雪芹笔下一出"青埂"二字，格外触动读者眼目，脂砚于此，立时有批，为人们点破，说：

> 妙。自谓落堕情根，故无补天之用。

这在脂砚，是乘第一个机会就提出"自谓"一语，十分要紧。"自"者谁？高明或有别解。须莫忘记：此刻"石头"之"记"尚未开篇，只是楔子的起头之言，则此"自"，应指"楔子撰者"无疑。然而楔子才完，在"后曹雪芹于悼红轩中……"那段话上，脂砚即又为人们点破，说：

> 若云雪芹"披阅""增删"，然后开卷至此这一篇楔子，又系谁撰？！足见作者之笔，狡猾之甚！后文如此处者不少，这正是作者用画家烟云模糊处（法？）。观者万不可被作者瞒蔽（原作弊）了去，方是巨眼。

短短一则批，连用"作者"数次之多。如谓此乃脂砚文笔有欠洗炼，那也从便；我自己却以为，这正见脂砚是如何重视"作者"这个"问题"，故此不惜词烦，再四提醒"观者"诸君，"万"不可为雪芹这么一点儿笔端狡狯缠住。所以，明义为"曹子雪芹出所撰红楼梦"题诗至第十九首，就说：

> 石归山下无灵气，纵使能言亦枉然。

也许是由于明义头脑比较清楚，也许他先看了"脂批"，也许二者兼而有之，他对"石头""雪芹""作者"三个名目，并不多费一词。"不著一字，尽得风流"，犹是例应著字；而这处小小狡狯，在明义看来，原是天下本无事也。

但是，雪芹"自谓"的"落堕情根"，又是何义呢？

一位朋友偶来见问，我试作解人，回答说：君不见洪昉思之《长生殿》乎？《长生殿》一剧，曹寅佩服得无以复加，当昉思游艺白门，他置酒高会，搬演全剧，为昉思设上座。雪芹作小说，有明引《长生殿》处，也有暗用处，他对这个剧本，是不生疏的。在《补恨》一折中，写的是天孙织女星召取杨太真，太真见了织女，唱的第一支曲子是《普天乐》——

> 叹生前，冤和业。才提起，声先咽。单则为一点情根，种出那欢苗爱叶。

全剧的最末一支曲（尾声之前），是《永团圆》——

> 神仙本是多情种。蓬山远，有情通。情根历劫无生死，看到底终相共。

这就是雪芹谐音、脂砚解意的"情根"一词的出处。它的意思，昉思说

202

得明白，不须再讲了。

朋友听我这样说，引起兴趣，便又问：这就是你说的"暗用"之例了。此外还有没有呢？

我说，有的。"开辟鸿濛，谁为情种？"情种一语，已见上引，并参后文，不必另列。即如警幻仙子，出场之后，向宝玉作"自我介绍"时，说是"吾……乃放春山、遣香洞、太虚幻境警幻仙姑是也：司人间之风情月债，掌尘世之女怨男痴。"这话也是暗用《长生殿》的"典故"。《密誓》折，生唱《尾声》与旦同下后，有小生（牵牛星）唱的一支过曲《山桃红》，中间一句，道是：

愿生生世世情真至也，合令他长作人间风月司。

雪芹为警幻仙姑所设的言词，显然是从这里脱化而出。

一提到警幻，便不得不多说几句。其实，雪芹的想象，创造出一位"司人间之风情月债"的女仙来，也还是与《长生殿》有其关联。他所受于《长生殿》的"影响"（现在常用语，与"启发"为近似，旧语则谓之"触磕"），是"证合天孙"（《传概》折《沁园春》中句）的天孙织女，是这位女仙"绾合"了明皇、太真的生死不渝的情缘。

原来，在《长生殿》中，是天宝十载七夕，太真设了瓜果向双星乞巧，而明皇适来，二人遂同拜牛女设誓——

双星在上……情重恩深，愿世世生生，共为夫妇……有渝此盟，双星鉴之！（唱）……问今夜有谁折证？（生指介）是这银汉桥边，双双牛女星！

这样，牵牛向织女说项，织女遂答应久后如不背盟"决当为之绾合"。

后来，昉思以《怂合》一折写上元二年七夕，牛女双星重新上场，他们的心愿，表达在一支《二犯梧桐树》里——

> 琼花绕绣帷，霞锦摇珠佩。斗府星宫，岁岁今宵会。银河碧落神仙配。地久天长，岂但朝朝暮暮期。(五更转) 愿教他人世上、夫妻辈，都似我和伊，永远成双作对。

然后牵牛再为提醒明皇、太真之事，"念盟言在彼，与圆成仗你"！织女这才应允，"没来由，将他人情事闲评议，把这度良宵虚废。唉！李三郎、杨玉环，可知俺破一夜工夫都为着你"！

所以，牛女双星，一到了昉思笔下，早已不再是"怅望银河"的恨人，而是司掌情缘的仙侣了。这一点，在文学史上是个创新之举，值得大书。

那么，雪芹于此，又有何感受呢？我说，他不但接受了这个新奇的文艺想象上的创造，而且也"暗用"了这个"典故"——这就是，"因麒麟伏白首双星"的这句回目之所以形成。

当然，到了雪芹笔下，事情就不会是浅薄的模仿，简单的重复。他是在启发触磕之下再生发新意，借以为小说生色。在前半部，雪芹除了这句回目，透露了一点鳞爪之外，大约只有传本《红楼梦》第六十四回中微微一点——

> 大约必是七月，因为瓜果之节，家家都上秋祭的坟，林妹妹有感于心，所以在私室自己祭奠……只见炉袅残烟，莫馀玉醴，紫鹃正看着人往里收桌子搬陈设呢（指瓜果炉鼎等）。

但这回书，文笔不似雪芹，出于另手，因此其情节故事，是否合乎雪芹原意，一时尚难判断。八十回书中，对"双星"一语别无呼应，而雪芹是文心最细，绝无孤笔，绝无闲话，何况大书于回目之中，岂有落空之理？——更何况回目者，大约连不承认《红楼梦》为雪芹原著者也无法否认"分出章回，纂成目录"的毕竟还是雪芹吧。雪芹用此一句，毫无犹豫之迹象（即回目颇有变动，而从诸旧抄本中，略不见此一回目有异文出现过），那么，"因麒麟伏白首双星"八个字，总该不是"胡乱"写下的，或者是无可解释的。

许多资料说明，这句回目指的是后文宝玉、湘云最终结为夫妇。对这一点，也有不相信的，即不必更论。但也有相信的，就我所知，就颇不乏人。不过在这很多相信者当中，大都把"双星"直接理解为即指宝、湘二人而言。我觉得这却还要商榷。拙见以为，雪芹用此二字的本意，并不是径指宝、湘，他用的其实还是《长生殿》的"典故"，即双星是"证合""绾合""丛合"之人。其误会"双星"为径指宝、湘的，原因就在于未能明白这是借用昉思的作意。

当然，这不是说宝、湘的绾合人也一定是女仙之流，但很显然，那是一对夫妇。

在《长生殿》中，织女不甚满意于李三郎，认为他断送太真，是一个负义背盟者；经过牵牛的解释，说明皇迫于事势，出于巨变，并非本怀，天孙才同意他情有可原，决意为之证合。宝、湘二人所历的变故之巨，非同寻常，也几乎是出入生死，而人们议论宝玉，大抵认为他竟娶宝钗，是为负于黛玉，也是背盟之辈，不肯加谅。绾合者，大约也是"双星"之一认为宝玉背盟负义，而另一即为之解释，说明宝玉之忘黛而娶钗，是迫于命令，并非本怀，而后两人这才共同设法使宝、湘二人于历尽悲欢离合、兴衰际遇、尝遍炎凉世态之后，终于重相会合。而这些都是以金麒麟为"因""伏"的。这样，似乎更合雪芹原著的设计和用语的取义。

《重圆》折中有两支曲，今亦摘引一并观看——

（五供养）天将离恨补，海把怨愁填。谢苍苍可怜。

拨情肠翻新重建……千秋万古证奇缘。

警幻仙子说的"吾居离恨天之上，灌愁海之中"，可知这种新名目实在也还是来自昉思。

（江儿水）只怕无情种，何愁有断缘。你两人呵，把别离生死同磨炼，打破情关开真面。前因后果随缘现。觉会合寻常犹浅，偏您相逢，在这团圆宫殿。

读这些词句，就总觉得"似曾相识"，因为无论雪芹的正文还是脂砚的批语，都能从中窥见一些蛛丝马迹。

更重要的则是，《石头记》并不是《长生殿》的翻版，雪芹不是"请出"黛玉的"亡魂"来再唱"新戏"，那就俗不可耐了。黛玉死后，宝钗"打进"，宝玉无可奈何（他不会搞什么"黛玉复活"之类），遂益发思念黛玉生前与之最好、亡后可作替人的早年至亲闺友——史湘云。晴雯的性格类型，正是黛型与湘型的一个综合型，所以晴雯将死，海棠先萎，亡故之后又作"芙蓉女儿"，盖海棠暗示湘云（"只恐夜深花睡去，故烧高烛照红妆"），芙蓉暗示黛玉（"芙蓉生在秋江上，莫向东风怨未开"），这里的文艺构思和手法是复杂微妙的。

《长生殿》以中秋节日广寒清虚之府为重圆的时间地点。这一点，似乎也给了雪芹以"影响"。黛、湘中秋夜联吟，是前后部情节上一大关目，也可以说是结前隐后之文。众人皆散，宝钗回家，独剩黛、湘，中有深意。二人吟出"寒塘渡鹤影，冷月葬花魂"之重要诗句。这上句隐指湘云，下句隐指黛玉甚明，黛玉（次年？）于中秋此夕，即葬身于此。（"葬花魂"，是明季少女诗人叶小鸾的句子，见叶绍袁《续窈闻》记亡女小鸾与泖庵大师问答语录。）俗本妄改"葬诗魂"，大谬（"花魂鸟魂总难留"；《葬花吟》中已见，与"葬诗"何涉？）。妙玉旁听，出而制止，续以末幅，试看她的话：

> "好诗，好诗，果然太悲凉了！不必再往下联……"
>
> "只是过于颓败凄楚。此亦关人之气数而有。所以我出来止住。"
>
> "如今收法，到底还该归到本来面目上去，若只管丢了真情真事，且去搜奇捡怪，一则失了咱们闺阁面目，二则也与题目无涉了。"
>
> "依我必须如此方翻转过来，虽前头有凄楚之句，亦无甚碍了。"

她的续句，由"嫠妇""侍儿""空帐""闲屏"写到"露浓""霜重"，又写到步沼登原，石奇如神鬼，木怪似虎狼——可见事故重重，情节险恶。最后，"朝光""曙露"始透晨熹，千鸟振林，一猿啼谷，钟鸣鸡唱——这就是宝、黛一局结后，宝、湘一局的事了：

> 有兴悲何继，无愁意岂烦？
>
> 芳情只自遣，雅趣与谁言。
>
> 彻旦休云倦，烹茶更细论。

到雪芹原书后半，大约这些话都可看出，其间多有双层关合的寓意。

本文侧重于从一些语词上窥探雪芹构思上的各种巧妙联系，并非说雪芹是靠"典故""触磕"去作小说，他"靠"的主要是生活和思想。

这原不须赘说，无奈有一时期绳文者有"必须"面面俱到的一条标准，不无责人以备的故习，还是在此交代一下，可免误会。如果不致发生误会，那我还可以再赘一点，雪芹选取中秋这个重要节日来写黛、湘联句，也不止一层用意，除了我上文推测的后来黛玉是死于中秋冷月寒塘之外，恐怕宝、湘异日重会也与中秋佳节有关。雪芹全书开头是写中秋节雨村娇杏一段情事，而脂砚有过"以中秋诗起，以中秋诗收，又用起诗社于秋日。所叹者三春也，却用三秋作关键"的揭示，这"用中秋诗收""用三秋作关键"，必有重大情节与之关合，如非宝、湘会合，则又何以处此"团圆之节"？这在我看来，觉得可能即是此意，当然这只是我的思路所能及，因为在《长生殿》中昉思设计的就是双星特使李、杨二人在中秋"团圆之节"来重会，雪芹有所借径于此，联系"因麒麟伏白首双星"而看，或者也不为无因罢。

行文至此，未免有究心琐末，陈义不高之嫌。但我本怀，殊不在此，实是想用这种不太沉闷的方式来提端引绪，使人注意《长生殿》与《红楼梦》在内容方面的关系。昉思制剧，楝亭嗜曲，二人交谊，也还要提到昉思曾为楝亭的《太平乐事》作序，甚为击赏以及楝亭为昉思说宫调之事。楝亭有赠昉思七律，我曾于《曹雪芹家世生平丛话》及《新证》中一再引录：

> 惆怅江关白发生，断云零雁各凄清。
> 称心岁月荒唐过，垂老文章恐惧成。
> 礼法谁曾轻阮籍，穷愁天亦厚虞卿。
> 纵横捭阖人间世，只此能消万古情。

试看，倘若洪、曹二人毫无思想感情的交流，只凭"文坛声气"，这样的诗是写不出的。我并曾说：如将题目、作者都掩隐过，那么我们说这首诗是题赠雪芹之作，也会有人相信。由此可见，说《红楼梦》与《长生殿》有关系，绝不止是一些文词现象上的事情。《长生殿》这个剧本，思想水平、精神境界，都远远比不上《红楼梦》小说；但我们不应单作这样的呆"比"，还要从思想史、文学史上的历史关系去着眼。比如，如果没有《金瓶梅》，从体裁上、手法上说很难一下子产生《红楼梦》。同样道理，从思想上说，那虽然复杂得多，但是如果只有临川四梦，而没有《长生殿》在前，那就也不容易一下子产生《红楼梦》。昉思在《传概》中写道：

> 今古情场，问谁个真心到底？但果有精诚不散，终成连理。万里何愁南共北，两心那论生和死。笑人间儿女怅缘悭——无情耳！感金石，回天地。昭白日，垂青史。看臣忠子孝，总由情至。先圣不曾删郑、卫，吾侪取义翻宫徵（zhǐ）。借太真外传谱新词：情而已。（《满江红》）

从这里，既可以看出昉思、雪芹在思想上的不同，又可以看出两人创作上的渊源关系。昉思定稿于康熙二十七年（1688 年）；雪芹则在乾隆前期是他创作的岁月，卒于 1764 年。昉思身遭天伦之变，不见容于父母，处境极为坎坷。两人不无相似之处，相隔一朝，后先相望。《长生殿》由于康熙朝满汉大臣党争之祸，遭了废黜，掀起一场风波，雪芹岂能不知其故。种种因缘，使雪芹对它发生了兴趣，引起他的深思，对他创作小说起了一定的作用，是有迹可循的。理解《红楼梦》，把它放在"真空"里，孤立地去看事情，不是很好的办法，还得看看它的上下前后左右，当时都是怎样一个情形，四周都有哪些事物，庶几可望于接近正确。提《长生殿》，其实也只是一个比较方便的例子而已。

《红楼》别境纪真芹

我撰此文，是为纪念曹雪芹逝世 220 周年而作，因此讲的应该是雪芹的书文，雪芹的意旨，而不能是别人的什么。但是目前一般读者仍然误以为流行的百二十回本就能"代表"雪芹的真正原意，因而总是有一个"宝、黛爱情悲剧"总结局横亘在胸臆之间，牢不可破——殊不知这并不是雪芹本来的思想和笔墨。宝、黛之间有爱情，并且其后来带有悲剧性，这是不虚的，可是那又远远不是像程刊本的伪续后四十回里所"改造"的那样子，一点儿也不是。

那么，雪芹原书的构思布局，才情手笔，又是什么样的呢？且听我略陈一二。不过也先要表明：雪芹原书八十回后，早被销毁了，如今只能根据多种线索推考。推考就容或不尽精确，不尽得实。但无论如何，也比伪续的那一种"模式"是大大的不同，判若黑白之分了；不管多么不够精确，也足供参考、想象、思索。所以我所要讲的，是《红楼梦》的另一种境界，全不与相沿已久的（被伪续所欺蒙的）印象相似。题作"《红楼》别境"的意思，即此可晓了。

雪芹原来的境界如何，须首先看一看下面的几点关键之点：

一、全书主人公宝玉，所居曰"怡红快绿"，简化为省绿留红的"怡红"之院，其间是"蕉棠两植"，蕉即绿，棠即红。试才题额的时候，宝玉早就指明，蕉棠必须兼咏，才算美备。后来"省亲"时应元妃之命所题怡红院五律，也是通首"两两""对立"于东风里的"绿玉""红妆"，"绛袖""青烟"，句句对仗并提，其义至显。

二、"红"象征史湘云，"绿"象征林黛玉。黛之所居一片绿色，而湘所掣酒令牙筹，以及许多其他暗示，都是海棠的诗句典故。

三、"脂批"曾明白点破：玉兄"素厚者惟颦云"。意即平生最亲厚的只有颦儿和湘云两个，别人是数不着的。这一句话是全书眼目。

四、到第七十六回，中秋联句这一重要关目，钗已"退出"园外，只有黛、湘是主角人物，通宵赏月吟诗，意义极为深刻，极为重要，是全书布局中一大关纽。

五、联句中，至"寒塘渡鹤影，冷月葬花魂"，被妙玉拦住。鹤影象征湘云，花魂象征黛玉（花魂，原书中数见。程本妄改"诗魂"，全失芹旨）。两句为她们各自道出各人的结局，是含有预示性的手法。

六、我曾推考，据本书内证十多条，黛玉并非病卒，而系自沉于水，即第二年此夜此地，黛玉因多种远因近果，不能再支撑下去，遂投寒塘，所谓"一代倾城逐浪花"（黛玉诗句），亦有隐寓自身的一层兼义。

七、即此可知，黛玉是上半部女主角，中道而玉殒花凋。湘云是接续她的后半部女主角，唯有她到第二十回才出场，这是一种特笔，盛事一过（省亲、打醮），她才出现。是全书一大章法。

八、至芦雪广（音 yǎn）吃鹿肉一回，已是宝玉、湘云二人为主角了，李婶娘口中特别点出："一个带玉的哥儿和一个带金麒麟的姐儿！"——这才是真的金玉姻缘（薛家那是假金）。（"金玉"一段公案，也有真假两面，详见《金玉之谜》。）

以上八点若已明白，自然就会悟到雪芹原书匠心苦意，全不似程、高妄笔改窜续貂之置湘云于"无何有之乡"——那真是彻底歪曲了雪芹的心灵，破坏了雪芹的笔墨。

既然如此，有一事就值得注意了：即很多记载都说有一《红楼梦》"异本"或"真本""原本"，其八十回后，与今所流行之程本全不相同，最后是宝、湘结为夫妇。

杭州大学的姜亮夫教授，传述了一则极其引人入胜的宝贵线索（载《我读〈红楼梦〉》）。我如今全引这节文字，因为本来就不长，以免读者欲窥全豹时检觅之劳——

> 我读过一个《红楼梦》的稿本，里面曾说，宝玉后来做了更夫。有一夜，他过一个桥，在桥上稍息，把他手中提的一盏小灯笼放在桥边。这时，桥下静悄悄的，有一只小船，船内有两个女子，其中一个探出头来，看见这灯笼，惊讶地说道："这是荣国府的夜行灯啊！"就更伸出头来看这桥上的人，看了又问："你是不是宝二哥？"桥上的答道："你又是谁？"那女子说："我是湘云。""你怎么会在这儿？"湘云说："落没了，落没了！你又怎么会在这儿？"宝玉答道："彼此彼此！"湘云哭着说："荣国府是全部星散了，没有一个不在受苦的。你当更夫，我在当渔妇呢！"便请宝玉下船谈话。船中另一女子是湘云的丫头。"我现在便只这一个忠婢跟着我了！"（汝昌按：必是翠缕也。）原来湘云也早已无家了。谈了一会，宝玉便坐着湘云的船走了，以后便也不知去向。（《我读红楼梦》第260页。着重点是我加的——汝昌）

姜先生并说："红楼梦又名石头记，也名金玉缘，这湘云身上本也有一块金麒麟，故名。"这本书，吴雨生（按当即吴宓，号雨僧）、张阆声先生都看过，所以都一起谈起过——那还是姜先生在清华大学读书时看的，但图书馆不是清华的，而可能是北京城里贝满女中或孔德学校的。（1980年2月5日述，姜昆武记为文字。）

我读到姜文，是1982年7月13日。读后简直高兴极了，因为和我推考的主旨（"金玉"的真意义）全然吻合，而其具体情节，又如彼其动人，则是谁也想象、编造不出来的！

　　姜先生是学者，态度谨严慎重，故题目称他所见之稿本为"续书"。我早说过，这种异本，纵使不是雪芹佚稿，也只能出自他的至亲至近之人，是代他补撰的，因为局外之人万难有此可能。

　　现在，我该讲一讲我怎么理解这段故事的来龙去脉了。

　　原来，这段故事的伏脉千里，早在第四十五回中叙写得十分隐约而又显著——可谓奇情奇笔，迥出常人意表！

　　何以言此？你看"风雨夕"这回书，秋雨淋涔，黛玉正自秋绪如潮，秋窗独坐，已将安寝，忽报：宝二爷来了！这全出黛玉之望外！到宝玉进来，看时，却见他是穿蓑戴笠，足踏木屐——她头一句话便笑道：

　　　　哪里来的渔翁！

及至宝玉将要辞去，说要送她一套蓑笠时，她又说道：

　　　　我不要他！戴上那个，成了画儿上画的和戏上扮的渔婆了！

及至宝玉真走时，她又特意拿出一个手灯给宝玉，让他自己拿着——这一切，单看本回，也就够情趣满纸、如诗如画了，却不知作者同时又另有一层用意。雪芹的笔法，大抵如此奇妙。拿他与别的小说家一般看待，来"一刀切"，事情自然弄得玉石不分，千篇一律了。

　　读者至此可能疑问：这不对了！原是说湘云的事，才对景，怎么又是"伏脉"伏到黛玉身上去了呢？

　　须知这正是湘、黛二人的特殊关系，也就是我说的，湘云是黛玉的接续者，或是叫作"替身"，她二人名号上各占一个"湘"字，本就是暗用"娥皇女英"的典故来比喻的。晴雯这个人物，是湘、黛二人的性格类型的一种"结合型"，所以她将死时，海棠（湘的象征）预萎；及至死后，芙蓉（黛的象征）为诔。因此之故，雪芹巧妙地在黛玉的情节中预示了湘云的结局。这并非"不对了"，而正是"对了"。因为这样相互关联是雪芹独创的艺术的特殊手法。

那么，雪芹书中除此以外，还有别的印证之处吗？

有的。请你重读芦雪广雪天联句中湘云等人的句子吧。湘云先道是：

　　野岸回孤棹；

宝玉后来联道：

　　苇蓑犹泊钓；

湘云后来又联道：

　　池水任浮飘；
　　清贫怀箪瓢；
　　煮酒叶难烧。

这之前，湘云还有一句引人注目的话：

　　花缘经冷聚。

请看，无论孤舟回棹，还是独钓苇蓑，还是花缘冷聚，都暗指宝、湘的事。而池水浮飘，是说黛玉的自沉。至于清贫烧叶，则是黛玉在嘲笑宝、湘二人吃鹿肉时已经说过的：

哪里找这一群花子!

这正是记载中说的宝、湘等后来"沦为乞丐"的事了!处处合榫对缝者如此,宁非奇迹?

特别有意思的,还在一点:"渔翁"二字,在"风雨夕"一见之后,也是到了芦雪广这一回,再见此词——

(宝玉)披了玉针蓑,戴上金藤笠,登上沙棠屐,忙忙的往芦雪广来……众丫鬟婆子见他披蓑戴笠而来,都笑道:"我们才说正少一个渔翁,如今都全了!"

你看,雪芹在此,又特笔点破宝玉与渔翁的"关系",何等令人惊奇——当我们不懂时,都是"闲文";懂了之后,才知他笔笔另有意在。雪芹永远如此!

末后,我再引一首香菱咏月的诗,看看有无新的体会?——

精华欲掩料应难,影自娟娟魄自寒。
一片砧敲千里白,半轮鸡唱五更残。
绿蓑江上秋闻笛,红袖楼头夜倚阑。
博得嫦娥应借问:何缘不使永团圆?

这首诗很奇特。颈联二句,须联系第二十八回冯紫英在酒令中说的"鸡声茅店月",第六十三回黛玉在酒令中说的"榛子非关隔院砧,何来万户捣衣声"。这关系着他们后来的悲欢离合的许多我们还不清楚的情节内容,须待逐步探讨。腹联二句,上句是指宝玉已明,下句正是指湘云——

我在上文不是刚好指明"凭栏垂绛袖"的那个海棠象征，就是湘云吗？

一切是如此密针细线，又无限丘壑迷离，光景凄艳，实非一般人的才智所能望其万一，慧性灵心，叹为观止！

宝、湘二人渔舟重聚，是否即全书结末？今亦尚不敢十分断言如何。"秋窗风雨夕"这回书是第四十五回，"五九"之数；"寿怡红群芳开夜宴"是第六十三回，"七九"之数。都是大关目。（雪芹的独特构局法，每九回为一大段落，全书共十二个九回，即一百零八回。）依此而推，宝、湘重聚，似有两个可能：即在第九十九回，"十一九"之数；或者一百零八回，"十二九"之数。但这一点究竟如何，也还是不敢断言，只是我个人的一种推考之词，供读者评判而已。

说到此处，这才是我所谓"《红楼》别境"之意，我们的思路，我们的"境界"，我们的目光和"心光"，都要在相沿已久的程、高伪续"悲剧结局"的模式之外大大改变一下，这才是逐步接近雪芹本真的必由之路。

第十层

《红楼》索隐

【分 引】

"索隐"是古人为太史公司马迁的《史记》作注解的用语，不料有一派"红学"因考索《红楼》一书中所"隐去"的"真事"，被人称为"索隐派"，又因此派考论时所用方法是很离奇而超出了文学艺术的合理范畴，大多数学者不予赞同，于是"索隐"便成了一种贬词。拙见则以为：既有"隐"，须当"索"，不可以"名"害"义"；我试对书中若干词语作些注解，而方法不同于旧时的"索隐派"，故特标名曰"新索隐"。

诗曰：

> 有隐何妨一索，须防陷入歧途。
> 若果言真成理，原为助解良图。

义忠亲王老千岁

老千岁者，东宫太子也。康熙大帝得次子胤礽，两岁即立为皇太子，后封理亲王。"义理"相关，故化称为"义忠"。老千岁的"老"字也另有语味——藏有一个"少千岁"，即胤礽的长子弘皙。

义忠老千岁后来"坏了事"，立而废，废而立，最后救不得，但雄心不死，壮志长存——他通过一名医士秘密传信息；时常算命打卦，问："我还升腾否？"

雍正叫胤禛，用计毁了哥哥太子，谋篡了帝位，整个皇族都气愤不服，胤礽更甚。

所以雍正是假，胤礽是真。雪芹的"真假论"，也包括这方面的内情——假的倒斥真的为"假"。

不幸，曹雪芹家本是康熙家奴，立了太子，当然也就是胤礽的家奴，他们得给太子府里当差办事，那关系可就太密切了，也就感情深厚了。

雍正极忌胤礽，怕他"复活"做真皇上，自己假的要大露马脚。曹家是"太子党"，不会"同情"于假皇帝，于是也嫉恨曹家——因他们尽知"根底"。

老千岁"坏了事"，曹家也就倒了霉，避都避不及，逃也无处逃。

南巡时，坏人阿山、噶礼等进谗，太子（南巡的实际主角人物）要杀"陈青天"（鹏年），曹寅力救而免，就是曹寅在"小主子"跟前的情面。

219

义忠老千岁的棺木，是薛蟠之父从"潢海铁网山"带来的，无人敢用——给了秦可卿。

冯紫英忽陪父亲"神武将军"冯唐远赴"铁网山"去打围，往返费去一月的时光。冯紫英"上次"还打了"仇都尉"的儿子。

隐隐约约，事故麻烦，形势非常，不知何因？

"潢海铁网山"是"假语"，其实就是辽海铁岭。在明为卫，康熙设县，曹家关外祖居地，被俘归旗即在此地。铁岭明清有大围场，康熙曾在此打猎。

雪芹的笔，半含半露，告知读者：义忠亲王老千岁的事是祸根，不是闲文赘墨。

老千岁被囚死后，少千岁弘皙要报仇——报在雍正安排好的弘历（乾隆）身上，就暗组了小政府，联络皇族多人，要推翻乾隆。

这回曹家又受了挂累。弘皙也"坏了事"，于是才有雪芹一生所经的二次抄没，家亡人散。

——这才是作书的"真事隐"。（"索隐派"也知此种传闻，但他们却把宝玉解为"传国玺"，将袭人讲作"龙衣人"，以为这是"争位"的"影射"云云。这就是"索隐"方法与历史考证的根本区别！）

诗曰：

千岁亲王老义忠，曾随银驾住东宫。

铁山潢海谁行猎？怕有遗思在卷中。

雪芹婉笔刺雍正

雪芹自云，写书不敢涉及朝政，书中诸人皆是臣忠子孝……此乃"此地无银三百两"也。据我看来，他骂雍正篡位，至少就有三处痕迹。

一是在维扬郊外酒店里，贾雨村巧遇冷子兴，二人对话，话题转到"正邪两赋"之人，于是又引出冷子兴问道："依你说，成则公侯败则贼了？"雨村答曰："正是此意。"

这"意"是什么？就是胤禛诡计夺位，成了皇帝，而他的骨肉手足以及不忿反抗的大批皇族贵戚，都变为"不忠不孝"之人，都成了"奸党""逆臣"。胤禛本是"雍亲王"，特名年号曰"雍正"，表示自己才是"正"宗正根——本来成语是"成则王侯败则贼"，雪芹故意将"王侯"改"公侯"。这手法将是避嫌遁祸，实则"欲盖弥彰"——人人都会在此一停，思忖为何不用"王"字？

第二处就是《好了歌》。此歌四"股"，分为"禄、财、妻、子"。此乃旧时的人生目标（或迷障贪恋），其首"股"云："古今将相在何方？荒冢一堆草没了。"

这儿，又出现"将相"——其实是不敢明写"皇帝"，只好以"相"代之。是说雍正费尽了心机（还发了百万言的自辩自表的"谕旨"），也只坐了十二年的宝座，篡夺了人间的亲情珍宝，终归是草没尘埋而已。

第三处是人们诧异的一段"颂圣"的文词，奇怪如何雪芹会出此俗文败笔——甚至有人疑是他人所妄加。

其实，雪芹的笔法狡狯之至。他说：凡做皇帝的，必仁必圣，那"天命"方让他独当此位。所以，若他"不仁不圣"，那天命也就归不了他了！

这是骂语巧说。这全是痛斥雍正不仁不圣。

但为何单标"仁""圣"二义？

不是别的，正是他家怀念的"先皇"康熙大帝，老皇上。因为，老皇的"庙号"正是"圣祖仁皇帝"！

雪芹是向读者宣言——好一个不仁不圣的假冒皇帝——天命会归于他吗？绝无此理。

我揣度，八十回后佚文中，还会有骂雍正的妙文。是雍正害得雪芹家亡人散，无衣无食，流落荒村，贫困一生。

【附记】

"王侯"是成语原文，"公侯"是避忌变改。作"王侯"者，"甲""庚""舒"三本；而其他七本皆作"公侯"。此岂某一本偶然之异？其缘由有二可能：①雪芹初稿作"王侯"，后方改为"公侯"避祸。②本作"公侯"，抄整者不明雪芹用意，以为"误"字，反改"公"为"王"了。

《好了歌》的"文法"，已有多人引来旧有相仿韵语歌词等，以为"有所本"。我记得京戏《花子拾金》也有此体，如："干个什么好（呢）？开个××铺（子）好！——哎呀，那个玩意儿我也干不了！"如此反复多次，亦"好了歌"也。

"双悬日月照乾坤"

"双悬日月照乾坤"这句话,是由谁口中说出的?是史大姑娘湘云小姐。在金鸳鸯三宣牙牌令时,除了贾母和薛大姨妈两位老太太之外,姑娘们当中参加这次盛会,第一个行令的所说的第一句话就是"双悬日月照乾坤"。

这句话出典来自何处?来自大诗人李白,他作的《上皇西巡南京歌》十首,其第末首云:

> 剑阁重关蜀北门,上皇归马若云屯。
>
> 少帝长安开紫极,双悬日月照乾坤。

这写的什么内容?是"天宝十五载六月己亥,禄山陷京师。七月庚辰,(明皇)次蜀郡。八月癸巳,皇太子即皇帝位于灵武。十二月丁未,上皇天帝至自蜀郡;大赦,以蜀郡为南京"。

请注意:这是"两个皇帝"的一则典故,所以比作"日月双悬",非常之奇特。

雪芹为什么要运用这个典故?原来,书中正隐含着一层"两个皇帝"的政治事件,这事件与贾府生死攸关。

雪芹用笔,从无"单文孤证"之例,处处皆有起伏映照,前后呼应。如有人认为湘云开口说了那一句诗是单文孤证,偶然现象,并无意义可言，那么请他看看这一串词句吧：

> 双悬日月照乾坤；
> 日边红杏倚云栽；
> 御园却被莺衔出。
> （以上湘云所说）

> 双瞻御座引朝仪；
> 彩杖香挑芍药花。
> （以上黛玉所说）

我要着重地提醒读者诸君：你看，全部书中什么时候雪芹曾用过这么些一连串的涉及皇帝的事情的故实？如今一大回书中写黛、湘这二位最关重要的女主角的酒令时，却集中地使上了这么些皇家词藻，凡稍能知悉雪芹之超妙笔法的，难道还会不明白这儿定然有他的用意存焉吗？这可不是什么单文孤证、偶然现象等可以为之辞的事情。"双悬日月照乾坤"为始，"处处风波处处愁"为继（宝钗酒令），尤其令人注目。所以我们该当思索推求其中之故了。

　　雪芹的笔，绝不苟下，处处有用意，句句有牵引，不过粗心者往往视而不见，见而不明罢了。总是用读别人的小说笔法的眼光来读雪芹的书，就更难理会这种高明超妙的艺术手法。《石头记》有一个特点，就是凡在前面只予东一鳞西一爪，粗笔勾勒点染，隐约于"幕后"为多的人物，其作用与重要性不显于读者心目中，以为"次要""陪衬""杂见""偶及"的笔墨角色，愈到后半部才愈加显示明晰。这类人物有一大串，本文也不及逐一详叙，如今只从一个北静王说起。

　　北静王，他有甚重要？他的重要，全在他与宝玉的关系。昔者大某山民（姚燮）之评语曾说过：

> 北静王为玉哥生平第一知己。

这句话可谓一矢中的，洞穿七札，山民是有眼力的。宝玉一生的好友，如蒋玉菡、如秦钟、如柳湘莲、如冯紫英，身份贵贱虽各不同，但最"高级"的也只是少爷公子之流；若论王侯，其贵势威权仅次于皇帝的，则唯有北静王一人。是为特例特笔，而凡写北静王的地方，读者却又多是轻轻看过，常在"似注意、不注意"之间。

北静王何等样人也？这个你得细玩雪芹文义。他的"介绍"着墨也是不肯多的，只言：

> 原来这四王，当日惟北静王功高，及今子孙犹袭王爵。
>
> 小王虽不才，却多蒙海上众名士凡至都者，未有不另垂青目，是以寒第高人颇聚。

再不用多，只这两条，熟悉清代史的，大概就已明白其中有事了：盖宗臣旧勋，功愈高，得祸愈速；而家里"高人常聚"的，最是一种不安静、不守分，犯忌惹事的祸端。这种情形从康熙朝就已成为诸王的风气，到雍、乾之际，更是如此。其现象是常聚高人，其实质是招致人材，培植势力，内核是政局上的斗争——再看雪芹怎么写宝玉和北静王的关系，事情就一步步地显示清晰了。如今我再提醒读者一下，你有没有注意过书中所写"王爷一级"的各种事故？如果你未曾留心或者根本看不出什么，那就证明你对雪芹的笔法还缺少理会，那样而读《石头记》，常常是买椟还珠。

雪芹在全部书中，早早地设下了一条关系重大的伏线，其事恰恰就在"王爷一级"上。第一次是因书中第一名贾家先死的少妇秦可卿之病,之卒,之殡,伏下了许多事故。秦氏是什么人?是向王熙凤宣示不久即将有大祸临头的人,也是第一次念出了"三春去后诸芳尽,各自须寻各自门"的人!她一之死,先就因选觅上好棺木而引出一个"坏了事"的"义忠亲王老千岁",然后就来了这位特别亲自路祭的北静郡王!第二次是因荣府死去的第一名丫鬟金钏事件,以致宝玉被笞、几乎丧生的大风波中出现的一个"忠顺亲王府"!

事情的麻烦由哪里可以窥悟一二呢?

贾政一听说是忠顺王府来了人,就惊疑不小,心中暗忖:素日并不与他来往。少刻,他斥骂宝玉说:

> 该死的奴才!你在家不读书也罢了,怎么又做出这些无法无天的事来!那琪官现是忠顺王爷驾前承奉的人,你是何等草芥,无故引逗他出来,如今祸及于我!

毫无疑问,这个"忠顺"王爷实是宝玉一生的一个凶煞恶神,命运之仇家,精神之敌对。但令人吃一大惊的是,那蒋琪官初与宝玉相会,赠与他的那件奇珍:茜香国女王所贡的那条大红汗巾子,却是"昨日北静王给我的"!

原来,北静王才是"勾引"忠顺王驾前宠幸之人的"先进"!琪官胆敢逃离本府,原是有"后台"的呢!

如今,就可以看看这个北静王与宝玉的关系,又是如何了。

首先是北王与贾府的关系也应理解清楚:原来他们两家"当日祖父相与之情,同难同荣,未以异姓相视"。这是什么话?懂得清代历史的,不是立刻就又会明白:这说的正是满洲皇族中有与汉姓人氏曾经生死与共的情谊吗?"异姓"正指满汉主奴之别,是清代特用语——由此也就明白：他们之间的要紧人物如果"坏了事"，也定然是一案相连，彼此"同难"的！

书中写北王家与贾家之密切，还有特笔，就是当一位老太妃去世办丧之时，在"下处"寓居的，独独北王家与贾家两院相邻，彼此照应。也就是说，他们的命运总是连在一条线上。

至于宝玉，对现下袭爵的"年未弱冠，生得形容秀美，情性谦和"的北府小王，"素日就曾听得父兄亲友人等说闲话时，赞水溶是个贤王；且生得才貌双全、风流潇洒，每不以官俗国体所缚。每思相会，只是父亲拘束严密，无由得会……"那北王对宝玉恰好也早已"遥闻声而相思"——正说明是一流人物，"正邪两赋一路而来之人"也。北王亲口向贾政说了话，要宝玉常去相会，自然不敢违拗，从此宝玉就是北府之小客人了，形迹日亲日密——不过雪芹在书中总是东鳞西爪，点染勾勒，不肯以正笔出之罢了。

在雪芹原书中，"虎兕相逢"，两雄较量，元妃致死，贾府败亡——正是"王爷一级"的政治巨变的干连结果。

有一位读者向我说："北王写得就像个小皇上。"一点不差。在清史上，乾隆四、五年之时，正有这样一件特大事故发生，那一次，废太子胤礽之子弘皙，已经成立了内务府七司衙署等政治机构，实际上自己登了皇位——要与乾隆唱对台戏，并且曾乘乾隆出巡之际布置行刺。怡亲王之子弘皎（宁郡王）等也在内。很多人都在案内牵连，并且也涉及到外藩。这恰恰是"双悬日月照乾坤"的背景。

雪芹惯用闲笔，于漫不经意之处特加逗漏的。还有一回书，即第七十二回叙凤姐因理家事重、财力日艰，自言恐不能支，说做了一个梦，梦见另一个娘娘派人来向她索要锦匹，并且强夺。这也是"两处宫廷"的暗示。

在雍正时，他回顾往事，就说过诸王作"逆"时，是罗致各色人等，包括僧道、绿林、优伶、外藩，西洋人……在乾隆四、五年大案中，恰好也是如此。明乎此理，则仔细体会一下雪芹之笔端的蒋玉菡（优伶）、柳湘莲（强梁）、冯紫英、倪二、马贩子王短腿……隐隐约约，都联在一串，都是后来"坏了事"的北王这一面势力旗帜下的人物。宝玉、凤姐落狱，一因僧，一因道，又颇有下层社会人等前往探望营救。

"三春去后诸芳尽"，正是这个"双悬日月照乾坤"的总结局。

雪芹原意在于传写闺友闺情，本不拟"干涉朝廷"——但写这些闺友的惨局，又无法避开朝廷时世，所以他才在书的开端再四声明表白：我本意原不在此，但既忠实于生活经历，就不能不用隐约之笔也让读者看出这层缘故。——此意历来评者也并未能见真而言切。

正因八十回后涉及了上述之事，朝廷（获胜者）当然是不许不容的。将八十回后雪芹真书砍尽焚绝，另续假书四十回，目的何在？就为此故。迷恋伪续，为程、高高唱赞歌，打抱"不平"的，当此纪念雪芹220周年祭的时候，也许还在庆幸：多亏程、高，关切雪芹残书，为之完卷，功高德厚，是雪芹的大恩人吧？

"一僧一道"索隐

娲皇炼遗之石，如何能投胎下凡，成为怡红公子，全由一僧一道，施以幻术，化为美玉，又复携到"太虚幻境"挂了号，"夹带"在一桩"还泪"的奇案中（本是"绛珠之草"为酬赤瑕宫神瑛侍者灌溉之恩，此与青埂峰下不能移动"施礼"之大石，全然无涉），方得混入红尘"荣府"。而在雪芹原书中，此后凡遇劫难时，此僧道尚屡屡以"幻相"出现——所谓幻相，即相对于真相而言。真相如何？文云"骨格不凡，丰神迥异"。其状貌又是怎样呢？有诗题曰：

> 鼻如悬胆两眉长，目似明星蓄宝光。破衲芒鞋无住迹，腌臜更有满头疮。（僧）
>
> 一足高来一足低，浑身带水又拖泥。相逢若问家何处：却在蓬莱弱水西。（道）

在这儿，就隐藏下无穷的奥妙了。如今试为解说——如无所解，那么作者雪芹从头至尾，设此"二仙"，意义何在？有什么必要与重要可言？岂不成了大大的一段"闲文""赘笔"？雪芹大才，焉能落此"俗套"？

此二诗见于第二十五回，因宝玉、凤姐叔嫂遭邪术暗害，势力垂危，忽有僧道相救，此为"二仙"之第二次以幻相出现（首次是甄士隐所遇）。但前文早已写明僧是癞头，道是跛足。此两大特征，便隐涵了无穷的奥秘。我久蒙世人称号为"考证派"，其实他们识力不高，看不清我自一开始就是一个"索隐派"，只不过所"索"之"隐"与蔡元培、王梦阮等前贤大不相同而已（拙著《红楼梦新证》沪版本有《新索隐》一章，此外所揭之隐实在数量甚多）。

按我的拙见，僧是隐"佟"氏，道是隐"李"家。理由何在？盖此二家，关系于曹家及雪芹之命运者至巨极重，故"贾宝玉"此石此人的来由，是在他们身上。

佟氏历史分明，明将佟养真之子佟盛年，满洲名字叫作"图赖"，早先写作"秃赖"（见《大金喇嘛宝记》碑阴署名）。秃赖者，汉字之音义即是秃头无发而生有癞疮之人。而"佟"姓又曾为人误写为"童"，童亦秃头之义也。

佟秃赖家与清皇室是世代姻亲，远的不说，他的女儿就是顺治之妃，康熙帝之生母（后封）孝康太后者是也。孝康的二侄女又皆为康熙的妃嫔宫眷，故盛年之孙名叫隆科多者，实为康熙的表弟兼内弟——而康熙的一个公主又下嫁为隆科多之子名叫舜安颜的"附马爷"。故雍正阴谋夺位后一直称隆为"舅舅"（此已变为官称，不是私亲之义了）。

佟家与曹家在关外时即老亲旧友，佟太后又选拔了曹玺之妻孙氏为小康熙的保母（抚育教养的嬷嬷）。曹家由此方有 60 年的富贵荣华的家史宦迹。

再说那道人，跛了一足，不能行走，必须拄拐——这实际上是借了"八仙"中铁拐李的"形状"来隐"李"姓。李即李士桢、李煦、李鼎他们祖孙一门，是与曹家同荣同难的至亲——亦即雪芹书中的"史侯"史鼎家。

那么，诗言"相逢若问家何处？却在蓬莱弱水西"又是什么隐义呢？

原来，李家本是山东昌邑人，明末清兵入关劫掠，至山东围昌邑，掠走了姜家男童，后为正白旗的李西泉收养为义子，遂改姓李。李姓是道家始祖老聃之姓，故李唐一朝特尊道教。

蓬莱本是东海"三神山"之名称，但山东海边正有蓬莱这一地名之联系。此隐鲁东昌邑一带的祖籍之义也。

至于"弱水西"，则更为奇妙。表面看来，蓬莱与弱水，极东极西之地，万里相隔，那诗句就"不通"，就叫"荒唐言"以为解释吧。殊不知，弱水有好几个，其中一个正在辽东（满族人的老地方）。

弱水的考证，计有五个：《书·禹贡》《史记》《汉书》《后汉书》《山海经》，皆有此水之名，而非一河。据考五弱水中四个皆在西陲，甘肃、青海、西宁、條支等处各有一弱水。唯独《后汉书·东夷传》记载，夫馀有弱水，而夫馀古地在今吉林与辽宁接壤一带，即明清时的"辽东"地理概念范围也。

所以，跛足道人者，实隐姓李之人，原为鲁东籍，后到辽东为旗人。

而这个"李"家的"义祖"名号"西泉",是以"弱水西"的西字,也着落在此。"貌似"不通的诗,都非荒唐假语,一一俱语实指。

至于拙考,书中的王家,实即佟家。

《红楼梦》中有根源
——潢海铁网山樯木考

第十三回秦可卿之丧,贾珍寻上等棺木,薛蟠来荐,他家木店里存有"老千岁"要的"樯木"板,出自潢海铁网山,"先父带来的"。铁网山一名,再见于第二十六回,冯紫英口中。

今考潢海,即"辽海"的变词。古潢海,即辽河。辽河之西源出古北口外五百余里,一直东流,沿途受北、南三条河水,至开原西北,会克尔素河而入边,是为辽河。潢水蒙古语称喇穆楞①。复考康熙二十一年,自开原至铁岭途中行围,其地名"三塔堡"(今名"山头堡"),在铁岭城北。此一带即明朝的辽海卫(在昌图),正属"潢海"。

冯紫英随父至铁网山打围,"三月二十八去的,前儿(四月二十四)也就回来了"。是自京师至辽东二十多天的旅程往返,正合铁岭方位。

从薛蟠语气可知,他家是辽北人——也许即是铁岭人。

"铁网山",铁岭之化名,已可论定。

---

①潢水名(清一统志)辽河。其西一源,即锡喇穆楞河。源出古北口五百余里克什胜界内之伯尔克和尔果。东流经口外诸蒙古驻牧地。北受哈喇穆楞河。南合罗哈河。又东南至开原西北边外。会克尔素河。入边为辽河。锡喇穆楞,即古潢水也。

附：

"樯木"考

雪芹在书中特笔点出"潢海铁网山"，又复写明：此山出"樯木"，又是清府"打围"的地方。

据此，已然考明：潢海即辽海，因辽河上游之西辽河本名潢水，而"辽海"是明代于辽北的名称，在今昌图县（铁岭地带），而此地辽河常常泛滥，附近形成汪洋"泽国"，故土人呼为"辽海"，并有"辽海屯"之地名（参看《沈故》《清史稿·地理志》等书）。潢水，蒙古语谓之"锡喇穆伦（或记音作楞）河"，长千余里。

铁岭以北有"三塔堡"（今为"三头堡"）是打猎的围场；还有其他围场——故书中特写冯紫英到此围，往返近一月之期程（铁岭距京师约 1500 里也）。

是故"潢海铁网山"者，实即"辽海铁岭"之变词隐语——"铁山"即"铁岭"不言而喻。"网"字揳入寓"罗网"围猎义，又借佛经"铁围山"一词而互为照映之文字妙法也。

然后再看：薛蟠对贾珍讲的一席重要语言：

一、"樯木"（棺木料）产于潢海铁网山；

二、其父带来（为义忠亲王所留）；

三、帮底厚八寸；

四、纹若槟榔，味若云檀麝，扣之叮如金玉；

五、作了棺材，万年不坏。

此种特点，表明所谓"樯木"者，又实即铁岭所产之巨楸木是也。论证理由如下：

第一，据康熙十年、民国四年《铁岭县志》，物产所列之木类皆有楸木。民国十六年县志又云："结实者曰果松，无子者曰杉松，脂多者曰油松……楸木，可为枪杆、船桨；质坚韧。"

第二，《中华大字典》引《说文》楸字，王注谓始见于《左》襄八年传，字作"萩"，而《山海经》作"槱"，故知"楸"字始于周、秦之间。又引《本草纲目》："楸有行列，茎干直耸可爱。"

第三，楸，即梓之赤者，亦见上引字书所列。

第四，梓，自古为棺木良材，始见于《后汉书·明帝纪》"梓宫"注，谓"以梓木作棺"是也。

第五，据铁岭学者李奉佐函告：果松俗呼红松；楸木俗呼野核桃树。皆宜做栋梁、棺材、家具。大者径二三尺，今已罕见。

第六，据《本草纲目》之（释名）《集解》，论析至为详悉，今不繁引。李时珍大师结论云："梓树，处处有之，有三种：木理白者为梓，赤者为楸。梓之美文者为椅。楸之小者为榎。诸家疏注，殊次分明……"

综上可知：《红楼梦》中所写之"樯木"，实即梓楸之一种特佳者，"纹若槟榔"，是"椅"之"美文"特征。"茎干直耸可爱"，正是桅樯之势。"作枪杆"，是其细者；"作船桨"，可见与船事有关；作棺木，又正是《红楼》此一情节之主题——可谓无一不合，丝丝入扣。

按《大字典》引陆玑诗疏，楸之疏理白色而生子者为梓。《埤雅》云："梓为百木长。"故呼梓为木王。罗愿云：屋室有此木，则余木皆不震。而李时珍亦云：木莫良于梓。可见楸梓在众木中其位尊而其质良。

楸性坚韧，茎干直耸，细者可做枪杆，则粗大者正可做桅杆，故雪芹变其名曰"樆木"。纹若槟榔，指色赤而有纹理，是楸而非梓之证。至于李时珍谓梓"处处有之"，盖指一般较小者，字书引"藏器"云"生山谷间"，是则山上所生，又正合"铁网山"所产之叙义。

雪芹笔下的樆木，当为三四百年前的一种特佳的树种，故为罕得之品。书中薛蟠追忆，此"梓宫"良材是他"家父"从潢海铁网山带来，又可知其乡邑必距此"海"此"山"甚近，或即其原籍之地。

这一切，在"小说"中为有意变词寄意，不欲直言；而在考索所隐之真事者视之，恰恰是极为重要的真实线索——亦即所寓史迹的"窗口""阶梯"。

综上所述，雪芹笔下写及铁岭历历分明，可供研考祖籍时作为一项不可忽视的文献资料。

"护官符"考释

贾不假，白玉为堂金作马

甄生贾姓巧谐真假二音，见于宋人王明清《挥麈后录》："甄待制即真待制，贾机宜即假机宜。"此书宋刊本为曹楝亭（寅）先生旧藏，卷首有印记为证。雪芹应能得见祖父手泽而于此启其甄贾二府之文思。

"玉堂金马"为汉代古语，人所易知；雪芹用之，表面似写其富贵，实则有隐寓——

"玉堂"之前暗伏一"汉"字。盖玉堂金马，汉之典故，一也。

雪芹特书"白玉"二字,又用"汉白玉"之语。

"汉白玉"又有二义:一是骨董行术语,谓古白玉为汉白玉,因汉以前之宝玉多重青色黑色,如禹之玄圭是例。自汉通西域,和阗白玉始入中原,以其难得,故特珍贵。二是燕山所产白石,名曰"汉白玉",石而似玉,即古之"燕石乱玉"一典之由来也。

"金作马"之金,隐指金国(明末满族所建国名,史家为别于宋代之敌邦金国,谓之"后金",与原来历史本名无涉)。"马",隐满语"奴仆(男性)"一语中之包衣"捏儿马"。又兼汉语做牛马服役之义。

合言之,即意为贾家本非假托之族,其先乃汉之相国(如曹参),而后来金国灭明,后裔沦为金人之奴隶(包衣,马尔哈)。

东海缺少白玉床,龙王来请金陵王

此"东海",非指黄海以南的江浙东岸的东海,是指渤海的东端,即古之所称"辽海"。

康熙时诗人毛奇龄(西河)《送出塞》七律二首,第一首起句云"辽阳迁客海东头"(律诗不许复字,故不能有两"东"字,"辽阳"乃"辽东"之"变词");第二首收句又云"相思只待秋风早,看汝征篷海上还"。可见辽东一地,自陆路言,谓之"关东";而自水路言则曰"海东"。

是以,雪芹以"东海龙王"指满洲"汗王"(努尔哈赤……)。汗王很愿招一汉人为女婿,第一位"额附"(驸马)即佟养性;而至(佟)隆科多之子舜安颜还是雍正帝的"东床快婿"——"东海缺少"的"白玉床",即隐"东——床"二字,不然,为何单下一个"床"字?(璋、璜、梁、墙……都可以押韵凑句。)

此明射"佟半朝"佟家。

"金陵"在雪芹笔下也是一个复义词:①谐"金铃",楝树子的名称。

②指沈阳，金国与清国先人的陵墓所在地。③指房山县，宋时金帝陵寝所在地。④指遵化（州，辖县丰润），乃清朝帝后的"东陵"。

佟氏本汉人，后充满族。其祖居佟佳，迁开原，又迁抚顺——抚顺为明沈阳中卫的一个千户所，故为"金陵"地界。

除了"驸马"一证之处，还有二证三证："护官符"本句，"甲戌本"有原双行批注"都太尉王公之后"。又书中正文写王子腾为"京营节度使"。

按清制，掌握京城启闭、宫禁安全的军权的最高长官是步军军统领，通俗名称是"九门提督"。此即"京营"的"节度使"；而"太尉"是古代武官之首位，亦即"京营""统领"的变词。

凡此，非佟家莫属，可以证实。

阿房宫，三百里，住不下金陵一个史

这句的关键字是一个"房"与一个"里"。"里"暗谐"李"音。"房"借隐房山县，此地为"金陵"所在，李煦家墓地及后代族人为此地一大支脉，至今仍能从传说知为"制造府"（"织造府"之讹）。

"阿房宫"隐金国在房山的寝宫（陵墓）。以秦喻金。阿房之房读如"旁"，在此借用，可不拘论。

（老子李耳，为楚国柱史，史隐李姓。）

丰年好大雪，珍珠如土金如铁

待考。也有一些线索可资寻绎：如"丰年"，佟盛年（图赖）之兄也，"好大雪"乃"冬"日之事，与"佟"相联——王夫人与薛姨妈本是佟氏姊妹。薛家以经商为主（无官职），除"恒舒"当铺之外，屡言有一

处"店"，此店储存"坏了事"的"义忠老亲王"（胤禩、胤禟）的棺椁木料，可见为木行。木行的货源在京津地带，一概来自关东。而此"樯木"产在"铁围山"，此山即是神武将军冯唐之子冯紫英与贵公子打猎的去处——也必在关东辽东、吉林之地无疑。

总结："金陵十二钗"为四家女儿，此四家，有江宁，有沈阳地方，有京东地方，有房山县地。

【补记】

玉堂金马，注者引杨雄《解嘲赋》《三辅黄图》《史记·东方朔传》等书，说明是汉代建章宫的典故。曹氏汉代始祖曹参为汉相，故能"历金门，上玉堂"。此隐汉字之由来。此乃感慨祖上政治身份处境的巨大变化（世胄沦为奴隶）；这与强调满汉民族的关系无涉。我并不认为曹雪芹有"反满"思想（他的几门重要至亲友好皆是满族）。

由于运用了汉代建章宫的典故，紧接就又用上秦代阿房宫的古事与借名。这充分表明了雪芹写作时的文化联想，意味可寻，十分有趣。

阿房的"房"，应读如"旁"，但在此借谐，故不可拘本音变音。"阿"是"角落"之义，"阿房"似喻正殿本体的四旁，钩钩连连，还有很多说法。"住不下"，表面是说人口之众多，似乎又含有"容不得"的寓意。雪芹善于"一笔多用"，例不胜举也。

第十一层

《红楼》解疑

【分 引】

疑者，有两类：一为旧说相沿已久，视为定论而吾等却感到不无可疑之点，应重新再究；二是对于向来难解未定之问题，今世多有新解，而新解则诸说不一，莫衷一是。兹摘小例，试列一栏。

诗曰：

众说纷纭抉择难，不知张妥李为妥？
而今试作公平断，依旧群言之一端。

不求甚解说陶公，疑义相寻又自攻。
为学自应兼解惑，沿讹袭伪没称雄。

"龟大何首乌"

　　《石头记》第二十八回写宝玉向王夫人述说一个极其贵重费钱的药方，其中有一处"人形带叶参三百六十两不足龟大何首乌"，多种旧抄本皆同（"戚本""不足"作"还不够"，明是后改）。于是现有几家校订本都标点为"人形带叶参三百六十两不足，龟大何首乌"。

　　这样显系无可奈何的一种断句法，但问题得不到解决，尤其"龟大何首乌"更觉不成语义，令人讶异而发笑——因为龟有大有小，如何能成为一个"度量衡"的标准？龟有极小的初生者，有千年的巨大者；况且何首乌形状是"立形"，如粗大萝卜或蔓菁状的，又非扁平物，如何会与"龟"较量大小？实不可通。

　　早年与亡兄祐昌共作《石头记会真》时，在这个难题上费过脑筋，也找不到满意的答案。最初也只得遵从抄本作"不足"；但在按语中表明："不"似乎为"六"之讹字，"六足龟"，是珍稀品种，应即指此。

　　这种想法一直萦绕于心中。过了一个时期，终于据《大明会典》中的明文记载"暹罗国曾献六足龟"而恍然大悟，那处难解之文，实应读为：

　　　　头胎紫河车（胎盘），人形带叶参三百六十两，六足龟，大何首乌……

这就顺顺当当，毫无疑难之处了。

因此，再考过去坊间流行本，也得到了一种曲折的"参证"，即：藤花榭本、王希廉（护花主人）本、金玉缘本皆作"四足龟"。

"四足龟"本身亦令人发笑，龟有四足，又有何珍何贵？然而，这个"四"却毕竟透露了"消息"：那本应是个数目字。而一经查到"六足龟"，便茅塞顿开、恍然爽然了。

"六"误作"不"，是底本行、草书法之讹。至于"四"与"六"，也很微妙，因为从篆书上看，它们的区别只在一个"点"，"四"上无点，六则有之。如六字失点，即成四字。

现在，这难题应该依从"六足龟"而断句，不必再沿旧抄之讹了。

记得医家说，《山海经》记载"三足龟"，服之可终身无大疾，又可消肿，是一种珍药。那么可以推知，"六足龟"必亦另有奇效，故此列入那个特别费钱的药方了。

可供参证的还有六足鳖。这种奇物，几部古书皆有记载，说是其形如肺，而有四目六足；而且口中吐珠，故名为珠鳖。六足龟只见于《大明会典》，而六足鳖则《山海经》《吕氏春秋》《大明一统志》均有记载，说法一致，称产于澧水。

看来，配药的奇物中，应为"六足"的龟鳖是没有疑问了。

其实，六足龟的记载，在清代史籍中叙及域外进贡奇物时，也多次载明有暹罗进献六足龟的事实。据今生物学家云，此种龟是在尾部及左右后肢根部之间，长有几枚小趾状的发达鳞片，故得"六足"之名。由此可证，雪芹所作虽名曰小说，而种种事物，皆非编造虚拟，各有实证可查。

我认为，像这样的例子，性质较特殊，不宜再拘"版本无据"而

不予变通，应当改作"六足龟"，加上按语说明原文抄写致讹，就不为
鲁莽了。

诗曰：

> 虽云芹笔有新文，龟大首乌竟何云？
> 原是珍奇龟六足，启颜一快解疑纷。

为了林黛玉的眉和眼

如今的"红迷"们，大约谁也梦想不到我为了林姑娘的眉与眼所
受的那番辛苦和戏弄欺侮。

事从拙著《石头记鉴真》说起。写这本书时，不拟一开头就让读
者感到太专门太复杂，以致"望而却步"，就只用一个例子告诉大家：《石
头记》十来个抄本的异文之多，之"麻烦"，是一般人断乎难以想象的，
仅仅是"描写"林黛玉的眉、眼的这两句话，就有七种不同的"文本"！

如今再以此例为绪引，重说一下以前不及叙及的"故事"。

这就是，被人誉为"最佳本"的"庚辰本"，那文字是"两湾半
蹙鹅眉，一对多情杏眼"。这可太俗气了！曹雪芹怎么会出此败笔？一
直纳闷不解。再看"甲戌本"，却作"两湾似蹙非蹙冒烟眉，一双似□
非□□□□"，有空格待补定。可见才大如雪芹，竟也为了黛玉的眉眼
而大费心思。

既然还有阙文，又没有哪个人胆敢妄拟，这怎么办？1980 年夏到
美国出席首创的国际"红学"大会时，遇到版本专家潘重规先生，当时

只有他曾到苏联去目验一部久藏于列宁格勒（今已改名圣彼得堡）的古抄本，发表了详细的访书记，揭出了许多此本与他本不同的独特价值。我就盘算：也许此本中会能找到解决凤疑的好文字。

1984年隆冬，因受国家古籍整理小组负责人李一氓（大藏书家）的重托，亲赴列宁格勒去验看此本的价值，以便决断是否与苏联洽商合作影印出版。

原来，曹雪芹虽然大才，却因传写黛玉林姑娘的眉、目而大感为难，甚至有"智短才穷"之困，至以"甲戌本"上此两句（首句叙写黛玉容貌时）竟未定稿，留着显眼的大空格子——而其他抄本之不缺字空格的，却是后笔妄补之文，非芹原句也。（如珍贵的"庚辰本"也竟补成了"两弯柳眉，一双杏眼"！其俗至于此极，雪芹若见，当为怒发冲冠，或至愤极而哭！）

话要简洁：当我打开首册的第三回，先就寻找这两句话的相应文字。一看时，竟是——你万万想不到，那真使我又惊又喜，连一直站在椅子后面的苏联"红学家"孟勃夫先生也忘记了与他招呼道谢了！那两句是：

两湾似蹙非蹙罥烟眉，一双似泣非泣含露目。

我惊喜交加——不敢形于"色"，心里则一块石头落了地！我当时的内心十分激动：多年来寻找的真文这才如同"铁证"般出现了。（此前，诸本有作"笼烟眉""含情目"者，皆为妄改。"罥烟"喻柳，见于雪芹好友敦敏的《东皋集》，俗人不解，反以为误。至于"含露"，喻其目内常似"泪光"湿润，有文互证。而改成"含情"，尤为俗不可耐。）我心里说，既见二句，以下不必多检了，其"定品""定位"，已不待烦言细列了。

我一看，这才是在"甲戌本"尚未写定之后的唯一的一个补定真本。

244

此本价值无与伦比！

我当时的心情的实况是：太兴奋了！以致往下再看别处的异文，简直"看不见"了——就是觉得：有此一例足矣，往下不必再细究了。

在此说一下，"胃烟"一词，很多人不懂，其实恰恰就在雪芹好友敦敏的《东皋集》里的咏柳诗，就也用上了此一词语。

到此，林姑娘的眉什么样，眼又什么样，完全"定格"了。

为此两句，远涉万里，冰天雪地，也就不枉辛苦，不虚此行了。

现存于俄国的这个抄本，还有与"甲戌本"关系密切的良证，如第八回的回目，此本作"薛宝钗小宴梨香院，贾宝玉逞醉绛云（芸）轩"，这与"甲戌本"只差了两个字，即"小宴"，"甲戌本"作"小恙"；"逞醉"，"甲戌本"作"大醉"。这是迄今发现的抄本中与"甲戌本"最接近的例子，可谓珍贵之至，因为这表明"甲戌本"并不"孤立"；而且拙见以为"小宴""逞醉"都比"小恙""大醉"为佳。这是流传有自的力证，世间极罕。

还有妙例。如"甲戌本"第二十六回回目是"蜂腰桥设言传蜜意"，而此本则作"蘅芜院设言传密语"。"蜜意""蜜语"且不遑论，只看"蜂腰桥"却作"蘅芜院"，这就为"画大观园图"的难题提供了解答：原来，蜂腰桥、滴翠亭就在宝钗住处院门外，位置在"花溆"以北（偏西），这与黛玉的潇湘馆坐落东南，是两个"对角"——葬花冢即在东南方。那一日，一个葬花，一个扑蝶，相距甚远。

再如，这部存于俄国的抄本缺失了第五、第六两回（原抄皆应是两回一册），这一点亦是它与"甲戌本"关系密切的一个良证，正好证明了我推断最早的《石头记》是两回装为一册的。故每失一册，即缺两回。"甲戌本"是由此而残缺，缺回之数总是"2"的倍数。今此本恰恰也是"一缺两回"——这是其他抄本没有的现象，也是它年代在早的佐证。可惜此两回佚去，假如万一有复现之日，我估量第五回的判词、曲文，必有与"甲戌本"相互印证之处。又如"甲戌本"第六回"姥"字与"嬷"字杂出，说明早期稿本写作"嬷"，尚无定字——"姥"是个借字，本音是"姆"，俗用方借为"老"音也。

这次访书，李一氓老情意甚重，我以年大体衰，怕受不住异域严寒及远行劳顿推辞，不过他说无人可代，必望一行，也是"红学"上一件大事。我感他一片为学的崇尚心意，才打起精神，奋勇以赴——那夜四点起床，历时十几个小时不得眠息，到过之后，我国驻苏大使立即召见会谈——同行者尚有二人。

一氓老后来为此赋诗，十分高兴。

但有人却自封自己是此事的首功人，李老之要我去，是他"推荐"的云云。这事可就太怪了。既不是本单位之人，又当时身在外地，后挤身"介入"，怎能叫人不知晓？

小事一段，何必争"功"，还是找到黛玉的真眉、眼，方是要紧的大事。

附：

一氓老人后来为访得"苏本"《石头记》，高兴并认真地作七律一首，真为特例。我也先后敬和了两首。今一并附录于此，以存一段"红学"掌故。

题列宁格勒藏抄本《石头记》

《石头记》清嘉道间抄本，道光中流入俄京，迄今约已百五十年不为世所知。去冬，周汝昌、冯其庸、李侃三同志亲往目验认为极有价值。顷其全书影本，由我驻莫大使馆托张致祥同志携回，喜而赋此。是当即谋付之影印，以饷世之治"红学"者。

泪墨淋漓假亦真，红楼梦觉过来人。
瓦灯残醉传双玉，鼓担新抄叫九城。
价重一时倾域外，冰封万里返京门。
老夫无意评脂砚，先告西山黄叶村。

奉和一氓同志

氓老因苏联藏本《石头记》旧抄全帙影印有期，喜而得句，敬和二章，亦用真元二部合韵之体。

烘假谁知是托真，世间多少隔靴人。

砚深研血情何痛，目远飞鸿笔至神。

万里烟霞怜进影①，一航冰雪动精魂。

尘埃扫荡功无量，喜和瑶章语愧村。

貂狗珠鱼总夺真，乾坤流恨吊才人。

古抄历劫多归燹，孤本漂蓬未化尘。

白璧青蝇分楮叶，春云冻浦慰柴门。②

相期书影功成日，携酒同寻红梦村。

情尼槛外惜风尘

雪芹写空空道人因抄了石头一记，反而自改其名曰"情僧"，总是自创奇词，出人意想。我却因"情僧"一名，想起妙玉，应该名之曰"情尼"。

"情尼"符合雪芹本旨，因为她位居"情榜"，其"考语"恐怕就是"情洁"二字——所谓"过洁世同嫌"，高峻难比。

她自署"槛外人"，宝玉不懂，多亏邢岫烟为之解惑。所以宝玉乞红梅，方有"不求大士瓶中露，惟乞霜娥槛外梅"之句。霜，喻其洁也。

从表面现象看上去，她是"冷透"了，而实在的乃是一颗很热的心。

她的精神世界什么样？悲凉？冷僻？枯寂？消极？绝望？……都

---

① 唐太宗序玄奘法师云："万里山川，拢烟霞而进影。"

② 敦敏访芹诗："野浦冻云深，柴扉晚烟薄。"

248

不是。只要听听她中秋夜为黛、湘联句作补尾，就明白了。

她写的是：历尽崎岖的路程，遭到鬼神虎狼的恐怖险阻，竟然看见了楼阁上的曙熹晓色！而且，"钟鸣""鸡唱"，暗尽明来了！

何等令人满怀希望，一片新生。所谓"云空未必空"。这儿充满了生机，流溢着生命之光，美好之力。

她的哲思是："有兴悲何继，无愁意岂烦？芳情只自遣，雅趣与谁论（lún）？"虽似代黛、湘而设言，然亦发自家之积悃。

她有无限的芳情，不尽的雅趣。

宝玉尊之如女圣人，不偶然也。

然而，"可怜金玉质，终陷淖泥中"，"好一似、无瑕美玉遭泥陷"。其不幸的命运，殆不忍多言。

幸好，她能"风尘骯髒"，虽违心愿，终究不屈不阿。在此，要正解"风尘""骯髒"，不要上了妄人胡言乱语的大当。

什么是"风尘骯髒"？常言道是"风尘仆仆"，乃是离乡背井、漂泊征途的意思，指的是风雨尘沙的辛苦。引申之义，凡人在不得意、不得志，身在困境、逆境中，都可说是在风尘中（未获应得的环境地位）。所以贾雨村"风尘怀闺秀"，是说他贫居破庙，尚未"发迹"。古代"风尘三侠"的佳话，李靖、虬髯公、红拂女，三人在"风尘"中结为义侠之盟。李白咏书圣王右军，也说"右军本清真，潇洒出风尘"。例多难以尽举。可见这一词义，并非贬语，而是叹惜同情的表示。

至于"骯髒"读音是 kàng zǎng，是坚贞不屈、正直抗争的意思，更是一个很高的评价。无奈有人竟把它当成了今天简化字的"肮脏"，变成了秽污不堪的形容语。于是，他们硬说妙玉结局是当妓女！

这已经不再是"语文训诂学"的事了，是头脑精神境界的问题——高鹗伪续为了糟蹋妙玉，说什么"走火入魔"，被贱人"强奸"了！已然令人作呕，令人愤怒。谁知"后来居上"，说她当妓女，又"胜"高鹗一等！世上怪事处处有，无如"红学专家"怪事多。真是无话可说——说起来都打心里作恶，难以忍受。

其实，"风尘骯髒"四字连文，也见于李白诗；雪芹令祖楝亭诗里也用过。雪芹用之于妙师，是说没有屈服于恶势力和坏人。虽陷污泥，质仍美玉，纯净无瑕。那些王孙公子发生妄想，也只是徒劳心计。

妙玉乃全书中最奇的女子，是雪芹的奇笔写照。后来《老残游记》写奇尼逸云，即有意学芹而有所发展。

《红楼梦》中的"葳蕤"怎么讲？

《红楼梦》中的"葳蕤"怎么讲？

本人主编、晁继周副主编的《红楼梦词典》一书（广东人民出版社，1987年12月版）对此一词早有注解，全文云：

葳蕤（wēi ruí）①形容人委靡不振，提不起精神来的样子。《史记·司马相如传》"纷纷葳蕤"。索隐云："胡广曰：'葳蕤，委顿也。'"
[例一] 袭人道："你出去了就好了。只管这么葳蕤，越发心里烦腻。"
[例二] 方才雨村来了要见你，叫你那半天你才出来；既出来了，全无一点慷慨挥洒谈吐，仍是葳葳蕤蕤。比较：例一"葳蕤"旧行本作"委琐"；例二"葳葳蕤蕤"旧行本作"委委琐琐"。②花草繁茂的样子。
[例] 籍葳蕤而成坛畸兮，擎莲焰以烛兰膏耶？

可见"葳蕤"本义即有"委顿"一义，而雪芹博通汉赋（有它例可证，今不多及），并非错用，也不是以音同音近而错用（不知本字而姑且记音的办法）。

我们的词典也已指出：早年劣本子不懂雪芹的文笔词义，将此词妄改为"委琐"，自以为比雪芹更高明了。类似这种妄改的例子还很多，所以《红楼梦》的版本是不能不考求的，现在还有人以为研究版本是多余的事，甚至认为这很讨厌，就是不大了解《红楼梦》版本的复杂情况：清代一些自作聪明的文士往往提笔乱改曹雪芹的原文真笔。

说"红"

雪芹作书，思绪多从祖父诗中有所触发。如《巫峡石歌》"娲皇采炼古所遗，廉角磨砻用不得"，石化通灵之源也。如咏樱桃"瑛盘托出绛宫珠"，此为"神瑛"与"绛珠"二名之所由也（似出《酉阳杂俎》）。

这种例子，稍有慧心者一见可知。

还有较难晓悟的，如咏芭蕉有句云"千花一笑总成空"，这则是雪芹的"千红一哭（窟）"之真源头。

他以"红"代"花"，还是运换；而以"哭"代"笑"，则有意点破诗人语而心悲也。

楝亭诗中有《咏红书事》一题，句意微茫，古今罕见。这与雪芹的"悼红"当然也有家风祖训的关系。

"千红一哭"，定下了《石头记》全书的总纲大旨。

雪芹之于"红"，或明用，或暗喻。如"芳"即是暗喻：芳——花——红，三者不分也。或小加变换，用"绛"用"茜"，用"朱"用"绯"，皆有其例。

然而尚有两种幻用难于一见即悟：如凡用"霞"字，皆暗指"红"也。"藕香榭"，也隐着一个"红"字——盖出自女词人李易安"红藕香残玉簟秋"之句意。在此例中，"香"又谐"湘"（北音不分）。"玉"则不言自明。

"绛洞花王"，是宝玉（雪芹之幻影幻名）幼时创撰的"别署"，意味深长。"绛洞"何义？大约接近"红香小天地（境界）"的意思。

"花王"后来俗本讹为"花主"，不可为据。鲁迅先生为人作序，因原剧本作者用的是"花主"，名从主人，那当另论。

按"绛洞花王"四字，汉字音律是"仄仄平平"；作"主"字则成为"仄仄平仄"，精于文字者绝不如此选声定字。

宋徽宗题赵昌名绘，有绝句云："借我圭田三百亩，真须买取作花王。"盖"花王"者，己身亦一花之喻也，而"花主"则意味大殊，不可不辨而以为混同。盖"王"只是孩童气概，若"主"则有"役奴"之俗气在内，恐雪芹不会喜欢此等语意。

然后，"文化"层次提高了一段的岁月中，他又另撰出一个"绛芸"之轩。

宝玉题此轩名时，是晴雯研墨、张贴，而黛玉第一个赏赞，说字写得这么好了，明儿也给我们写一个。

但宝玉终不曾为她题一个绣闺雅名——"潇湘馆"并非居室轩斋之名，那更不能由宝玉书写也。

"绛芸轩"又是何义？绛者红也，芸谐"云"也。芸以香气著称，隐一"香"字。

"绛芸"之内，又隐着小红与贾芸的事情。

咏红梅的"离尘香割紫云来"，又以"紫"代红——而且句内即连出"香""云"（湘云）名字，巧不可阶。然后是"怡红""悼红""怀金悼玉""沁芳""饯花""葬花"……

雪芹用"茜"字之例，始见于第八回宝玉侍儿有一个茜雪。茜雪因宝玉醉中气恼误责于她，遂含冤被逐，但她在后半部书中却还有重要情节。"茜雪"一词，也让人想起"入世冷挑红雪去"，是宝玉咏红梅之句。这期间隐有要义。梅谐"媒"音。

第二例用"茜"即"茜纱窗"。也是十分重要的隐词妙语。茜纱何物？就是史太君命凤姐开库找纱的"霞影纱"。凡"霞"字，又皆喻湘云——她的"诗号"就叫"枕霞旧友"。后来红梅花诗的"流水空山有落霞"，亦同此旨。霞影色红，故称茜纱。

《石头记》中明用此称的，如回目有《茜纱窗真情揆痴理》，还有大观园《四时即事诗》的"绛芸轩里绝喧哗，桂魄流光浸茜纱"。这就确定了茜纱专属于宝玉——尽管命找霞影纱原是为给林黛玉换绿纱（嫌与丛竹犯一色）。

更要紧的还有抄本《石头记》中的一首七律诗有一联云："茜纱公子情无限，脂砚先生恨几多！"这两句，已然明白无讳地宣示于世人：著书之人真情无限，批书之人抱恨无穷，二者为"对"——请注意：诗是题《石头记》的本旨的，与一般后人咏"红楼人物"的"茜纱公子"绝对性质不同。证明所谓宝玉者，即是著者本人。

顺代说明：这一联（见于"庚辰本"）与另首诗的一联（见于"甲戌本"）云"谩言""红袖"啼痕重，更有情痴抱恨长，恰好互为对映："红袖"即脂砚批书人，乃一女子；"情痴"即书中宝玉，实为雪芹化身。

茜纱，霞影也——湘云之倩影红妆也。绛芸，红香也——红香指湘云，"红香圃""红香枕""红香散乱"，皆再三透露这一"象征"之要旨。

红聚则怡，红逝则悼。怡红院本名"怡红快绿"，而后来竟不提绿义，只说怡红。怡红之院原有茜雪与红玉二丫鬟，然又一逐一去。此似为雪芹终身抱恨之写照。再后，芳官来了，成为院中一名新"红"，地位、

253

作用，俱不等闲，可是她也被水月庵的老尼骗了去。

看来，"千红一窟（哭）"是雪芹经历了很多抱恨的奇情而后得出的"命"题与"命"论。

到他后半生，这才又与一位真"红妆"重会——即脂砚批书女才人。"脂"，仍是"红"的化名或代词。

长安·种玉及其他

长安是哪里？是古都城，即今名西安者是也。这连高小学生都知道，提它作甚？只因有人认为，曹雪芹在他书中用了"长安"二字，所以《红楼梦》所写都是西安的事。这个论证有力量吗？明代的书，有《长安可游记》、《长安客话》，内容却都是以北京为主题，这又怎么讲呢？

清初有一部享名的小说《平山冷燕》，号称"第七才子书"，专门表扬才女，据说顺治年间还译成了满文，可见其地位了，这就无怪乎雪芹也必然有意无意地接受了它的影响。我这话有何为证？请打开那书，立时有一首七言开卷诗入眼，其中有句，解说"才"的产生，道是："灵通天地方遗种，秀夺山川始结胎。"又说是："人生不识其中味，锦绣衣冠土与灰。"仅仅这么四句诗，也就显示出它们与雪芹的文思之间的微妙的关系了。

诗后，正文的一开头，就是叙写"先朝"之盛。其文云："是时，建都幽燕，雄踞九边，控临天下……长安城中，九门百逵，六街三市，有三十六条花柳巷，七十二座管弦楼。"你看，建在幽燕的京都，却叫作"长安城中"。即此可见，雪芹书中也用"长安"一词，又有何奇怪？

有何奥秘？那实在不过是当时人人都懂的"大白话"，用不着后世的"红学家"们来说长道短、猜东指西的。

由此可知，"红楼长安"，本来就是燕山北京。

又有人驳辩说道：第三十七回海棠诗社，史湘云最后才到，独作二篇。其一篇开头就写道："神仙昨日降都门，种得蓝田玉一盆。"蓝田产玉，其地正在长安之西，岂不可证那"都门"应指西安？

我说：非也。"种玉"的典，不出在秦地蓝田，正出在燕山京东，一点儿也没有差失错讹！

原来，种玉这段古老的故事，就是使得京东的玉田县得名为"玉田"的来历，那儿真有一顷左右的田地，在其中种出过洁白鲜润的美玉来！而蓝田之玉，却不是"种"出来的——并且也与神仙无涉。

有好多种古书记载了这段种玉的美丽的神话故事，说是周景王的孙子，因居住阳樊驿（属玉田地界），易姓曰阳，名叫阳翁伯。翁伯为人最孝，亲亡后庐墓，在高山上，无水，日夜悲号，感动得泉水自出，他却将水引往路旁，以济行人之渴。又给过路人补鞋，不取报酬。人们都感激这位乐于助人的善者。他也没有蔬菜吃。一天，有一过路书生就他的引泉来饮马，问他"怎么不种菜？"他说没有菜籽。那书生就给了他一把菜籽。他这时已从八十里高的山上迁居到山下路旁，就把菜籽种在一块地里。奇怪！这菜地竟然生长出很多美玉来，其长二尺！这时徐氏有女，有求婚者就要索白璧二双。翁伯以五双璧娶了徐氏之女。他的子孙将这块一顷左右的地，在四角上立了巨大的石柱，以为标志，还有碑文记事。由此，这块产玉之地被人们称为"玉田"——而县名也是唐万岁通天元年改称得名的。（这段故事，南北朝名家干宝、郦道元、葛洪等都有记载，大同小异，有详有略，可知并非某一人的虚构。我是综合撮叙的。）

所以，"种玉"成了一个有名的典故。它的来历是京东玉田县，而不是长安蓝田的事。

说到这里，就可以和"胭脂米"联上了。《红楼梦》里写的这种红色香稻米，也正是玉田的特产。

我在 1953 年旧版《红楼梦新证》里早就引用了胭脂米的史料，加以论证了。后来被评家斥为"繁琐考证"，吓得我在增订本中都删掉了。其实那都是以史实来论证芹书的时代背景和真实素材，本无"错误"可言。近年上海的"红"友颇曾议论，那删掉的考证诸条都很可惜，而陈诏同志也曾明白表示：他的《红楼梦小考》就是受拙著那一部分的启示而用力撰著的，结果成绩可观，受到好评——这大约就是"有幸有不幸""此一时也，彼一时也"了吧？

那么，除了种玉和胭脂米，还有第三条吗？

答曰：有。

雪芹笔下，贾琏两次外出，一次赴"平安州"，一次到"兴邑"，前者较远，后者较近——这都是哪里？各注本似乎没有明文解答。

如今我将答案指出吧：平安州是遵化州的代词，兴邑就是玉田的代称了。

《名胜志》云："平安城，在（遵化）县西南五十里，周围五里。相传唐太宗征辽遘疾，经此旋愈。故名。"而《方舆纪要》云："兴州左屯卫，在玉田县东南一百四十里，旧在开平卫境，永乐初移建于此。"

由此可知，所谓"兴邑"，也就是玉田、丰润一带的代名（丰润本是玉田县的永济务，金代才分出来的，故本是一地）。

你看，"荣国府"的琏二爷，有"公干"常常要到京东去，正因为那一带是他们家（满洲正白旗）的领地范围，正白旗地都在京东。

种玉，充分说明了雪芹喜用的是"老根"故籍丰润的典故。但意义还不止此。这个典，为什么单由史湘云来大书特书？就因为这是个"婚姻典"。雪芹给小说安排的诗，其实"不是诗"，而是"艺术暗示"，即一种"伏笔"暗写，无比巧妙。雪芹之书，原本的结局是宝玉与湘云的最后重会，这已有十几条记载为证了。但人们还不知道"神仙昨日降都门，种得蓝田玉一盆"，早就"点睛"了——而且也点明了这是湘云最后到来，最后题诗的重要层次，即结局的"伏线千里"了。

要知道，鲁迅先生讲《红楼》，也都是明言以"伏线"为重要依据与论据的。

"红学"，"红学"。究竟什么是"红学"？它在哪里？大可思绎，而饶有意味也。

【追记】

本文发表后，很快得到学者提供的良证：玉田县本来即有"蓝田"之称，并有文献可证。如其县汪氏族谱，即以蓝田称本县之明文记载。

"诗礼簪缨"有埋伏

青埂石幻为通灵玉，将要下凡历劫之时，说的是将它携到"昌明隆盛之邦，诗礼簪缨之族"去享受一番的。那么，这样两句话也有"埋伏"吗？如今且单说下一句。

曹雪芹的古代显祖是周武王克商之后封其六弟名叔振铎者于山东济水之阳，以国为氏曰曹。以后历十八世传到曹邲，是孔门七十二贤之一，位亚颜、曾，唐宋皆有封号，配祀文庙。曹邲又八传，到了曹参，即汉代开国十八功臣之第二的平阳侯，以"画一之政"惠民的名相，名位仅次于萧何。曹参的第四十代孙，有曹彬者，居河北灵寿（古中山真定之地），佐宋开国，位极人臣，封鲁国公，济阳王，谥武惠。康熙年修的《江宁府志》及《上元县志》皆载明曹玺（雪芹曾祖）是武惠王彬之后裔。原来开宝七年，曹彬受命，去平定南唐（"春花秋月何时了"的李后主，即南唐主也），次年到达江南池州，遇族人，叙宗亲，遂命次子曹琮主持，遍访全国分居各地的同宗，修成谱牒共编为十八帙，按帙编为十八个字句顺序，各钤以王印，以昭信实凭据。

这十八帙宗谱，我仅见池州谱的传承遗迹，卷首有名人樊若水受曹彬之命所撰序赞，有曹琮的跋（其他南北两宋名家的题序不可胜记）。

在樊若水的序赞中，首次提出这样的词句——

> 曹氏厥宗，本周分封。诗礼启后，丕振儒风。文经武纬，将相王公。簪缨继美，宠渥无穷……

此赞已将"诗礼簪缨"四个字提出，盖即表明曹氏世代诞生文武人才的意思。无独有偶，北宋告终，南渡后第一位为曹谱作序的充徽猷阁待制河南尹焞，他于序中写道——

> 况曹氏自汉初名世，以至于今，诗礼传家，簪缨继世……

请看：南北两宋，樊、尹两家各有一序，而其中都特别提出这个"诗礼簪缨"的词语，足见此四字已成为曹氏家世的一大"标志"。

那么，曹雪芹在著书时，偏偏要用上这个"标志"，他的寓意何在？我想就不待多言了吧。

事实上，他在书中常常是这么令人不知不觉地设下了"埋伏"。

所谓"遗腹子"

曹雪芹命苦，至今连父亲是谁也成了悬案。众说不一之中，有一说认为曹雪芹乃曹□的"遗腹子"，即曹頫向康熙奏报的"奴才嫂马氏现怀身孕已有七月，若幸生男，则奴才兄有嗣矣"的那个"证据"。

作书人曹雪芹不会不知自己的生母姓什么。如若他即马氏所生，他对"马姓女人"应当怀有敬意与个人感情——可是，他却把一个靠邪术骗财害命的坏女人道婆偏偏加上了一个"马"姓！

世上能有这样的"情理"吗？他下笔时忍心把母亲的姓按给了一个最不堪的女人，在一个小说作家的心理上讲，能够这样做吗？因为，"百家姓"的选择天地太自由方便了。

有人举出一个破绽百出的"五庆堂"家谱来，说谱载"□生天佑"，故天佑即雪芹，云云。

可是，《八旗满洲氏族通谱》载记明白："天佑：现任州同。"可以考知：那"现"的时限是乾隆九年为下限。也就是说，若天佑即雪芹，他的"霑"名不确，官名是"天佑"，而且身为州同官，比知县还要高些。那么，这位"曹雪芹"是在州同任上写作《红楼梦》的。

如果这样，那太"好"了。

可惜，乾隆人士绝无称雪芹是州官老爷的——却咬牙切齿地骂他："以老贡生槁死牖下！"

你看，这不"拧"了嘛！主张"遗腹子"的先生女士们，不知怎样自圆己说？（其实，"天佑"是曹顺的表字，典出《易经》，曾有文列证，今不复赘。）

"壬午除夕"

在"甲戌本"的题诗"满纸荒唐言，一把辛酸泪。都云作者痴，谁解其中味"的书眉上，即有"脂批"云："能解者方有辛酸之泪哭成此书。壬午除夕，书未成，芹为泪尽而逝。余尝（常）哭芹，泪亦待尽……惟愿造化主再出一芹一脂，是书何本（幸），余二人亦大快遂心于九泉矣。""矣"字为全批之末行：隔开半行空隙，另行书写"甲午八日（月）泪笔"六字。

胡适先生据此考断雪芹逝于"壬午除夕"，明文清晰，应无疑问。

后来，我发现《懋斋诗抄》，内容证明癸未年敦敏还与雪芹有联系的诗句，不可能卒于"壬午除夕"，应是"癸未"之误记（并举过清代名人误记干支差了一年的实例）。但是，前些年有人提出：那条眉批不是一条，是两条相邻而误抄为一；"壬午除夕"四字本是前一条的"纪年"，与芹逝无干……云云。

这种论调，能成立吗？

第一，"壬午"二字，书写为第二行之末，而"除夕"二字书写为第三行之端：这明明是批语的正文，语气紧相贯连。

第二，遍查"甲戌本""庚辰本"等本的眉批，凡"纪年""署名"或二者兼具，一律提行另写，从无与正文连缀的例外。这就完全排除了那种论点——硬把批语正文说成是"纪年"，因而将一条批语割裂为两段。

其实，只要平心静气，体会一下文情语意，这种批本不难读，从"泪哭成书"说起，直贯"泪尽"人亡，书未完，终生大恨。倘若在这样的感情的激动之下，在标题上只写一句——

能解者方有辛酸之泪哭成此书。壬午除夕。

那么，当此一年已尽，百感交膺，此人忽欲捉笔批书，而这大年夜里，已然开笔，却写了这一句"秃"话，立即打住——这叫什么文字，什么情理？

更何况，检遍了批语，壬午年春、夏、秋，各有多条批语存留，而单单只在这个重要的大节日，却只有这么僵硬言词，了无意味情肠，这符合"脂批"的文字风格吗？

又，"假设"真是在守岁不眠的漫漫寒宵就只写下这么一句，那再看"下一条"，直到"甲午八日"这才又"接云"——这合理吗？（有人又把明明白白的"甲午"说成"甲申"，是受"靖本"的骗，"午""申"二字绝无相混之任何可能。）"甲戌本"正文记明"至乾隆甲戌抄阅再评……"可知，乾隆十九年已有重评清抄本。敦诚《寄怀曹雪芹》诗云："不如著书黄叶村。"此乃乾隆二十二年丁丑之作，而"庚辰本"上有单页写明："乾隆二十一年丙子五月初七日对清。缺中秋诗，俟雪芹。"至庚辰，为二十五年，已"四阅评过"。次年辛巳，再次年即壬午、癸未了。雪芹因后半被毁（"迷失"），努力重写——所谓"书未成，芹为泪尽而逝"也，表明他在病中亦未放弃成书的大愿（"书未成"是未全部补齐，尚有残处尚待收拾。并非半途而废），有何可疑？

诗曰：

壬午重阳急"索书"，何来"除夕"又研硃？
批书也是泪为墨，割裂全文果是乎？

林四娘

　　《红楼》书至七十八回，写到晴雯的屈枉悲剧，感动了当时后世的亿万读者。但谁也不曾料到，在同回书中，占了一半还多的篇幅的，却出来了一位娲婳将军林四娘。

　　这半回书，何所取义？又是一个有待思讨的课题。

　　这也是一种"试才"，出题的还是贾政，应试的主角也仍然是宝玉，环、兰陪衬而已。这回，做父亲的假严厉放松多多了，并且"揭露"了他本来也是个诗酒放纵之人，现下明白家运与科名无缘，也不再逼儿子走这条世路，倒有点鼓舞他发挥诗才了。

　　这个大变化，重要无比！——仅仅两回以后的伪"八十一回"开头就是贾政又逼宝玉入塾，连黛玉也赞八股文"清贵"！这一派混账话，公然问世向雪芹挑战对阵，大放厥词，大肆毁坏雪芹一生的心血——而有些"专家"却助纣为恶，直到今日还在助伪反真，给高某的伪全本一百二十回树碑立传，并以"功臣"自居，招摇惑众。你道这种文化现象，安然在现时代泛滥澎湃，怪乎不怪？

　　林四娘，何如人也？是明末清初的历史人物，是少见的名实相符的"脂粉英雄"。雪芹举出她，是为自己的"妇女观"做证。

　　林四娘，奇女子。她比"十三妹"（文康创造的《儿女英雄传》中的奇女人物，即受雪芹之影响）尤为奇特。

　　林四娘是救父的孝女——这事又与雪芹救父有关。

林四娘父亲是南京官府的一名库使，因故"亏"了公款，落狱。和曹頫的获罪缘由正同。林四娘为了救父（筹钱即可赎"罪"），与其表兄一起经营奔走，并且"同居"一处。二人亲昵，嬉笑玩戏，"无所不至"，但"不及于乱"——严守节操，没有男女之间的非礼之事。

　　这一点，又与晴雯有共同的品格，足以古今辉映。

　　我在此粗粗一列，就显示出在同回中忽写林四娘，至少已蕴含着这么些用意。

　　雪芹本人不是女子，不能相比，那么能比而代雪芹救父的女英雄是谁？就是李煦孙女，李大表妹——书中的史湘云。

　　湘云也是与宝玉表兄自幼"同室榻"，淘气嬉戏，而"不及于乱"的好榜样。雪芹写湘云："幸生来，英雄阔大宽宏量，从未把儿女私情略萦心上。好一似，霁月光风耀玉堂。"句句有其事实背景。这儿点出"英雄"二字，但抄本多作"英豪"，怕是不懂"英雄"之深义（以为女子怎么称之为英雄？），遂改为"英豪"的。

　　我推测，芹书真本"后半部"就有湘云因代宝玉救父而入狱、而入"御园"的故事情节。

　　记载林四娘事迹的，旧年我已收集几条笔记，颇多失实之言，亦不详备；最后方蒙学友告知：林云铭早有一篇林四娘传。后又知香港中文大学牟润孙教授已在论文中提到过。社科院历史所的何龄修先生将全文录来，方得细读，感荷良深。

　　宝玉这篇歌行与林黛玉的三篇相比，果然另是一种笔路、境界。林姑娘的《葬花》《秋窗》《桃花》长歌，风流哀艳，真像女儿声口。而这篇为宝玉所拟歌行，却又沉郁顿挫，悲壮诡奇。因此益叹雪芹之才真不可及，拟谁像谁，绝无"一道汤"之迂笔俗味。

　　话又说回来：这些诗，再好也不过是作书代拟人物之言；他自己的诗，全不可见了！

曹雪芹即"曹頫"吗？

雪芹的谱系问题，主要两说是"頫子"说与"曹颙遗腹子"说。

以"芹即頫"说为例，不妨辨析一下它的得失短长。当然，细剖详言，将大费笔墨；如今只想选取一条最简单省事的道理，来析验这个新说的科学性。

史迹分明：曹寅病卒于康熙五十一年（1712年）。次年正月初，其奉命继任的独生子曹颙正式在江宁接印视事。颙任职仅仅二年，即于康熙五十四年（1715年）正月病故，康熙帝又命曹颙的堂弟曹頫为曹寅的继子，再承织造之任。曹頫在奏折中自称"年方弱冠"，即不过二十岁左右，其堂弟頫，当然比他要略小一些。所以康熙帝在批奏折时呼頫为"无知小孩"。可知曹頫此时年龄不大，也该有十几岁的光景。

曹頫在雍正二年（1724年）正月初七的奏折中，有一句话十分清楚："其余家口妻孥，虽至饥寒迫切，奴才一切置之度外，在所不顾……"这就证明：此时曹頫已有"孥"——儿子了。他从康熙五十四年接任，到雍正二年说这话时，已又过了八九年。假令接任时年才十四五，那么到此时也是二十二三岁的人了——退一步说，假令他接任时只有十二三，那他说有"妻孥"时亦当是二十岁的人了。那么，我们已知雪芹逝世于乾隆二十八年癸未除夕（1764年）（一说壬午，一说甲申，相差也或先或后之一年而已）。这么一来，在雍正二年（1724年）已经二十岁的他，又活了四十年之久，才该去世，那二十加四十怎么算也

264

应到花甲，六十岁了——可是，他的好友宗室敦诚的挽诗，两次属稿，都大书特书曰"四十年华"。这该如何解释呢？

另一位作挽诗的张宜泉虽不云四十年华，但也说是"年未五旬"而亡故。此语本意是说雪芹连五十岁这个"中寿"之年也够不上。即使按有人解为"差几岁没活到五十"，那也说明，雪芹若"即是"曹頫，他在雍正二年已有"妻孥"时，只能是个十岁以下的孩童了——这就实在无法讲得通了。

雪芹名霑，人人尽晓了。他若本名"頫"，那么私改父兄尊长给取的学名，在当时是不像今日之人想象中那般的简单容易的。在家庭内部说，如今的人还可以拿"反封建"来解说；至于清代八旗制度户籍档案之严格，那是谁也无法"逃脱"它而自己乱来的，内务府的奴籍，更是如此。官书如《八旗满洲氏族通谱》以及照抄转录于"五庆堂谱"内的记载，独无"霑"名，论者执为"理由"，殊不知，乾隆下令编的这部《通谱》，体例分明：只选载已有官职的名字。这与私家宗谱一人不能漏书，全然不是一回事。

可惜的是，如今讲论这些事的人，却往往是只执一点假象，不明历史真实了。

第十二层

《红楼》答问

【分 引】

　　讲坛会友，邮驿传书，时有不耻下问者，此亦切磋之良缘，助思之一乐。因摘其常见所问略同，关心一致者，粗述数则，聊以贡愚，未必即是，仍祈匡正不逮。

　　诗曰：

　　　　下问时时启我思，于中得益亦吾师。

　　　　一知十用深怀愧，学海如何酌一卮。

《红楼梦》与中华文化

——在北大的讲演

我没想到今天会是这样大的一个场面。我认为，今天的活动应当载入"红学"发展的史册，因为这标志着"红学"在北大的回归。我用的是"回归"，而非"引进"，因为"红学"是半个多世纪以前中国第一流的学子汇集于燕园而首先发起，并把"红学"提高至中华学术的地位。今天，让我讲述《红楼梦》与中华文化的关系，我深感不能胜任，在这里，姑且就粗浅地说说拙见吧。

晚清有一位姓陈号蜕盦的学者曾指出：曹雪芹的《红楼梦》不是一部小说，而应当归入"子部"。我觉得这个人实在了不起。归入"子部"，等于说《红楼梦》不是传统观念中的野史或"闲书"，而是一部思想巨著。在晚清能有这样的认识是非常难得的，可惜这在当时并没有引起人们的足够注意与重视。

他说的"子部"，就是指我们中华文化体现于书册形式上的"四部""四库"：经、史、子、集中的"子"类，皆为古代大思想家的论说，亦即"诸子百家"的"子"。这就点明了《红楼梦》的巨大的文化蕴涵。这是敏锐的文化眼力与灼见，十分重要。

20世纪初诸位大师，如蔡元培、严复、王国维、林琴南、陈寅恪、梁启超、鲁迅、胡适、黄遵宪诸位先生，以及后来的毛泽东主席都对"红学"有所涉及或者做出了贡献，推动了"红学"的发展。这些人我们永远也不能忘记。但这么些大师都对《红楼梦》发生了这样那样的关系，这现象本身说明了什么？应该悟知：这就是因为曹雪芹的书具有重大的文化价值。意味深长的是，这些大师中以蔡、胡、鲁（周）三位对"红学"的关系尤其重要，而三位却都是北大的尊师。我刚才说，如今"红学"回归北大，正是要说明北大燕园，才是近现代"红学"的发祥地。

我认为单论"中华文化"这四个字还不够，还要加上一个"大"字，是谓"中华大文化"。"大"即中华文化的总精神和大命脉。

何谓"文化"？"文"，大家都懂得，那么这一个"化"字如何理解呢？"化"即感化、教化、潜移默化、春风化雨之"化"，而且古时以异族学习汉文化为"归化"。要想感受中华文化的魅力，必须先学会"咬文嚼字"。"咬文嚼字"是中国文化最高之境界。举个例子来说，大家都记得甄士隐与贾雨村，但有谁记得他们二人的名字？贾雨村，名"化"。因为名字为"化"，故取"春风化雨"之意，表字"雨村"。甄士隐，名"费"。《四书》中有句曰："君子之道费而隐"，故名"费"，字"士隐"。在雪芹时代，读书识字之人一看都懂，又有义理又有趣味，而且还谐音有双关妙语的匠心。这是独特的汉语言之魅力！我认为，汉字是人类最高智慧的结晶。

中华文化的特征有两大条主脉：一条是"仁义"二字，这是自修待人之道，是孔孟之道的精髓；另一条是才情灵秀之气，正是这才气智慧才凝结成为一部中国文学史。懂了这两端，再看《红楼梦》，体现的也主要就是这两大方面，即：人际交往、社会伦理、道德仁义与才情灵秀之气所缔造的精神事业。

孔子说："己所不欲，勿施于人。"曹子（即雪芹）的"情"与孔孟所讲的"情"都有"爱人"的本质，但却做了不同的阐释，别有一番滋味。"青"是个好字，其左边加"日""目""氵""米""忄"这五个偏旁，就成为"晴""睛""清""精""情"——都是万事万物中最美妙的部分。情，是对待人的关系时的心境。孔子与曹子的分别只不过是孔子将"情"伦理化、社会道德化，而曹子却将"情"诗化、艺术化罢了。通晓了这一关键点，就一切贯通了。

《红楼梦》重"才"。比如元春升为贵妃，是谓"才选凤藻宫"；探春的判词是"才自精明志自高"；元春省亲不重于游乐，而命姊妹们和宝玉作诗，题咏诸处轩馆景色，这已十分晓然。至于书中所有女儿，都有一个"才"字在内，只是表现不同罢了。而中华文化，天、地、人谓之"三才"，请一参悟。

曹子过人的本领还有一点：就是使我们深深体会到了汉字、汉文化的美。若用一个字评《红楼梦》，即"灵"。曹子重视灵气，认为它高于智慧，譬如，"那快顽石经过女娲炼制之后，灵性已通"。曹子还冒天下之大不韪，创造性提出人性"正邪两赋"说。传统观念认为圣人、贤者禀正气，淫邪之徒禀邪气，而曹子借雨村之口提出：禀赋了这种"两赋"之气的人，其灵气在万万人之上，乖戾邪僻之气则在万万人之下。这在当时是极为大胆的骇世之言。

有人问我研究"红学"多年的体会是什么？就是两个字——"沁芳"。"沁芳"二字又有何重大意义，值得研究五六十年方明吗？这是因为：大观园的一条命脉是沁芳溪，而所有轩馆景色都是沿着此溪的曲折而布置的；是故沁芳亭、沁芳桥、沁芳闸，都采此名。此名何义？这就应该温习王实甫大师在《西厢记》里给崔莺莺安排的第一处曲子《赏花时》，她唱道是："可正是人值残春蒲郡东，门掩重关萧寺中——花落水流红，闲愁万种，无语怨东风。"

《红楼梦》中"试才题对额"一回写到宝玉与众清客绕过"曲径通幽处"，见到园中第一处景致：一派好水，一桥一亭翼然水上。贾政欲因水取名为"泻玉"，但宝玉认为"泻"字不雅，提议名为"沁芳"。"沁芳"这个美好的名字的取义当源于王实甫的《西厢记》。莺莺上场时有段唱词："花落水流红，闲愁万种，无语怨东风。""芳"即"落花"，"沁"即"浸于水"，正是《西厢》"花落水流红"的"浓缩"和"重铸"——它标出了全书的巨大悲剧主题，即"千红一窟（哭）"，"万艳同杯（悲）"！字面"香艳"，内涵沉痛，这就是汉字语文的精髓之表现。

黛玉其实并非因肺病而死，而系投水自尽。警幻仙子歌云："春梦随云散，飞花逐水流。"且款待宝玉"千红一窟（哭），万艳同杯（悲），群芳髓（碎）。""沁芳亭"是大观园景致的主线，"泻玉""沁芳"正是暗示了众位女儿的悲惨归宿。我之所以反复强调这"沁芳"二字的文化涵蕴，就是为了说明：为什么我说《红楼梦》的主题是用如此一种高雅优美的中华语文独特的手法来表现的，如果你不懂《红楼》与我们的文化的关系，你又怎能懂得它的价值意义，又怎能领会欣赏它的意境之美妙呢？

一位学者说中国古代四大名著皆可用一个字来评：《三国演义》——"忠"；《水浒》——"义"；《西游记》——"诚"；《红楼梦》——"情"。我觉得这四部书讲的都是一个主题，即人才问题。《三国》讲的是帝王将相类的文武人才；《水浒》讲的是强盗人才、绿林好汉、草莽英雄；而《红楼》正是为一批受压抑、歪曲、奴役而又才气横溢的女儿鸣不平。正如曹子借秦可卿托梦给凤姐道："婶子，你是脂粉队里的英雄！"以前只有红粉佳人，且是衬托绿林好汉，而曹子前无古人地创造了"脂粉英雄"一语。

施公（即施耐庵）对曹子的影响极大，曹子甚佩其敢写世人之不敢写，亦欲发前人之所未发，为闺阁掬一捧辛酸泪。《水浒》好汉一百零八位，《红楼梦》出场女子共一百零八人，显见施公对曹子的影响。"一百零八"是"十二"与"九"的乘积。十二乃阴数之最大，九则乃阳数之最大。一百零八表示无穷无尽，多而又多，群体庞然。《红楼梦》首回一僧一道"看见士隐抱着英莲，那僧便大哭起来，又向士隐道：'施主你把这有命无运、累及爹娘之物，抱在怀内作甚？'"脂砚斋批曰：
"八个字屈死多少英雄、屈死多少忠臣孝子、屈死多少仁人志士、屈死
多少词客骚人！今又被作者将这一把眼泪洒于闺阁之中，见得裙钗遭逢
此极，况天下之男子乎？"

　　《红楼梦》与中华文化的关系太深切了，我们这一点时间是讲不
清的。我想在结束前，顺便说明一点：这部伟大的"子部"既是中华文
化的一个代表，那它就应该走向世界。《红楼梦》的走向世界，就存在
一个英文翻译的问题。但译《红楼》是太困难了——这又从另一角度表
明了中华文化的极大特点特色。仅《红楼梦》这一题目的译文，我就极
不满意。比如，"红楼"一词乃唐诗人用的美好语义，专指富家妇女的
金闺绣户，而西方无此文化对应，译出后只能成为"红颜色的多层建筑"！
汉语的"红楼"极有内涵。韦庄诗云"长安春色谁为主，古来尽属红楼
女"，给人以无限遐想。但是英语却把"红楼"译为"两层的红色小楼"，
将"红楼梦"译为"A Dream of Red Chamber"，美感顿失，意境皆无。
同理，"沁芳"那么优美高雅又暗寓沉痛的文采，译出后只成了"被水
浸泡的花瓣"！这样，一切意义、趣味、境界，全部消失——却只剩下
一个滑稽感的（外国人莫名其妙的）怪话！

　　近年，"红楼"又译成"Red Mansions"，变成"朱邸"，这与《红
楼梦》主题是女儿之核心眼目全无交涉了（朱邸即豪门，男人掌权的世
界）。事情之难，由此可见。依此类推，世界读者要真正理解、领会"《红
楼》文化（即中华文化）"，是困难太大了！一部《红楼》有上千上万
的这种"文化难题"（人名、地名、物名、诗词、酒令、谜语、双关、
歇后、笑话、戏谑……）都没办法"译"！

　　在这儿，把中华文化的亟待大力弘扬也显示得更加清楚。

　　如何解决这样的文化传播交流、弘扬宣传？看来还待中西双方努
力，而非口号空谈所能济事。

附：

"红学"回归北大

　　1999年10月21日晚，我应北京大学《红楼梦》研究会之邀，前往他们举办的为期六周的"红楼文化月"的开幕式上首讲"《红楼梦》与中华文化"这一重要主题。拙讲获得了十分热烈的反响，结束之前，收到了同学们递来的50多份书面提问，引起我很大的注意，有必要就此诸问作一番思考与报道。

　　在座者从研究生到本科，从各系到各年级等次皆所包括，可以看出较年小者喜欢提出对小说人物的看法、评价、爱憎等问题，年龄较大者则关心的是文化学术上的重要课题。如今先就后者略举数例，也足以供我们的教育、文化、科研等诸多部门单位的深长思与细寻味了。

　　由讲题是"《红楼梦》与中华文化"而引起了听众的关心，于是提出了相关的三大问题——

　　一、中华文化的主要精神是什么？

　　二、中西文化有何不同？

　　三、中华文化（特别是"《红楼》文化"）如何能传播于世界文化之间？

　　由此已然显示，这些提问者已不再认为《红楼梦》只是"一部小说"的事情了，其体性品位实大大超越了"文艺"的层次范围。

　　我在讲时曾说：如英文Culture（文化）的定义是"人类能力的先

进之发展"或类似的概念；而中华的"文化"词义本身分明，文化首先是表现为"文"的形态的成就，而此"文"的力量、功能是"化"，化即教化、感化、潜移默化、归化……的那个功效作用。

而西方文化含义中并无特重"文"的倾向，也没有专重"化"的理念。此其差异之一端。

再看中华文化的主体命脉似可分为两大脉络：一是仁、义等伦理社会道德基则；一是才、情等文学艺术的特殊表现能力与方式；前者以先秦诸子如孔、孟等为代表，后者则以《诗经》《楚辞》为首的历代诗文大作家为代表。而这两者在《红楼梦》书中正好都有其极高超美妙的表叙与涵咏、赞叹与评议。

所以，依我看来，欲向世界传播发扬"《红楼》文化"，即必须我们自己把上述两大主脉研解清楚，然后再根据与西方文化观念之间的异同而有针对性的讲解阐释与介绍推荐。

但是，最大的困难还不是民族文化观念基准上的不尽相同，而是中西语文的巨大而深刻的差异！

我只拿几个"红楼"人物的名字为例，便有力地表明了这是无法翻译的语文难关——其实也就处处是个文化不同的大问题。

想沟通中西文化——具体地说即如介绍《红楼梦》的意义价值，这是人人赞同、寻求实现的共同愿望。但良好的愿望无大用处，讲空话唱高调（呼喊中西交流融会）更是无多实益；最重要的先须知己知彼，弄清双方的实际而切忌一知半解、生搬硬套，并且必须努力做些实事，寻求解决困难问题的方法与道路，如此积渐而行，持之以久，方可济事。舍此而行，毫无益处或且有害而滋弊端。

如果举实例，则最近《文艺报》发表的一篇文章指出了多少年来中国文艺理论界及创作界都以"真实地再现典型环境中的典型人物"为"现实主义"的最高准则，而实际那个"再现"（Representation）却是一个误译，在欧洲此一词义早已不再是"再现（摹仿式）"，而是"表现""表象""象征"等意义了。因此一字之误给我们造成了严重的后果。依此而言，那么现行的英译本《红楼梦》竟将此三字书名译成了"朱门梦""朱邸梦"，完全变了味，扭曲了原著本旨——因为 The Dream of Red Mansions 是"红色的大府第之梦"，这是贵家官宦的梦，是掌权享受的男性人物之事，而"红楼"本是专指女儿所居，是写女儿命运的伟著——也就是曹雪芹一生辛苦著书的崇高目的与心愿，我们却把它改变了，归属于男人了，这能让西方读者研者理解吗？一字之误译，能引出多么巨大的根本差异，还不令人憬然而反思反省吗？所以沟通中西文化，并非如有些人想象的那么简单肤浅。

另一位青年学人提出了一份另外形式的新问题：洪昇之《长生殿》开场即有"看臣忠子孝，总因情至"的要旨"总题"，曹雪芹似受其影响。又如秦观词中的"飞红万点愁如海"，应与黛玉之父名曰"林如海"有所关联。

此二词，我早年读书时也曾心中触动，发生了同样的领会，可是稍过也就置之于忙乱之外了，今经一提，方觉唤起种种文思词绪，极是意味深长。

原来，在讲时我已提出中华文化的两大主脉是孔、孟的仁、义伦理社会道德论与才情诗文艺术创造表现说。曹雪芹的"情"，也就是"仁"、"恕"的"诗人化"或"艺境化"或"感情化""心灵化"的表现与阐述之异样辉光。然则二者是否永不交涉或绝不沟通？经那学人一提，《长生殿》的开场八个字正好就是二者交关沟贯的良好"说明"——请不必一见"忠""孝"字样就急于"批判封建思想"等一套僵硬教条审理，而应该以不以词害义地去思索："情"正是一切伦理社会道德的根本源头，二者同出于人的灵性的一源而被哲士才人们分流而"处理""对待"了，如此而已。"戚本"《石头记》的一首题诗说："画蔷亦自非容易，解得（这种真情，则可悟知）臣忠子也良。"正可合看。

我也讲了，"沁芳"是《红楼梦》全书的主眼，即王实甫"花落水流红"

的重铸或"浓缩"，用以表述广大女儿不幸命运的深悲大痛。在另处，亦曾指出这都溯源于杜少陵《曲江》诗中的"一片飞花减却春，风飘万点正愁人"，而秦少游的那句"飞红万点愁如海"，正是杜诗的重新表现法。悟此，又立即悟到：原来《葬花吟》的"花谢花飞花满天"之句，其实也正是从杜句、秦句脱化而来。

这一切，举例只能是单词零句，为了讲起来便捷而已，其实质无一不是中华文化的特点特色的独具丰标的至美至善的灵心慧性的奇迹之展现。

还有一位同学提出了一个重要问题：《红楼梦》多年来经过一代又一代的学者精心研究，包括了各个角落与方面，今后的研究前景又是着重哪些方面呢？

对此，我的回答是：过去研究收获不小，但空白、模糊、争议、错解、误认……诸点还遗留很多，即以对作者的研索与文本的考定两大基础课、基本功而言，成绩也并不令人完全满意，何况基础不全的其他论证？所以我以为今后的前景不外乎两大方面：一是上述基本功的继续寻求进境；一是改变长期以西方小说观念来讲解的模式，而回归到以中华文化的理念标准来观照这部伟著，如此才能重新发现其中蕴涵的极其丰富珍贵的民族传统文化的宝藏——这方是我们必须努力以赴的"高山仰止"的弘伟目标。

提问提得重大的还有两例：一是问"礼"为中华文化之首要义（六艺之冠），何以未见讲"礼"与《红》书之关系？一是问《易》为中华文化之大代表，其与《红楼》之关系是怎样的？

两问皆极好，会上无时间了，今补作粗答如下——

"礼"在雪芹笔下是鲜明而昭著的，他很重礼，毫无"讳言"之处。只要看他凡写大事的场面，宴席的座位，节令的举动，长幼的序次，都出以重笔，交代清楚，绝无含糊。省亲、祝寿、中秋、祭祠……那都不用再说了，就连晨昏定省、传命回话，也丝毫不爽；贾政唤宝玉来吩咐入园，一进屋，特写探、惜二人起立，而迎春不动……为什么？就是交代探、惜是妹之于兄，而迎为姊之于弟。知此，别例可以不必尽举了。

　　盖在中华，"礼"是人与人的关系、群与群的交往，场面之秩序，事业之职位，各有其分位、执掌、责任、作用，而这一切，皆为"礼"的范围与意义。雪芹对此，再三致意，十分显明。

　　至于《易》，讲起来便较为困难——不易片言解问。《红楼》一书不是《镜花缘》之为了显耀学问，当然不会明白"正面"地大讲《易》道，但如读到湘云与丫环翠缕二人讨论阴阳之理，也就可悟一二了。再如曲文中"这也是尘寰中消长数应当，何必枉悲伤"之句，亦即《易》理的注脚。谜语中也有"只为阴阳数不同"的表述，皆可为证——证明雪芹对《易》并非陌生疏远，只是偶尔流露几笔，便足资寻绎了。

　　与《易》不无关联的一个课题即是一百零八的回目与一百零八位女儿人物的这个"文化数字"的含义。《东周列国志》与《歧路灯》二书皆为一百零八回，《水浒》的一百零八位绿林好汉亦即《红楼》的一百零八位"脂粉英雄"的来源。一百零八是个象征数，表示最多，其构成式是九乘十二等于一百零八，九代表阳数，十二代表阴数，阴阳奇偶二数相乘，代表最大的数量，而不可作实理解。

　　在此引起的两个提问有二：一问为何十二代表阴数之最多；二是一百零八中天罡地煞之分在《红楼》书中又如何？我答九为三乘三，三本义已是"多"，多而又多故为最多；三乘四等于十二，此乃以一年有十二个月，而月为"太阴"，故为阴数的最"多"代表——是以雪芹也用"十二钗"代表其"多"义（十二钗正、副、三、四……至九品合为一百零八钗）。宝玉神游"幻境"时只看了正钗、副钗、又副钗三册，合为三十六，是即"天罡"之数；未看的，尚有七十二名，是即相当于"地煞"之数，应有六册。

　　以上略举《红楼》与中华文化之关系的提问中大有分量的例子。

对小说文本、情节、人物的提问也有佳例，但本文势难在一次尽答，俟另有机会续述，对此深抱歉怀。

在结束之前，再举两个十分特殊而饶有意味的提问之例——

一位学人问道："（您的）讲座令我十分感动。您身上的东西那种光芒令晚辈佩服不已。老一辈学者在学术研究中较重情感体悟，内心涵咏。而现在学术中有这么一种趋势：理论搞的越来越细，理论方法似乎很受重视，但文章写来则愈枯燥。我们在搞研究时怎样在重论证、方法时能使文章更有文采，更能用心去体会？"

这一问，提得真好，简直使我又喜又悲，感慨无限。在我看来，归根结底，大约仍然是一个不同文化的问题。他说的学术研究中只重方法精密细致——即证推理的逻辑"科学性"，而无情无趣，思想无光辉，笔路无文采，令人读来耗尽精神而所得甚少，也无享受可言。这种现象，大概来源就是人们（知识舆论界）常听说的"洋八股"。

我在开头已然指出，中华文化的两大主脉，其一即是"才情"——这正好就是这位研究生所关注的情感与文采的问题，也就可以说是中西文化精神差异中的一种显相。

年轻学人的感触，不可忽视。教育界亟应把培育英才的目标、方向调整，要注意加强自己民族文化的特点特色。只有这样，方可望满足这一群有头脑、有心灵的中国学子的深切感怀。确实的，我们需要的恰恰是"知识"以外的"体悟""涵咏""领会"的能力与功夫。学风文风，都是当前与前途的一件大事。

再看一例：一位同学说，他向来主张伟大的文学家也是伟大的思想家，但此论遭到不同意见的讥议，因而问我如何看法。我在讲时，又已提出陈蜕盦就指明曹雪芹《红楼梦》应归入"子部"，即谓雪芹实与先秦诸子同为伟大的哲士思想家。此一卓见，可为印证。所以我认为这位学子的主张是有道理的，看待《红楼梦》正要如此理解。（陈氏还提出雪芹应为"创教之人",更为明显。)

本文初步选取一束问题试作答复交流,还有很多有意味的提问,俟有机缘,仍将续作解说,尚希多谅。

北京大学是真正"红学"的发祥地。这次的盛会,可以标志着"红学"已经回归于北大,其意义十分重大。在座与会的众多青年学人,必将对"红学"做出新的贡献,将这门独特的中华文化之学推向一个历史里程新碑碣。

从中华文化看《红楼梦》
——在国家图书馆分馆上的讲演

今天的课题应从哪里切入呢?

先来说,严格的"红学"本体定义,与读小说中的情节故事不同,所以最初的清末人讨论"钗黛争婚""孰优孰劣"等问题,并非真正的学术性质,只是人们茶余酒后闲谈的话题。

后来发展了,以王国维为始,又引来了一位西方哲学家叔本华,在解释《红楼梦》时他说:人的一切痛苦、烦恼都是因为有欲望,如果首先把欲望消灭了,就什么问题都解决了。王国维的论文是一长篇的读后感,对《红楼梦》的作者、版本及其关键问题并没有进行深切的研究。他对《红楼梦》的这种评价,不符合曹雪芹的创作原意。我这样说并不是贬低王国维这个大学者,他在其他研究领域,诸如词、曲、史等方面都有重大的成就。但自王国维先生对《红楼梦》的评价开始,已经进入了文化的大范围。他们不是讲故事,也不是讲艺术。以后的蔡元培、胡适之，一直到 20 世纪的文化巨人鲁迅、梁启超，以及严复、林纾、陈寅恪等诸位先生，几乎没有一个人不是用他们各自独特的方式来揭示《红楼梦》，解释《红楼梦》，处理《红楼梦》的。大家想一想，这是个什么问题，他们是要来讲小说吗？讲表哥、表妹，三角恋爱，是这样一回事吗？这些大学者，他们为什么都如此看重《红楼梦》，各自对《红楼梦》进行各式各样的思索、探讨？我认为这首先就是一个大文化问题。

拿当前的例子来说，王蒙、刘心武先生都是知名的作家，后来他们都对《红楼梦》感兴趣，开始研究《红楼梦》，成了"红学"家，要说他们这些作家研究《红楼梦》，肯定对人物形象、性格刻画、语言运用等问题感兴趣。而恰恰相反，根本不是如此。你说怪不怪？他们做了"红学"家，他们的兴趣集中点都不在那些文学理论常识，他们研究的路子完全在文化范畴。我草草地说这些，就是为了提醒大家，《红楼梦》这部表面上貌似小说的伟著，它本身的属性不是一部寻常的所谓文学作品、小说作品。我们可以说，它是一部中华文化的集大成作品。这是一个真理。并不是因为现在谈文化时髦，我们为了提高《红楼梦》的价值、地位，硬把《红楼梦》套上中华文化的桂冠，不是的。

从文化的角度来重视《红楼梦》，据我个人所知，是 1986 年在黑龙江哈尔滨召开国际《红楼梦》研讨会时，光明日报的一位记者采访我，他说：你看今后《红楼梦》研究的方向、趋势（今天叫作"走向"）应该是怎样的呢？我说要从《红楼梦》所包含的文化意蕴来向前发展。今天看来，这种说法没有错。今天的《红楼梦》研究不是很兴旺吗？！

但是，有人要问：什么是文化？你指的是什么？今天文化的用词含义很宽、很泛；很乱，也很滥。我们所关怀的是我们中华的大文化，并不是什么食文化、酒文化、筷子文化、装饰文化，现在所谓的文化太多了。从《红楼梦》里看，我们中华民族，我们中华文化的基本整体大精神是什么？我想，我们应该思索、探索这个问题，这样才有意义。可是这个说起来就难了，而且非常困难。

现在一般的《红楼梦》的版本，普通的普及本，打开一看，仍然还是那一段：作者自云"曾经过一番梦幻之后，故将真事隐去。借此通灵之说，撰此石头记一书也"。大概如此等等。这本来不是正文，是批语，后来混入了正文。这是作者同时代的挚友记录曹雪芹自己作书时候的感想。这里面就包含了重要的文化内容。这话怎么说呢？他说借此通灵之说，把真事，不敢说的真事、大事故，即鲁迅先生所说的巨变不能明写，所以改其名曰梦幻。经历了梦幻之后，将真事隐去，这个梦幻还不就是那个真事！就这么小小的一个拐弯，有很多人弄不清楚，在那里争论不休。

曹雪芹经历了这个无法说明叫作梦幻的家世生平的巨大变故，然后借此通灵之说作这部书。这第一个总的大题目，我们要思索了：什么叫通灵宝玉？通灵是什么？这就是一个文化"切入点"。曹雪芹思考的是宇宙、天地、人，时间、空间、历史，人的来源、人和物的关系、人和己的关系。也就是今天所说的社会、家庭、伦理、道德，待人、对己，无所不包。《红楼梦》的内容是讲这个，而这个还不就是我们中华文化真正的内容吗？请诸位想一想。我们今天讲这个，希望你们首先要把以往熟悉的那些看法都暂时抛开，那不是讲什么哥哥、妹妹，爱情、婚姻不自由悲剧，如果老是被这个缠着，那永远也进不到文化的层次。至于高鹗后续四十回书，他把曹雪芹经历的巨大的梦幻，也就是隐去的真事都撇开，把具有巨大的文化内容的部分都淹没了、掩饰掉，把你们引向一个小小的悲剧：很庸俗地用红盖头盖住一个假装的新娘，骗这个傻瓜贾宝玉。这么一个庸俗的小悲剧，这是高鹗的"杰作"，而不是曹雪芹的作品本身。这个不是我们今天讲的内容。

如果我们尊重曹雪芹的话，他这个通灵有来源，石头有来源，太虚幻境也有来源。大家注意，凡是曹雪芹要用梦、幻、虚、无、假来描述的部分，恰恰是有意用来迷惑你。你可能认为：这是今天的虚构小说嘛，"假语村言"，无所谓。其实越是这些字眼的背后，隐藏的真正重大意义的内容越多。要掌握这一点关键。这是曹雪芹的秘密。

《红楼梦》的开头是从女娲炼石补天开始的。女娲是我们中华民族的老祖母、老祖宗。中华民族这一群人就是从那儿开始的。经过她的锻炼，就能够有灵性。本来这个石头是没有知觉、感觉、感受、感情、思想、表现能力，什么都没有。现在经过娲皇一炼，就有了灵性。灵性已通，这就叫通灵。"通灵"二字从何而来？来自晋朝一位大艺术家、大文学家顾恺之，小名叫顾虎头。《红楼梦》的第二回，借贾雨村之口，说出一个名单，罗列了中华文化很多重要的、出奇的人才。曹雪芹把许由摆在第一位，今天我们姑且不去细说它。下面就是六朝的那些人：嵇康、阮籍、刘伶，下面一个就是顾虎头，然后是王、谢二族，再下一个可能就是六朝的陈后主、唐明皇唐玄宗、宋徽宗，然后是大词人柳耆卿柳永，秦少游秦观，下面又罗列了一些唐代著名的艺术戏剧家、音乐家李龟年、敬新磨等。另外还罗列了女子卓文君、红拂、薛涛（唐代的一个名妓）、崔莺、朝云（朝云者是苏东坡的一个姬妾）。等一会儿，话题回到这些女子时再来讲她们的意义。

顾虎头第一次给嵇康作传的时候用了"通灵"这两个字。顾虎头顾恺之这是一个奇人，他的故事非常有趣。顾虎头给嵇康作传，第一句话说的是："嵇康通灵士也。"这个"士"，是士、农、工、商，即知识分子、读书人、文化人，他是一个通灵的士人。这"通灵"跟一般的、有点知识的、读过几本书的人就不同，他的天分、性情，天生的禀赋高明，有独特的性情，大概就指的是这个。这个"通灵"，开始曹雪芹不是说人，说的是石头，这就很有趣了。他是说女娲氏所炼的石头，通了灵性。本来石头是没有灵性的，通了灵性以后，又经僧、道两人施以幻术，变成了一块晶莹鲜洁的美玉。这块美玉投胎下世，才变成了人。那么这就好像是说我们中国也有进化论，有点像达尔文。但达尔文讲的是科学，有种种的物种变化、进化、发展，正像大家常说的，最后由猴子变成了人。人家多有道理呀！你这个曹雪芹算什么呀？怎么石头变了玉，玉又变了人。我觉得咱们不能那么看，这里就包括了咱们中华先民对文化的认识。

我们的文化从什么时候开始？——石器时代，人人都知道。我们中国人特别重视这个石头。这是什么道理？那石头是怎么回事？石头本身有什么可研究的呢？那是自然界的一个物体。如果这样看问题，那就什么内涵也没有了，文化、艺术都不存在了。文化、文学艺术正是由这里开始。先民为了生活也好，为了劳动也好，他使用石头，使来使去，石头都磨得由生变熟了，美质也出来了。石头内部的宝光简直是无法形容的那么可爱，这才把玉从石中识别出来，由此又成为中华民族特别重视玉这么一个阶段。我们过去的认识是：石头是顽，顽就是冥顽不灵。什么无志、无学，那就是一块死物。而玉则不同，玉是活的，有生命，能变化，这是我们古代的认识。这里边有没有科学道理？不敢说，你不能拿今天的所谓西方科学的那种概念来生搬硬套。我们的体会，这个自然之物，它本身也有我们还没有完全认识的，他的本质，它的性，它会通灵。

物、人、石头、女娲——它们之间的关系十分微妙，这要从女娲的故事说起：那时，天倾西北、地陷东南，不住的大雨，整个大地都淹没了，人无法生活。女娲用石头把天补好，用芦灰把地铺好，重新用黄土和水捏小人。捏小人才是我们中华民族的开始。再想一想宇宙天地，我们中国的一个名词叫"造化"。"造"，是有创造。这个"化"是什么？是变化，但"化"本身是"生"的意思。这涉及文字训诂学，无法细说。"化生万物"，"化"也包括了"生"，千万种物种都是那么变化、进化出来的。所谓"进化"还不就是一个"化"嘛。我们要咬文嚼字，凭借我们汉字真正的文化意义、内涵，你就觉得有滋有味了。

我说到这儿，提出一个命题，就是天地——大自然，我们管它叫"造化"，那是第一次的造化。我们中华人认为我们的文化是第二次的造化。

而曹雪芹这部书所思考的正是包含了大自然的造化和人文的造化。

我们中华文化是第二次造化。你看看我们中华民族的用词："感化""教化""文化""潜移默化"，还有很多词语，今天不大用了。以前我们年轻的时候，讲到不好的事情，称作"有伤风化"。这个"化"和"变"有什么不同？我的体会，"变"，更多的是"骤变"，一下子变，变得很快，能感觉到，能眼看到。京剧有"变脸"艺术，好比本来很美，一下子变成大花脸，很丑怪。这就叫作"变"。

这"化"是什么呢？"潜移默化"。"潜"者，偷偷地，让你不知不觉；"默"呢，不声不响就发生了变化。这个变化有一种"教化""感化"的意味。"教"往往是一种训人的感觉多一点。这个"感"更重要，什么叫"感"？交流为感，感而遂通。我们中国讲"交感"，意为两人的思想感情一交流，然后才能通。没有"感"，就谈不到"通"，这即是"通灵"的那个"通"。

这个"交感"能"化"，也能"通"，这是中华大文化的"天人合一"，重要极了。也就是中华文化最基本的一个观念，把它简化成四个字"天人合一"。"天人合一"有不同的解释：人本来就是大自然的一部分，也是"天"；或者说，人是天的代表。比如《文心雕龙》的开头就说"人是天地之心"，即是那个性，那个灵。人为万物之灵，人占了"灵"字。

这个"灵"字是怎么回事？您看那个简化字什么也看不出来，莫名其妙。本来这个"灵"字，上面一个"雨"，底下三个"口"，然后是一个"巫"，或者一个"玉"，简直妙极了。这表示什么呢？雨是从天上下来的景象，代表自上而降。下面的三个"口"，不是"口"的意思，我们假设想象为三个大雨点，它不是四方的，底下是圆的，自上而下掉下来。雨字里面有小雨点，之下又有大雨点掉下来，这就是自上而下的一种表象。"巫"是古代天的代言人，人有愿望祈求天，通过"巫"祭天，这就是一种交流，这就是一种感通。这个"巫"是我们中华文化开始的人，也是文学艺术的人。他们往往伴随着音乐以唱的姿态出现，他唱的是诗，还有表演、化装，这就是戏剧的雏形，都由"巫"来实行。所以不能一看到"巫"就想到巫婆在跳大神，在骗人、害人。

这个"灵"字代表了天人的交通。所谓"通灵"，不仅仅说它有了性情，也包含了中华民族对于天地宇宙、自然万物的巨大的感悟。人类在这种时空、环境、条件之下的地位，应该怎么办？如何看天？如何看地？如何看人？如何对己？这是中心问题。

下面我们转到曹雪芹作书为什么要以女子为代表？我刚刚开始的时候就说，作者自云："愧则有余，悔又无益。"就将当日所有女子细细考较下去，她们的行止、见识都超过男人。说我要是不写自己的作为、罪状，不现身说法，就无法表现那些女子，使之传世，让人人都了解女子这样一个博大的心胸。他是为人，而不是为己，这是第一。为什么选择女子呢？这个问题就更复杂。他说这些女子的行止——"行止"是什么呢？就是行为、作为、一切言行；就是人品、为人、做事，都包括在内。有见识、有学问、有识力；什么是非、高下、优劣都看得清。这些女子比我们男人都要高得多。曹雪芹书中说，女人是水做的，男人是泥做的。这些话被"红学"家一千遍一万遍地引用，但就没有人真正深入探究过。其实这还是继承了女娲炼石，第二次大造化。女娲创造中华民族，是用土和水做人。按照曹雪芹这个大艺术家、大文学家、大哲学家、大思想家的思路，是这样的解释的：男人这个须眉浊物，简直是不堪设想。他通过贾宝玉还是甄宝玉之口说，我见了女儿感觉特别清爽；一看见男子，还没走近，就浊臭之气逼人。这种意念来自何方？人是泥——泥代表一个质，和水——水代表流动的生命机能、血脉、录秀之气，而合成的。我们如果按照西方的科学来想一想，人的起源——生命最早还不就是发生在水里面。现在探索火星，说火星上有水，有水就可能有生命，这就是最简单的一个道理了。

这反映了曹雪芹这个伟大的文学家，他探索人类起源、大自然的第一次造化、女娲娲皇的第二次大造化，我们中华文化的起源，为什么产生了人？人为什么有灵性？灵性是从哪儿来？天人的交感。人又分几大类？男女一大类，一类是清爽、清洁，见了他我心里就明白清爽；另一类，他看不上——浊臭逼人。还有分类：有秉正气的，秉邪气的，正邪兼有的。还有一种人特别奇特，说他聪明灵秀，在万万人之上，说他乖张、乖僻，又在万万人之下，这又是一类人。这都是我们中华文化上的巨大的课题，曹雪芹都在书中加以阐述、揭示。

尊重女子这个文化来源是从哪里来的呢？中国的历史，无论是正史、野史、小说，都是男人占了主要的位置。争权夺势，是他们；做一些很坏的事，也是他们。当然也有写坏女人的，比如《金瓶梅》《水浒传》里都有，但那是个别的，也是应该受到批评的。曹雪芹有鉴于此，姑且以四大名著举例说明。《三国演义》是写帝王将相等级的人才，魏、蜀、吴三国各自占有文武出色的人才，写得不错。到了《水浒传》的时代，作者说，你们把帝王将相、文武才子写得太好了，不用再添加了，我要写另一类人，你们谁都不敢写，就是那些谁也不认识、不理解的强盗。真是石破天惊！整个可以震惊世界。今天是不足为奇了，人人都看《水浒传》。但在我们的历史上，你想一想，简直是了不起！强盗，该杀呀！那是最坏的人，你怎么敢写他们呢？然而作者说，不然，这些人才都是出众出色的，结果一个个地遭冤枉、遭诬陷、遭迫害，最后没有办法，逼上梁山。宋江那个堂还叫忠义堂嘛，讲忠、讲义。戏里上演的林教头林冲家破人亡，黑夜里自己一个人夜奔梁山，曲子里唱的是什么呀："专心投水浒，回首望天朝。"那个忠心哪！这是一个层次。

到了曹雪芹时代又是一个翻天覆地的大变化。这个石破天惊比那个写强盗还要惊天骇世。写女子，这还不是我们中华文化上最值得思考的大课题嘛。

中国历史上最先开始尊重女子的，是汉朝的刘向写过的一本书，叫《列女传》。著录记述的都是有贤、有德，也就是贤妻良母类型的女子，而以后妃为主。虽然还没离开帝王将相的社会政治地位的这个圈子，但是这并不是说就毫无意义。《列女传》产生了巨大的影响，著录了七十二位贤德的女士。后来还有后续的《列女传》，不知道著录了多少女士。到了清代，好像是记述了梨园，就是唱戏的女伶，叫《金台残泪记》，这是最早记录女戏子的一部书，继承《列女传》的体例，还是记述了七十二位女子。你看，这多么有趣。七十二是什么呢？这是我们中国喜爱的一个数字，包含着阴阳的组合。什么都是七十二：孙悟空七十二变，孔子三千弟子，七十二大贤人。然后顾恺之顾虎头大画家第一次创作列女图，据说画了两次，一次是大列女图，一次是小列女图。

看来通灵多情，情到极点就变成了情痴，情种。顾恺之也是情痴的老祖宗，这是对曹雪芹的文化源头影响最大、最多的一位奇人、奇才。六朝有列女图之后，画家又兴起了画百美图的风气。曹雪芹的祖父曹寅曹楝亭看见过明末清初的大画家石涛画的一幅大百美图，当时最有名。石涛是明代的宗室，是朱元璋多少代的子孙，他的山水画画得非常好，每一幅画都有大变化，无一雷同，但是谁都不知道他画百美图。曹寅记录他看到了石涛画的这一长卷百美图，简直是爱不释手。这些事情都给了曹雪芹文化艺术上的很大的启示和影响。

还有北京朝阳门外东岳庙，俗话叫天齐庙。天齐庙里供的女神叫碧霞元君。碧霞元君的最后的一道殿叫寝宫。元代最有名的高手塑造了大约一百零八位侍女。所塑各个侍女，神态活现，无一雷同。她们都一同侍候着碧霞元君这个圣母。这又给了曹雪芹巨大的艺术联想，这个是有证据的。太虚幻境都有原型，不是凭空虚构的，当然书中警幻仙姑可能是虚构的。但周边环境描写得那样具体：门外一个大长石牌坊，进了庙以后，两厢有诸司，一共七十二司，太虚幻境就是运用这个素材写就的。这里掌管着天下所有女子的命运，每一个司里都贴着匾、联，有朝啼司、暮哭司、春愁司、秋怨司、薄命司等，这些女儿都是这样的命运，这就是曹雪芹对女人的处境、命运的一个总的看法。然后这种种文化艺术的头绪、线索都聚焦于曹雪芹的笔下：好，我要如此选材，如此描写，最后才出现了一部伟大的《红楼梦》。

《红楼梦》中描写了多少女子？一百零八。这也是从七十二发展、扩展而来的。这是有事实的：十二钗，正钗，副钗，再副，三副，四副，一直排到九层。九乘十二，一百零八。《红楼梦》开头说那个大石头高十二丈，脂砚斋批了：照应正钗；宽（正方）二十四丈，脂砚斋又批了：照应副钗。四乘二十四是九十六，加上十二，正好一百零八。你看看，处处体现这数字也是文化。女娲炼的石头三万六千五百零一块，仍然是我们天文历法的一百年，一年不是三百六十五天嘛，那不就是一百年的总数嘛。处处有文化内涵。

如此细想来，说《红楼梦》是我们中华文化的集大成，并不是溢美之词，有意提格。在曹雪芹选择的主题、人物、写法、体例，种种的艺术构思等方面，我们都先不谈。他最伟大的、最值得我们敬佩的、永远说不尽的就是这个心田：我呢，种种短处，不值什么，不足道言；我写是为了这些人，我要是不写，这些人都要被埋没。你读读他写的那两首《西江月》："天下无能第一，古今不肖无双。"每一句都是不堪的贬词，他把他自己放在什么地位呀：你怎么骂我，侮辱我，都不足为论。再看看他写的这么多异样的女子"小才微善"。"小才"是小有才，"微善"是有小的道德、好处、长处。你看看他对这些女子的态度。他刚刚说了，那些女子的行止、见识都处于我之上，又说这些是"小才""微善"；然后又说"异样的女子"，跟一般不同。他的这些措辞都很有意味。这些女子，在他看来都是很深刻的悲剧性人物。因此，他在太虚幻境，听的曲子，喝的酒，饮的茶，千红一哭，万艳同悲。为了千万的女子，世上所有女性的命运而哭，而悲痛。这才是《红楼梦》。也就是他在中华大文化的背景之下，深刻思考了我们所有历史、文化的漫长经历后的结晶之作。

刚才说以四大名著作代表，这太粗了。曹雪芹时代的小说太多了，简直成千上万。你看他开头批评的那些小说，所以曹雪芹的伟大即在这里，它确实是一个集大成，不是虚的。有人会问：所谓集大成是不是就是常说的百科全书呀？什么都有：易卜星相、服装、园林、音乐，你找哪个问题，都可以解决。这也对，但不是我的意思。我的意思是百科全书者是已定的，具体的，说的不好听点儿，是死的。每一条有一个定义，有个权威性的介绍，这是死知识。而且是摆摊儿似的，东一条，西一条，谁也可以不挨着谁。《红楼梦》何尝是如此，《红楼梦》是一个大整体，里面那些知识不是在那里卖弄，也不是摆摊显示，所有的诗词、谜语、酒令等都是切合了诸多角色本身，还带有预言性，与后面的情景发展都有联系。所以《红楼梦》不是一个破碎的、摆摊式的、显示卖弄的败笔之作。这里面就涉及到我们中国汉字语文的大问题。

最近召开了一个海峡两岸中青年《红楼梦》研讨会，这次会议的主题是"《红楼梦》与世界文学"。讨论《红楼梦》应该怎样走向世界，如何与世界名著作比较。听说王蒙同志有一个发言，他说《红楼梦》要走向世界不容易，因为他们（外国人）不懂中文，不懂中文就无法读出《红楼梦》的真意味。不是《红楼梦》要走向世界，而是世界要走向《红楼梦》。哎呀，好极了，还是人家伟人的措辞，确实好！这个想法与我的一模一样。我在另外的场合就不会这样说，我怎么说呢？也是要借一位名人的话，我最敬佩的大学者就是北大的季羡林先生。季老说，今后的下一个世纪应该是东化。哎呀，真好！我简直是不知道如何表示我的高兴了。"东化"，就是要把《红楼梦》介绍给西方。

怎么介绍呢？现在西文的各种译本不算少了，最有名的就是两种英文译本：大陆译本、英国译本。法文译本最好，俄文译本早就出来了，还有欧洲的，日本是平均每两年出一本新日文译本。这些译本都是译者投入极大的热诚与精力才完成的，值得感谢。但对外国读者来说，是否仅靠译本就能读懂中国的《红楼梦》呢？问题并非如此简单。

这是因为中华文化有着深厚的内涵，每一个汉字都是一个信息库，都是一个文化联想，如何看待《红楼梦》的诸多译本呢？好像王蒙举了一个例子：《红楼梦》中王夫人被译为 Lady Wang。Lady 只是一个比较高贵的夫人的尊称，没有任何其他别的意味，而书中的王夫人并不单单仅是这个意思。诸如此类，今天不可能讲很多，我在别的场合也常举这些例子。有的译文简直令人毫无办法，经常会引起巨大的误会，而且是可笑的误会。你说怎么办？不懂中文，不知道中华文化，而要讲《红楼梦》，读《红楼梦》，困难是巨大的。

现在归到正题。你们会问，照你看，那么我们中华文化的大整体、大精神到底是什么？如何体现在《红楼梦》里呢？好，我试着回答。

中华文化的两大命脉，一个是道德，一个是才情。讲道德，就是讲社会关系、家庭伦理关系，也就是待人、对己的问题。这一条大脉络以孔、孟为代表，所讲的道德概念：仁、义、忠、孝等，都是人际关系。这个很好懂。过去讲中华文化往往偏重了这一面，讲得很多。一度要打倒，说这个都是旧意识、旧观念，要不得，要建立新的。这些不是我的话题。我要说的是另一面，是实际发生了极大的文化作用影响的那一面：才、情。我把它分成两大阵营。所谓两大阵营并不是对立的，是每一个中华真正有文化教养、修养的人都具备的两大方面，他的人品、心田、道德、待人对己、及其摆位都是极高尚的、正当的。比如孔子不是一个老古板，不要把他当成一个道貌岸然的人，他是一个活生生的人。读一读《论语》，片言只语，有情有趣，其哲学思想见解是很高明的。孔子是一个大艺术家，擅长音乐，擅长艺术，对玉石有极高的鉴赏力。玉石的历史很长。从大禹做了帝王以后，手里拿着一个圭。圭代表什么？这里有深刻的内容。中国是很讲究礼仪、仪容的。皇帝正位端坐，其面对群臣的仪容不是演戏，那是真实的。这个玉是什么做的？玄玉。玄是什么颜色？天玄地黄，就是青玉。古代都是青玉。自从汉代张骞出使西域，新疆和田白玉进到中国，才有了白玉，那是汉代的事情。而清代人最重视的就是汉白玉。所以《红楼梦》里："假不假，白玉为堂金做马。"这是汉代建章宫的典故。"东海缺少白玉床"，还是白玉，这里面奥妙无穷。今天没有时间细讲，这四句话里隐藏着极大的奥秘。

那么，讲到才，曹雪芹就是个好例子。他思考了社会、伦理、道德、家庭，人、己、物、我这些关系以后，写就了《红楼梦》。在《红楼梦》里他是如何表现"才"的呢？翻开《红楼梦》一读，你看看曹雪芹整个是才华横溢。中华人，文化人，知识分子，有文化教养的人，如缺少这两方面之一，就不是一个完全的人。所以，那一面要讲才、要讲情。要理解《红楼梦》，也从这两大命脉来看。你看曹雪芹在《红楼梦》里表现的如此之精彩、如此之深刻，除此外，还找不到一本如此精彩的书呢？！正像王蒙最近说的：我也是个作家，也读过些书，但所有的书，到今天回顾起来，只有《红楼梦》一部让我百读不厌，拿起书来，随便翻开一面，就能看得下去。而有的书只能看一遍、两遍，就不想再看。这是个什么问题呢？

所以曹雪芹说这些女子"小才"，把"才"点出来了。"小才"者，是与大才蔡文姬、班昭相比而言。"无才可去补苍天"，又是这个"才"。说元春有贤、有德，怎么选作了贵妃呢？——"才选凤藻宫"，是以"才"选到宫里去的。贾元春没有正面写，因为她早就离开家了，可是等元宵节回到大观园之后，你看她做了哪些事？第一次是行礼，转了一圈，这就叫游幸观赏，坐在正殿上，让家人行国礼；然后回到正斋行家礼，这都是仪式。她让姊妹、兄弟用大观园四大处稻香村、潇湘馆、怡红院、蘅芜苑为题作诗。所有《红楼梦》的女子都有德、有才，这个"才"包括文才，也包括处理事物的才干。不要认为《红楼梦》就是写的吃喝玩乐，行酒令，游大观园，哪里是这么回事。从五十五回凤姐病了以后，写的通通是那些当时称为下层奴仆的事情。这些女子没有一个雷同，都有才、有善，令人喜爱、佩服，又令人怜悯、同情。

这个"才"，中华文化叫作"三才主义"。明代有一部大书，叫《三才图会》，把天地万物都包括在内。我们的文化观念是天有才、地有才、人有才。天之才，即是日月运行，云霞雷电，种种表现，我们认为都是才，这个"才"字怎么理解？并不仅是摇头晃脑、吟诗做赋方叫才。地是什么才？山川万物、品类繁盛，正如王羲之所说："仰观宇宙之大，俯察品类之盛。"这是地的才，大地的表现。天地都有如此之大才，我们人——天地之心，代表天地之性、情。我们看《红楼梦》所思考的正是这些问题，而曹雪芹一个一个都提出来，摆在那儿了。如果诸位对中华文化和《红楼梦》的关系发生了兴趣，从这个角度重新再去读《红楼梦》。如果你们已经试过，我希望你们再试。把以往那些高明人士对《红楼梦》的婚姻、爱情的看法暂时放一放，从这个切入点再去看一看《红楼梦》。

我可以借释迦牟尼这位大智慧者的话，他讲了一辈子佛法，最后一次他说：如果有人说，我有所得，有所获，我有所说法，"是名谤佛"。如果你们这样看我，就是诽谤我。我没所得，也没有讲什么。这是多么博大的胸怀。不像某些学者那样夸夸其谈：我的学问如何、如何，我比谁都高明、都正确等。曹雪芹没有这样的小气。所以释迦牟尼是大智慧、大仁勇、大慈悲者，要普度众生。他说："情"是一切烦恼的根源，要把"情"斩除。而曹雪芹说：我的书"大旨谈情"。这是针锋相对。曹雪芹是不讲佛法的。但是曹雪芹的大仁、大勇、大智、大慧、大慈、大悲，为了千红万艳而哭，我认为这个心胸足以和释迦牟尼的博大相比。

佛教传入中国，把我们中华文化化了一部分，我有一首诗说"大化涵融儒道释"。我们中华的文化把儒、道、释三大家都涵融在一起。佛教传入中国，并不是照样搬过来了，而是被我们中华文化反过来化了，将印度的某些古文化、古佛教，融会贯通，进入我们中华文化。你看看我们中华文化的力量，这就是"化"。现在让我们回到开头，还要讲这个"化"。

"教化""感化""潜移默化"，当时那个大汉、大唐是全世界文化、文明最高的一个地点，古代外族、外国都要来中国留学，甚至接受当地官职的名衔。王维的诗曰"万国衣冠拜冕旒"，各国穿着不同服装的官员到大唐朝廷拜见皇帝天子。《千字文》中说我们中华文化"化被草木"。这个大化可以加于草木，草木都受了文化的教养。所以《红楼梦》里都受了这种思想影响：把物和人一律对待，物也是人，物也有性、有情、有灵，不仅仅是刚才说的石头。你们还记得贾宝玉挨了打以后，玉钏送来莲叶羹，她含着一肚子怒气，因为姐姐受了宝玉的调戏，含屈而死，甄家的两个婆子也在，等她们看望完宝玉，走出怡红院大门左右一看，四顾无人的时候，两人就说了：你瞧瞧，这个傻瓜，自己烫了，他不知道疼，反而问丫鬟你烫了没有？世上哪有这样的大怪物？！见了天上飞的燕子，河里游的鱼儿，就和燕子、鱼儿说话，他把燕子、鱼儿当作我们一样的人来交流，他要寻求交流、交通、交感。中华讲究感悟。婆子说，他见了月亮不是长吁短叹，就是咕咕哝哝。这两个婆子对《红楼梦》的主人公贾宝玉做了如此一番的评论、评价，好极了！请问世界上哪一位大作家敢于将自己花费十年心血，流着眼泪写出的这本书中的这样一个主人公加以如此的评论，而且由两个没有文化的婆子的口中说出。他用如此巧妙的办法告诉我们：这个人，他的智慧、容忍、慈悲、物和我、人与己的关系，摆得如此之高。所以鲁迅先生才说：自从有了《红楼梦》，一切的写法都打破了，写人，不是好人一切都好，坏人一切都坏。这个话，你们怎么理解？好人嘛，故意挑点毛病；坏人嘛，得给他找点好处，给他和和泥。如果这样理解，那么就是对鲁迅先生的大不敬了。凡是大人物说的这种言简意赅的感悟，自己去体会、领悟、感受，就会悟出来这里面真有大道理。

悲欢曲

　　红袖楼头夜吹笛，有人墙外闻声泣。花随水逝已无春，月伴云行尚存昔。一从石破天震惊，赢得星垂海直立。崇光泛彩香远飘，高烛凭栏影可及。卧茵饮后醉扶归，枕霞眠罢胭脂湿。相思红豆记长歌，情不情兮奈我何。访篱移菊来新梦，斜阳旧圃泪滂沱。千古奇文麟待玉，双星曾不阻潢河。吁决嗟呼。石头记得身后事，说与人间字尽讹。研脂小砚芳铭在，证梦题红痛语多。感慨复凄怆，顽艳仍悲壮。起舞一婆娑，伤怀百惆怅。蚍蜉睨大树，群儿策毁谤。江河日月曾千劫，李杜文章光万长。

甲申三月中浣走笔

解味时年八十七

记于东皋红庙之瘦红轩

校后感言

"绛楼十二"，编成付梓，旧文重理，新作偶添，裒然成帙，亦自可存。这可以提供一面"镜子"，从中照见我这多年来研治"红学"的轨迹、得失、拓路、升阶。一个被封为"考证派"的人，实际的工作范围与性质，是否能以"考证"二字俗常的观念所能概括？需要涉足于中华文化的哪些方面和层次？这些问题大略可从本书得到一个"影子"——它虽不完全，毕竟显示出一个投影，轮廓内容，粗具于一函之间。

校对是当今出版界一大严重问题。旧文各版，核校实在欠精，讹误一直未能纠改，这次仍然遭遇这个烦人的"工序"。出版社为此虽亦尽其所能，终究难以全妥。我的助手女儿又做了一番努力，得以发现并匡救了大量的错字误植。虽然如此，"校对如扫落叶"这句陈言老话，依然有效。恐怕还会不能仅免漏脱。奉予阅者监察指正。

感谢出版社的盛情，印制此书，以助研红者参考，可以活跃学术，有利"双百"，有助发展繁荣。

治印家彭祖述先生特为本书刻了佳印十三方，精彩倍出，大为拙著增色饰容，衷心感篆，在此敬谢！

周汝昌